记
号
/M/A/R/K/

真知　卓思　洞见

汴梁异闻录

张云 著

北京科学技术出版社

图书在版编目（CIP）数据

汴梁异闻录 / 张云著 . -- 北京 : 北京科学技术出版社 , 2024.9（2025.4 重印）
ISBN 978-7-5714-3592-9

Ⅰ . ①汴… Ⅱ . ①张… Ⅲ . ①长篇小说—中国—当代
Ⅳ . ① I247.5

中国国家版本馆 CIP 数据核字（2024）第 025271 号

选题策划：	记　号
策划编辑：	马春华
责任编辑：	武环静
责任校对：	贾　荣
封面设计：	尚書堂 BOOK DESIGN 13141288458
图文制作：	刘永坤
责任印制：	吕　越
出 版 人：	曾庆宇
出版发行：	北京科学技术出版社
社　　址：	北京西直门南大街 16 号
邮政编码：	100035
电　　话：	0086-10-66135495（总编室）　0086-10-66113227（发行部）
网　　址：	www.bkydw.cn
印　　刷：	北京顶佳世纪印刷有限公司
开　　本：	889 mm × 1194 mm 1/32
字　　数：	230 千字
印　　张：	12.25
版　　次：	2024 年 9 月第 1 版
印　　次：	2025 年 4 月第 2 次印刷

ISBN 978-7-5714-3592-9

定　　价： 68.00 元

大宋徽宗年间，东京汴梁城人口过百万，三教九流混居其中，弥漫着浓浓的人间烟火气。

　　不知何时，汴梁人私底下流传一则奇闻——汴梁城西南角有座荒废的小祠，名为老狸祠，若是有人遇到难事、苦事或是有无法与人言说的隐忧，只需带着贡品或者若干钱财夜半而往，对着祠里只剩下半截的土偶塑像诉说一番，若冥冥中听到应许之声，有白色石头自高处滚落，便可欣然而返。不几日，所托之事定然会有人办成。对于贫苦百姓，尤其灵验。

　　种种怪谈，流传开来。

　　这不，曹婆婆肉饼店的老板、车马行掌柜、瓦子杂耍人、书铺商、金吾卫大将军夫人……全都一个个愁眉苦脸找上门来啦！

　　与此同时，汴梁城不知何时冒出一个团伙，来无影去无踪，变化多端，被称为"狸猫家族"，干出种种不可思议之事，让开封府的捕快们大为头疼，却又得到汴梁百姓的交口称赞。

一个落拓不羁的幻术师，一个妖艳妩媚的饭铺老板娘，一个白白胖胖的说书人，一个温文尔雅的小小厢巡检，还有一个胆小如鼠却技艺高超的刀客，五个八竿子打不着的人，为什么经常半夜凑在一起嘀嘀咕咕？

　　他们和传说中的"狸猫家族"，又是什么关系？

❖
宋青竹

　　年约四十，面如白玉，个头高大，温文尔雅，是个分外讲究的人。出身名门，其父是东京八十万禁军教头，弓马娴熟，深得官家赏识；可到了宋青竹这里，不仅功夫稀松，而且混官场的那一套他完全不懂，老好人一个，喜欢读书、弹琴、煮茶、对弈，一点脾气都没有，连走路都蹑手蹑脚，生怕踩死一只蚂蚁，人送绰号"宋菩萨"。

　　老宋教头对儿子寄予厚望，结果宋青竹在大内、皇城司混了几年，备受排挤，被撵了出来，因父亲疏通关系，才任个厢巡检的职务。这官，宋青竹干得磕磕绊绊，是京城八个厢巡检中最窝囊的一个。

　　不过，这人虽然看上去是个窝囊懦弱的小官，但实际心思细腻，干事果断，为人成熟，极其有正义感，是汴梁五人组的核心。

❖ 风四娘

汴梁五人组里唯一的女性，大宋汴梁城"四娘鱼羹"店老板娘，孤身一人，带领一帮伙计经营小店，刚过三十，貌美如花，风情万种，一颦一笑美死个人，响当当的"汴梁城一枝花"，听说，不少达官显贵为了一睹芳容，不惜刻意绕路来喝她一碗羹。就是脾气不好，火爆辛辣，若是被惹恼了，当场翻脸不认人，手里一根擀面杖说捶人就捶人，发起火来谁的面子都不给。

至于来历，没人知道。有人说出身妓馆，有人说是破落的公门千金，甚至还有人说是金盆洗手的女飞贼。

❖ 庄助

年约三十，身材高大，鼻梁高挺，唇角上扬，俊美中带着放荡不羁之态，是汴梁城闻名的杖头傀儡师，游走于市井之间，精通各种戏法、幻术，所到之处，不知迷倒过多少风华女子，实打实浮浪子一个。

经年不换的一身特色装束：鼓鼓囊囊的一领袍子，用各色麻布拼凑而成，头发胡乱挽起，用一根彩带扎髻，背着个鼓鼓囊囊的包裹，露出一根紫色木杖，上面安置着一个巨大的白色骷髅头。

在汴梁五人组中作用巨大，特别擅长用幻术布置出不可思议的场景。

❖ 孙蛤蟆

年纪颇大，至少六十开外，个头不高，手脚短小，白白胖胖，圆滚滚的脑袋，圆滚滚的眼睛，圆滚滚的鼻子，连下巴也是圆滚滚的，看上去，简直就像是个超大号的馒头。

姓孙，名宽，因为排行十五，大家都叫他十五爷。据说年轻时是出名的浮浪子，手底下一帮混混泼皮，连开封府都拿他无可奈何。后来，年纪大了，摇身一变成了说话人。因他肥胖，嗓门又大，所以有了个"孙蛤蟆"的外号。

此人不光说得好，肚子里的东西也多，上知天文地理，下知民间奇闻，无所不知无所不晓，所以他说什么汴梁城很多人就信什么。

在汴梁五人组里面负责打探消息，分析案情。

❖ 张小满

年纪十八九岁，秦州天水人，父亲是西北出了名的刀客，家破人亡，孤身一人前来汴梁投奔亲人。练家子出身，精干利索，但是脸皮太薄，性格懦弱，胆子小，不敢拔刀。说话做事，大姑娘一样。

身形高大，为人单纯善良，有点一根筋，缺乏历练。在汴梁五人组里面负责打杂，大家对他很疼爱。

目　录

第一话

枢中之鸟

- 003 -

第二话

夜行之车

- 071 -

第三话

若象之蚁

- 115 -

第四话

鱼腹之镜

- 173 -

第五话

清白之焰

- 225 -

第六话

司书之神

- 273 -

第七话

落头之民

- 323 -

后　记

- 377 -

杀

　　俗传人之死，凡数日，当有禽自枢中而出者，曰"杀"。大和中，有郑生者，常于隰川与郡官畋于野。有网得一巨鸟，色苍，高五尺余，主将命解而视之，忽无所见。生惊，即访里中民讯之，民有对者曰："里中有人死且数日，卜人言今日'杀'当去，其家伺而视之，有巨鸟色苍，自枢中出。君之所获果是乎？"生异而归。天宝中，京兆尹崔光远因游略，常遇一妖鸟，事与此同也。

——唐·张读《宣室志》

枢中之鸟

御街一直南去，过州桥，两边皆居民。街东车家炭、张家酒店，次则王楼山洞梅花包子、李家香铺、曹婆婆肉饼、李四分茶……街心市井，至夜尤盛。

——宋·孟元老《东京梦华录》

雪住。

天刚破晓，世界一片苍茫。

微微有些风，吹皱高空上的流云。

空气湿冷，即便穿再厚的衣裳，冷气都会顺着毛孔钻进来，不出一炷香的时间，便能将人冻透。

这般的鬼天气，还是待在被窝里最惬意。

不过眼下的汴梁，已经开始醒来。

这座城池，作为大宋的都城，人口百万，客商云集，八荒争凑，万国咸通，东方一泛起鱼肚白，人们便忙活起来。

顺着宽阔的御街一直往南，过汴河州桥，两边皆是居民住宅。

街东一溜儿，铺子有大有小，车家炭、张家酒店、王楼山洞梅花包子、李家香铺、曹婆婆肉饼、李四分茶……鳞次栉比，都早早地开门迎客。

尤其是那些食铺，炊烟升腾，诱人的香味随风荡漾而来，吊人胃口。

其间，有家小店，不过三间门脸，里头摆放着四五张桌子，仅能容得下二三十人。店前招牌上写着"四娘鱼羹"四个大字，笔力遒劲，一看就知道出自名家之手。

汴梁人最懂享受，尤其是在吃食上，挑剔得很。这家店，面积虽不大，但能开在这汴梁城一等一热闹的地方，自然有其非凡之处。

主人是个女子，几年前盘下铺面，专做鱼羹。她这里的鱼羹，和别家不同，鱼是新鲜的全须全尾的活鱼，只取鱼肚，其余部分皆舍弃不用，放入大锅，用柴火彻夜熬煮，加入上好的雪花羊肉，缀以苏杭的莼菜，熬得黏稠、糯软，再撒上独门配制的香料提味，喝上一口，舌头都能咽下去。

每日早晨，来点儿肉饼、馒头，再配上一碗热腾腾的鱼羹，吃下肚，全身热乎乎，舒坦！更妙的是，这鱼羹最利于醒酒，那些前晚流连于勾栏瓦舍、妓馆高楼的客人，即便是宿醉不堪，一碗鱼羹下肚，遍体出汗，头脑立马清醒。

鱼羹好吃，女主人更妙。刚过三十，貌美如花，风情万种，一颦一笑美死个人，响当当的"汴梁城一枝花"。听说，不少达官显贵为了一睹芳容，不惜刻意绕路来喝她一碗羹。

就是脾气不好，火爆辛辣，若是被惹恼了，当场翻脸不认人，前不久吏部侍郎都被她用擀面杖掀翻在地，一点儿面子都不给。

名字也风风火火——风四娘，恰如其分。

至于来历，没人知晓。有人说出身妓馆，有人说是破落的公门千金，甚至还有人说是金盆洗手的女飞贼。

汴梁人不在乎这个——管她呢！人好看，羹好喝，就行。

眼下，本是店里开始忙活的时候，可气氛有些不妙。

里头坐着的七八位熟客，都昂着头，伸着脖子，看着高高的柜台，鸦雀无声。

柜台前，风四娘眉目飒爽，身着红衫，足踩绣鞋，叉腰而立，真是玉雪肌肤，芙蓉模样。

不过，手里拎着的那根擀面杖，倒是令人心里打鼓。

那擀面杖，又粗又长，两头缠铁裹铜，便是石头，挨上一下也能粉碎。

"变戏法的，你成心讨打是吧？"风四娘双目圆睁，手中擀面杖晃了一晃，随时可能出手。

食客们纷纷低下头，生怕殃及池鱼，但两只耳朵却竖得直直的，听着声响。

风四娘对面，站着一个汉子。

这汉子，与众不同。年约三十，身材高大，鼻梁高挺，唇角上扬，头发胡乱挽起，用一根彩带扎髻，俊美中带着放荡不羁之态。

身穿鼓鼓囊囊的一领袍子，用各色麻布拼凑而成，背着一个鼓鼓囊囊的包裹，露出一根紫色木杖，上面安置着一个巨大的白色骷髅头。

这汉子，汴梁很多人都认识，名唤庄助，乃是闻名的杖头傀儡师，游走于市井之间，精通各种戏法、幻术，所到之处，不知迷倒过多少风华女子，实打实浮浪子一个。

"四娘，我光顾你生意，如何欺负你了？这话从何说起？"杖头傀儡师呵呵一笑。

风四娘把擀面杖往地下指了指："我这铺子刚开门，你便拖着个死人进来，不是欺负我，还能是什么？"

的确，地上还有一位呢。

地上这人，年纪十八九岁，高大但瘦削，衣衫单薄，脚上一双麻鞋，脚指头都露了出来。长得倒是清秀，不过面色惨白，看起来情况不妙。

"我在外头发现的，许是冻僵了，还有一丝气，再迟些，怕真冻死了。"庄助将包裹解下来放在一边，蹲下身，将那年轻人抱起放在桌子上。"救人一命胜造七级浮屠，赶紧来碗热鱼羹。"

"老娘可不稀罕什么浮屠。"风四娘嘴里嘟囔了一句，但还是对忙活的伙计使了个眼色，伙计转身端了碗鱼羹来。

庄助扶起那年轻人，先是掐了掐人中，待他张开了嘴，将鱼羹灌了进去，又让伙计搬来炉火，为其搓揉手脚。

"今日真是自找麻烦。"庄助叹了一声。

"麻烦呀，大麻烦……"庄助话音未落，外头进来一人，先是拍了拍庄助的肩膀，然后扯过条凳子坐下。

"见过宋巡检！"有人连忙站起来施礼。

"好说好说，都坐，都坐。哎呀，老朋友别这么客气。四娘呀，来碗鱼羹，这一晚可把我忙坏了。"这人毫无官架子。

这人年约四十，头戴幞头，面如白玉，个头高大，身披绯色官衣，足穿皂靴，但看起来温文尔雅，身上散发出一股淡淡的檀香味，是个分外讲究的人。

这人名叫宋青竹，出身名门。其父是东京八十万禁军教头，弓马娴熟，深得官家①赏识。可到了宋青竹这里，不仅功夫稀松，而且混官场的那一套他完全不懂，老好人一个，喜欢读书、弹琴、煮茶、对弈，一点儿脾气都没有，连走路都蹑手蹑脚，生怕踩死一只蚂蚁，人送绰号"宋菩萨"。

老宋教头原本想的是子承父业，但见儿子不是这块料，只能断了这念头，托关系把他弄到了大内，在官家面前行走。照理说这是人人眼红的职位，天子跟前伺候，多的是机会飞

---

① 宋人对皇帝的称呼。

黄腾达。可不知为何，宋青竹在大内混了不到两年被调配到了皇城司。皇城司也不错，那是直接听命于官家的机构，是天子的耳目，可宋青竹干了不到一年，又被撵了回来。

老宋教头心灰意冷，只得找到老上司，给他安排了个厢巡检①的职务。这官说大不大，说小却也不小，负责京城的治安，虽然累了些，但名头还不错。

宋青竹干得马马虎虎，是京城八个厢巡检中最窝囊的一个，若不是看着他死去老爹的面子，上司早就把他打发了。

"厢巡检，那是缉贼拿盗，要的是冲锋陷阵，面对的是刀枪暗矢，你这心软得像菩萨，拿起刀来手都抖，如何做得了？真丢了你爹八十万禁军教头的脸！"上司这样骂，唾沫喷了宋青竹一脸，他也不急不羞，抹了，依然满脸笑。上司也拿他没办法。

"巡检，曹婆婆的案子，还没个头绪？"食客中有人问了一句。

宋青竹顿时眉头紧皱，一张脸成了苦瓜，嘟囔道："别提了！这几日从早到晚忙个不停，腿都跑细了，半点儿头绪都无，若是再这么下去，我这巡检算是到头了。"

"也不怪你。这么蹊跷的案子，就是狄梁公②、包龙图在

---

① 宋代行政单位，在唐代坊的基础上设厢，汴梁城新、旧城设置八个厢，每厢设巡检一名，主要任务是统领禁军、厢兵负责防火、防盗、缉贼、解送公事等。

② 狄梁公，指狄仁杰。

世，恐怕也束手无策，何况你这么个绣花枕头……咳咳咳，哎呀呀，巡检，我不是这个意思，我是说……难为你了。"食客说漏了嘴，急忙道歉。

宋青竹倒是不恼不怒，昂着头，可怜巴巴地看着外面："早跟我爹说过，我就不是这块料。唉，还是回家吃吃喝喝合我心意。"

"这案子原本就非人力所为，若想查个水落石出，寻常本事怕是不能。"有人开口道。

这人背对着门，坐在角落，话语低沉，穿透力十足，虽音调不高，在座的却听得清清楚楚。

"十五爷，你给好好说说，怎么就非人力所为了？"风四娘端来一碗鱼羹，放在宋青竹面前，转头笑着问道。

那人缓缓转过身来，顿时成了铺子中的焦点。

这人年纪颇大，至少六十开外，个头不高，手脚短小，白白胖胖，圆滚滚的脑袋，圆滚滚的眼睛，圆滚滚的鼻子，连下巴也是圆滚滚的，看上去，简直就像是个超大号的馒头。

老头在汴梁很有名。

此人姓孙，名宽，因为排行十五，大家都叫他十五爷。据说年轻时是出名的浮浪子，手底下一帮混混泼皮，连开封府都拿他无可奈何。后来，年纪大了，摇身一变成了说话人①。

不过，十五爷说的，和别人说的不同。

---

① 宋人称说书人为说话人。

汴梁的说话人，一般都在勾栏瓦肆，讲的是三国、神怪之类，十五爷却偏偏很少去这些地方，他游街串巷，有时候专门选择一些小酒铺、客店之类，讲的是绿林匪盗。

他说的故事只此一家，别无二处，生动有趣又懂得抖包袱，加上声音低沉好听，所以不管是达官贵人还是贩夫走卒，都爱听。

因他肥胖，所以有了个"孙蛤蟆"的外号。

此人不光说得好，肚子里的东西也多，上知天文地理，下知民间奇闻，无所不知无所不晓，所以他说什么汴梁城很多人就信什么。

"曹婆婆的事儿，诸位可曾听得仔细？"孙蛤蟆环顾四周，低低问道。

何止仔细，曹婆婆的案子估计整个汴梁城都传遍了。

要说这案子，还得先说说曹婆婆这人。

若是算算，曹婆婆今年正好七十岁。

这老太太不是汴梁人，听说年轻时被人拐卖到了这里，老家在太原，具体什么地方不清楚，反正是个苦命的女子。

十二三岁的女孩，先后被卖于医馆、酒肆，然后成了朱家桥南斜街妓馆里的使女，饱受凄苦。到了三十多岁，老天开眼，脱离了苦海——因为手脚麻利，被招入大内做了最低等的杂役，不过好在是在御厨里帮忙，因此习得了一手的好厨艺。

再后来，就更不得了了。当今的官家，那时候还是端王，起了王府之后，曹婆婆被赐给端王府，成了下人。她人安分，做的东西也花心思，小端王每天就爱吃曹婆婆做的饭菜，一来二去，她成了端王府不可或缺的人。

再后来，端王继承大统，曹婆婆的地位自然水涨船高，再入大内，成了御厨里的掌勺婆婆，深得官家的恩宠。

可没几年，曹婆婆便离开了——说是自己老眼昏花、体力衰迈，实在是承担不了御厨那么大一摊子事。

这事儿，据说官家还亲自过问（毕竟是从小到大做饭给自己吃的王府旧人），后来不仅允许曹婆婆出宫，还赐了专门养老的宅子，赏了许多银钱。

曹婆婆那时已经五十多岁了。

官家体恤，衣食无忧，照理说也该享清福了。可曹婆婆闲不住，她操劳一生，不想这么闲着，便在州桥南边开了间小小的食铺。

食铺里卖的，只有一样——肉饼。为什么只卖肉饼呢？因为官家从小最喜欢吃的，便是曹婆婆做的肉饼。

原本曹婆婆不过想有个事儿忙活，哪知道食铺开业之后，前来光顾的人从早到晚络绎不绝。

大家都想尝尝官家喜欢吃的肉饼到底是个什么滋味，回头也能向别人吹个牛皮："官家吃的肉饼，咱也吃过！"

凡是吃过曹婆婆做的肉饼的人，都被征服了。不得不说，曹婆婆做的肉饼，不仅价格不贵，而且那滋味，真是绝了——也不知道用了什么秘方，一口咬下去，饼脆肉弹，满口流油，让人回味悠长，吃上一回想二回，吃上二回想三回。

肉饼好吃，光顾的人多，官府也特别照顾，所以曹婆婆的生意越做越大。小小的肉饼店成了大酒楼，光伙计就有七八十位，每日宾客盈门，熙熙攘攘，赚来的钱财自然就不可估量了。有人说，曹婆婆的三间地窖里装满了金银。

　　而曹婆婆，还是那个曹婆婆，和普通的老太太没什么两样，每日三更早早起来，指导伙计们做馅和面、生火做饼、开门迎客，一直忙活到深夜，日日如是。

　　赚来的钱财的确不少，可不管是店里的伙计还是外面的亲朋、客人，从来没见过曹婆婆买新衣脂粉，也没见她买房置地。老太太身上一件衣服穿了好多年，磨出洞来，打个补丁继续穿，一日三餐，不过是两三个小菜。

　　曹婆婆对店里的掌柜、伙计都很好，可对自己近乎吝啬。

　　很多人不明白，这老婆婆一辈子没有嫁人，赚那么多钱不花，图的是什么。

　　对于别人的风言风语，曹婆婆毫不在意，听到了，不过是淡淡一笑。

　　肉饼店开了没几年，曹婆婆收了个孩子当养子，随她姓，取名曹吉。

　　那孩子听说是个弃婴，寒冬腊月被丢在肉饼店门口，曹婆婆让人救活，觉得可爱，便留在身边。

　　一辈子无儿无女，有了这么个老天送来的孩子，曹婆婆对曹吉简直溺爱无比，真是捧在手上怕摔着，含在嘴里怕化了，要天上月亮都要搬梯子去摘。

一晃十多年过去，曹吉长大成人，也成了汴梁城中有名的一号人物。

　　十七八岁的公子哥，不务正业，整日里和一帮狐朋狗友厮混，吃喝嫖赌，没一样不沾的，尤其喜爱去那些风月之地，花钱如流水，常常为了一个妓馆女子一掷千金，没钱了就向曹婆婆讨，若是拒绝，定然对曹婆婆一番拳打脚踢。

　　人们都说，曹婆婆一辈子节俭，临了摊上了个败家子，时也，命也。

　　虽说肉饼店的生意依然兴隆，可汴梁人都捏着一把汗。曹婆婆老了，风烛残年，一旦故去，肉饼店落到曹吉手里，结局可想而知。

　　没了这店，汴梁人再也吃不到天下第一的肉饼了。

　　最急的，自然是肉饼店的人。这店里，从掌柜到伙计，七八十号人，一直忠心耿耿跟着曹婆婆，把店当作自己家，店若倒了，他们如何营生？

　　曹婆婆自己对此也不得不做出打算。两个月前，曹吉在丰乐楼喝酒，为了个粉头和人争斗，伤了人，被下了大牢。曹婆婆四处打点，花了不知道多少钱，总算将曹吉赎了出来。

　　接回曹吉第二天，曹婆婆召集肉饼店的一干人等，抱出了个两岁大的男孩来，宣布收这孩子为自己的孙子。若是曹吉痛改前非，自己百年之后家业由曹吉继承，若是曹吉继续胡闹，就将曹吉赶出家门，所有的家产交给这个名为曹祥的孩子，而且特意请宋青竹做见证人，立下了文书，签字画押。

此事一出，汴梁城人人皆知。

虽然说什么的都有，但很多人都觉得曹婆婆这么做，无可非议。

曹婆婆这一手，镇住了曹吉。自那之后，曹吉果真痛改前非，再也不出去胡作非为，老老实实待在肉饼店帮忙。一时之间，那个前面是铺后面是家的大宅，有了少见的祥和之象。

就在大家觉得万事大吉之际，发生了不可思议之事——

五日前，曹婆婆被发现陈尸老鸦巷口。

那晚，汴梁降雪。雪大如席，纷纷扬扬，天寒地冻，人们早早就关门歇息。

破晓之前，一队巡逻的禁军在雪中发现了曹婆婆的尸体。

据说当时曹婆婆死得很是怪异，尸体倒在老鸦巷出口不远处的一座小小木桥上，仰面朝天，手提的一盏灯笼滚落在旁，早已被风雪打灭。曹婆婆全身并无任何伤痕，所带的钱财也没有少，躺在雪地里，全身的衣服几乎都脱下，散落四周，嘴角挂着笑，周围一个脚印都没有。

禁军急忙向上报告，一级级报到了开封府，最终听说连大内都惊动了。曹婆婆身份特殊，上头发话，七日之内必须查明，将凶犯绳之以法，否则相关人等一律严惩。

谁也不愿意接这么个烫手山芋，因为曹婆婆家在左一厢，所以一来二去，身为左一厢巡检的宋青竹就被指派出来，成了负责此案的倒霉蛋。

这些事儿，风四娘鱼羹店里的客人都知道。因为曹婆婆的肉饼店，就在隔壁。所以孙蛤蟆问大家是否知晓此事，店里的人都齐齐点了点头。

"这事儿，琢磨起来，十分蹊跷。"孙蛤蟆清了清嗓子，腰板微微挺直，摆出了说书的样子。

"蹊跷的地方，有三。"孙蛤蟆竖起三根指头，晃了晃。

"十五爷，你别卖关子了，赶紧说。"风四娘性子急，忍不了这个。

孙蛤蟆微微一笑，道："其一，死亡的地点，十分蹊跷。"

"有何蹊跷？"风四娘问。

"曹婆婆死于老鸦巷口的小桥上，诸位想过没有，她为何去那个地方？"

孙蛤蟆一句话，食客们顿时沉默了。

是呀！

汴梁城从里到外，分为宫城、皇城、廓城三部分。所谓宫城，自然是位于中心的大内，那是官家居住的地方。皇城，又叫旧城，原是唐时汴州节度使的驻地。后来，后周定都开封，开始扩建外城，这才有了廓城。

曹婆婆的肉饼店位于州桥附近，那是皇城里最为热闹的去处之一；而她身亡的地点，也就是老鸦巷口，位于廓城的西南角，那里居住的都是一些流民、贫户，偏僻寥落。两地的距离，若是走路过去的话，起码要一个多时辰。

孙蛤蟆顿了顿，道："曹婆婆七十岁的人了，三更半夜，又是天降大雪，一个人提着灯笼，去那么远而且偏僻的地方，这难道不蹊跷吗？"

听了孙蛤蟆的话，众人不约而同望向了宋青竹。

他负责此案，这种事儿，想必也会盘问吧。

宋青竹捏了捏下巴上的短须，道："这个……倒是不曾得知。"

嘻！众人齐齐叹了口气，心中暗道：果然是个无能的草包！

或许是听到了大家的心声，宋青竹急忙补充道："不过也打听了一番，曹婆婆在那里并没有什么熟人故知，也不曾有生意上来往的人住在那里。"

等于没说嘛！

孙蛤蟆白了宋青竹一眼，继续道："第二个蹊跷的地方，乃是曹婆婆的死状。"

众人纷纷称是。

"那晚天寒地冻，我守着炭火穿着厚衣都冻得哆嗦，曹婆婆死时，却几乎把衣服脱得精光，而且脸上还带着笑，简直不可思议！"

风四娘听得入神，道："难道是冻死？"

"此话何意？"

风四娘道："我曾经见过冻死的人，据说人在被冻死之前，会觉得身体奇热无比，不由自主脱掉自己衣裳，而且会面带笑容。这种死法，倒是和曹婆婆的死法类似。"

"虽然有些道理，可并非如此。"宋青竹插话道，"曹婆婆当时穿的衣裳，里外四层，而且最外面是件厚厚的皮袄，虽说行走于风雪之中很冷，可远未到会被冻死的程度。"

"那为何……"

"这个，我也不知。"宋青竹道。

孙蛤蟆摆了摆手，道："蹊跷之三，在于当时的现场。"

"哦？"

"宋巡检，听说当时曹婆婆随身的钱袋并没有被拿走，是吗？"

"是，里头还有些散碎银两。"

"周围并没有脚印，是吗？"

"是，周围我们仔细勘验过，除了那伙禁军以及曹婆婆本人的脚印之外，并无别人的脚印。"

风四娘道："会不会是雪大，原本的脚印给盖住了？"

"非也。"宋青竹忙道，"曹婆婆经过时，桥上已经积雪很厚，踩上去可以没到膝盖，便是之后有降雪覆盖，也能查勘出来。周围的确并无别人的脚印。而那伙禁军也细细问过，都是一般说辞。这一点是可以确定的。"

孙蛤蟆道："诸位，这些可听清楚了？曹婆婆一人来到老鸦巷口的木桥上，不知何故，突然脱掉自己的衣裳，面带笑容死去，身上银钱还在，周围一个脚印都无。这些，难道不蹊跷吗？"

"蹊跷！这恐怕是最蹊跷的命案了！"这回，连忙着救人的杖头傀儡师庄助也叫了起来。

"这样蹊跷的案子，上头只给了七天的时限。莫说是七天了，就是七十天，恐怕也抓不到凶手。"宋青竹痛苦地揉了揉脸，"我还是等着被罢官吧。"

孙蛤蟆冷冷一笑，道："自然是抓不到凶手！"

他这话说得阴阳怪气，似乎深有玄机。

"何意？"宋青竹忙道。

孙蛤蟆晃了晃圆滚滚的脑袋，低声道："因为……凶手根本就不是人呀！"

"噫！"

铺子里顿时响起了一阵吸气声。

"这样蹊跷的死法，一看就不是人所为。"孙蛤蟆道。

"不是人，那是……"宋青竹伸长了脖子。

"妖怪啦！"孙蛤蟆大声道。

"妖怪？！"

这下，很多人都叫出声来。

"妖怪……杀人？"宋青竹额头上的冷汗冒了出来，"这个……未免有些匪夷所思，妖怪……"

"诸位对那老鸦巷，知道多少？"孙蛤蟆问道。

有的人点了点头，有的人茫然摇头。

便是宋青竹，也是睁大双目，一副错愕的样子。

孙蛤蟆啧了啧嘴，道："这老鸦巷可不简单，当年还没有外城的时候，那地方就是一片荒地老林，周围尽是些乱坟岗子。后来修了城墙，括了进来，有了人家，才有了街巷。"

孙蛤蟆看了看门外，压低了声音，嗡嗡地道："老狸祠，便在那里！"

"老狸祠？"风四娘道，"这是什么东西？"

"一座祠堂。"孙蛤蟆道，"年头久远，不知道何时修建，位于巷子最里头，人迹罕至，被古木、荆棘、乱石遮掩。这样的地方，是妖怪栖身的好去处。"

"你是说，那里住着妖怪？"宋青竹明显不太相信。

"此处住着一群狸妖，为首的一个，更有千年之龄，幻化莫测，名为团五郎，有道是反物为妖、非常则怪，迷惑凡人，夺人性命，这般的事情，倒也不稀奇。"孙蛤蟆道。

"既然是妖怪，为何人们还要为它们立祠？"风四娘问道。

孙蛤蟆笑了笑："或许因为惧怕吧，为它们立了祠堂，供奉起来，自然也就不会伤害供奉之人。不光如此，妖收了人的好处，自然也会庇佑人。狸妖这种东西，不光善于变化、迷惑人心，据说还能给虔诚供奉的人带来财富。"

说到这里，孙蛤蟆的脸色变得凝重起来："在汴梁，关于这老狸祠流传着一个说法，尔等不知？"

"不知。"

"据说，若是遇到难事、苦事或是有无法与人言说的隐忧，夜半三更时分，只需带着贡品或者若干钱财前往，对着祠里只剩下半截的狸妖土偶塑像诉说一番，若冥冥中听到应许之声，有石头从高处滚落，便可欣然而返。所托之事，不日定然会办成。老狸抛出来的石头，与一般的石头不同，通体洁白，鸡卵一般，上面有一个朱砂狸猫爪印，因此，这石头就叫狸愿石。"

"哎呀！"宋青竹突然一声大叫，打断了孙蛤蟆。

"巡检这是……"

"你这么一提醒，我倒是想起一件事来。"宋青竹拍着脑门，道，"曹婆婆身上，有这么一块石头！"

"哦？"孙蛤蟆微微扬了扬眉头。

"将尸体抬回来之后，在曹婆婆的衣兜里发现的，仵作以为是无用之物，给丢掉了。"

一班闲客顿时发出了惊讶之声。

"如此说来，曹婆婆三更半夜去老鸦巷，是去老狸祠祈愿了，而且狸妖也答应了，对吧？"风四娘道。

"看来，确是如此了。"

风四娘皱着眉头想了想："若是如此，那就说不通了——狸妖既然答应了曹婆婆所求，为何还要害她呢？"

言之有理！大家都如此想。

孙蛤蟆道："妖怪所为，常人难以理解。如果曹婆婆的愿望就是结束自己的生命呢？又或许，已经有人先前一步祈愿，让曹婆婆死，而狸妖也答应了呢？"

这个……

有些人觉得孙蛤蟆胡扯，有些人觉得似乎很有道理。

孙蛤蟆啪地拍了一下桌子，像说书一般结束了他的故事："反正，那么蹊跷的死法，一定不是人力所为。妖怪啦！"

说完，这老头收拾东西，腆着肚子出去了。

他这一走，原本热闹的铺子顿时冷清下来。

"冷，冻死我了……冻死我了……"

一阵呻吟声响起，被庄助拖进来的那个年轻人，总算是苏醒过来。

"这家伙哪儿来的？"宋青竹吓了一跳，急忙转身问。

敢情这位巡检从一进来，就没觉察旁边桌子上躺着个人。

"门外捡来的。"庄助说。

宋青竹打量了一下年轻人，笑道："有点儿意思。"

鱼羹店后院厢房。

屋子虽然不大，但收拾得干干净净。桌子上泡着茶，热气腾腾。

三男一女，四人对坐。

"我叫张小满，秦州天水人。"年轻人抬起头看了看身边三人，话还没说完，脸已经红了。

"哎哟哟，竟然还会脸红。"风四娘乐得不行，问道，"多大了？"

"十……十九。"

"爷儿们混汉一个，竟然羞赧如此。"风四娘道，"你来汴梁做甚？"

张小满不敢看风四娘，或许是因为四娘太美太妖娆，或许是他本性就脸皮薄。

"投奔……投奔我叔父。"

"你叔父干什么的？"

"我爹说他是禁军，让我来投他。"

"禁军多了去了，在何处当差？"宋青竹问。

"不知。我路上把我爹给的条子弄丢了。"张小满耷拉着脑袋，"我只知道我叔父叫张大勇，绰号'张四胡子'。我在汴梁找了七天，都没寻着。汴梁太大了。"

"真是笑话，光知道个名字就敢在汴梁城找人？"风四娘乐得不行，"汴梁城百万人，你以为是你家那个小破城？"

"我又冷又饿，已经四天没吃东西了，倒在姐姐你铺子门口，真是抱歉……"张小满起身施礼。

"这没什么。我倒是好奇得紧。"风四娘上下打量着张小满。

这娃子，身形高大，虽然瘦削，但一看就是练家子出身，精干利索，就是脸皮太薄，性格未免懦弱了些，说话做事，大姑娘一样。

"汴梁城饿不死人，随便找个活儿就能把自己养得白白胖胖的，你便是乞讨，也不至于饿死。"风四娘道。

"我……我找不到活儿……"张小满脸又红了，"我什么都不会。"

"嘻，稀奇了！半大的孩子也会挑水劈柴，你什么都不会？"

"挑水劈柴，不会。我只会使刀。"张小满说。

他的腰间，挂着一把刀。

那刀是把环首刀，比一般的刀要短一些，细一些，刀环精铁为之，檀木做鞘，乍看上去毫不起眼。

"能否借我一观？"宋青竹道。

张小满犹豫了一下，把刀解了，双手奉上。

宋青竹抽刀出鞘，只听得一阵嗡嗡嗡之声。

刀身黝黑，微微泛红，有着河水般的纹路，寒光四射。

"好刀！"宋青竹不由得赞叹了一声。他爹是八十万禁军教头，他见过好刀无数，耳濡目染，也算是个行家。

"家传的？"宋青竹把刀还给张小满。

"我爹给我的。他可是秦州有名的刀客！"提起父亲，张小满格外自豪，昂着头，"我自小跟着我爹练刀。"

"你刀法如何？"

"这个……"张小满闻听此言，顿时如同霜打了的茄子。

"怕是个绣花枕头吧。"庄助在旁笑了起来。

"我可不是绣花枕头！"张小满大声道。

年轻人，最怕别人贬低自己。

不过，张小满的声音很快变得有气无力："我只是……只是……"

"只是什么？"庄助饶有兴趣地盯着他。

"我只是……只是胆小。"

"哈哈哈哈。"庄助大笑，"一个刀客，竟然胆小……哈哈哈，胆小，如何算得上刀客？"

"我爹说，只要胆子练出来，我就是个刀客！"张小满双目圆睁，直直地盯着庄助。

"你胆子小到什么程度？"风四娘捂着嘴道。

张小满额头冒汗，低着头，脚尖使劲顶着地面，声音低得像蚊子："我不敢拔刀……"

"什么？"风四娘没听清。

"我不敢拔刀……"

"不敢拔刀？"

"嗯。和人对战，全身发抖，不敢……拔刀……"

庄助笑得差点儿背过气去："一个不敢拔刀的刀客！哈哈哈，小子，你真是……哈哈哈……"

"所以我爹让我来投叔父。我爹说，禁军是天下最精锐的军队，有着最勇敢的士兵！只要找到叔父，我也能成为禁军，历练下来，就会成为一个优秀的刀客！"张小满大声说。

"可你找不到你叔父。"庄助像猫玩弄着老鼠一般，看着张小满。

"汴梁城禁军十余万，找你叔父无异于大海捞针，而且禁军也有轮换，如此一来，更是难寻。"宋青竹道，"找不到你叔父，如何？"

"那我就一直找！"

"一直找不到，又如何？"

"那我也不回去。我发过誓，不历练出来，不能成为一个优秀的刀客，我决不回去！"张小满攥紧拳头道。

"找不到你叔父，不愿意回去，又什么都不会，你凭什么留在汴梁？"庄助玩弄着他那个杖头骷髅，笑道。

"我……"张小满一下子蔫了，不知道说什么。

是呀，再多的豪言壮语，出了这个门三五天，估计就会在汴梁城冻饿而死。

"四娘这里缺不缺人？"宋青竹看着风四娘。

"我这里？我养几个伙计已经入不敷出了。"风四娘直摇头。

宋青竹扭头看着庄助。

庄助急忙摆手道："可别看我！我孤家寡人一个，风流自在，这么个累赘跟着我，可不行！"

"总不能见死不救吧。"宋青竹道。

"巡检，你来帮忙呀。大家都叫你'宋菩萨'呢。"风四娘咯咯咯笑起来。

"我家里也不缺人。"宋青竹捏了捏下巴上的短须，又看了看都快哭了的张小满，道，"小满呀，我有个活儿，倒是适合你。此事对你来说，倒是轻松得很，也不需要费什么脑筋，只要你答应，吃喝没问题，住处也有，还有十两银子的报酬。"

听起来，的确不错。

"巡检，什么活儿？我做。"

人在屋檐下，不得不低头。一文钱难倒英雄汉，此刻的张小满，没有多少选择。

"做个护卫。"宋青竹说。

"护卫？"

"去曹婆婆家，当个护卫。"

"啊？闹妖怪的那家？我可不去！"张小满差点儿跳起来。

"噫，这小子！先前我们聊事情的时候，你不是晕了吗？"

"我那是假装的，不敢马上醒来，想探听探听你们的底细。"

"倒是挺狡猾！"宋青竹哈哈大笑，"有这心思，更适合了。小满呀，这事情其实并不像你想象的那样，所谓妖怪，就是子虚乌有。再说，让你去当护卫，又不是去守曹婆婆的尸体，而是让你去护卫她的那个孙子。"

"孙子？"

"嗯。曹婆婆收养的那个孙子，肉饼店的继承人之一，两岁。"宋青竹微微眯起眼睛，"我总觉得，下一个死掉的，很有可能是他……"

"我姓张名小满，以后还请多多指教。"小满郑重地施了一礼，然后咽了一下口水。

空气中弥漫着一股让人胃部不由自主蠕动的香味！

是肉香，却又不尽然，还有一种柴火烘烤出来的麦香。

光是闻一下，口水就要流下来。

已经过了晌午，曹婆婆肉饼店里仍然一片忙碌。

伙计们端着刚出炉的肉饼往来穿梭，高高的堂倌站在门口热情地招呼客人。

这家闻名汴梁的食铺，似乎并没有因为曹婆婆的死而生意冷清。

"岂敢岂敢，某家小郎君拜托你了！"面前的男人急忙回礼。

"小满，跟佟掌柜不用如此客气。他是肉饼店的老人，自打肉饼店开张的那一天就跟着曹婆婆，不仅手艺好，人也好。肉饼店能有今日的规模，他出力不少。"宋青竹在旁边笑道。

"宋巡检说笑了，某不过是个看店的，肉饼店那都是因为某家娘子①。唉……"说到此处，佟掌柜不由得双目发红，洒下泪来，"分明好好的，转眼就……唉，某家娘子一辈子遭罪，刚过上好日子，便遭人毒手。"

"天有不测风云，人有旦夕祸福，老佟呀，你也看开点儿。不过几日，你便清减了许多，铺子还得靠你呢。"宋青竹安慰了几句，拍了拍佟掌柜的肩膀。

这佟掌柜，五十岁出头，身材高大消瘦，长脸短须，双目炯炯，一边吩咐着伙计，一边将宋青竹和小满引入后院。

店后面是三进院子的大宅。头一进院子里，左右两排都是伙房，是做肉饼的地方，烟火升腾。第二进院子，是伙计们的房间。

最后一进院子，收拾得格外干净，虽说没有亭台水榭，却也朴素典雅。

主屋布置起了灵堂，裹白挑幡，肃穆庄严，一口上好的黑漆漆的柏木棺材停放其中。

---

① 宋代，仆人称男主人为阿郎，称女主人为娘子。

"你家少主人不在？"宋青竹看了看东厢房。

"大郎……这几日都不在。"佟掌柜讪讪道。

"去何处了？母亲去世，他不在这里守丧？"宋青竹脸上露出一丝不悦之色。

"这个，某也……不知。巡检，这边请。"佟掌柜在前小心翼翼地将宋青竹和小满带到了西厢房。

说是厢房，其实面积很大，曲曲绕绕的，里头起码有十来间各样的房间。

三人到靠走廊的房间，佟掌柜打开窗，外面是一片空地，不似大户人家那样种着花草，而是做成了个小小的菜园子。

日光斜斜照进来，光影斑驳。

佟掌柜忙着煮茶。小满仔细看了看房间。

房间里没多少家具，除了桌椅板凳，就数墙上的画抢眼。

绢帛之上，画着一只大鸟，孤零零立在老树之上，全身黑色，长相似鹤却又不同。

"哦，这幅画，是某家娘子从大内带回来的，一直挂在这里。"佟掌柜见小满对那画有兴趣，解释道。

"这般的鸟，没见过。"小满道。

"如此怪异的鸟，世间本来就无。想必是……某种祥瑞吧。"宋青竹把手靠近小火炉，道，"老佟，那件事办得如何了？"

佟掌柜忙活一番，将煮好的茶分给宋青竹和小满，道："巡检，已经办妥了。不过，某家娘子一去，这肉饼店的归属着实让人为难。虽然你让我请的人都请到了，可到时候只怕不太那么容易解决。"

"不光是肉饼店，还有曹婆婆留下来的产业。"宋青竹道。

"产业？"佟掌柜苦笑不已，"所有的产业都在这里了。"

"何意？"

"肉饼店呀。"佟掌柜道，"除了这店和宅子之外，某家娘子没留下什么。"

"不太可能吧。曹婆婆别处没有宅地？"

"没有。"

"那这些年攒下的银钱也数目不小吧。"

"巡检，本来这是个秘密，但你问起来，一发跟你说了。"佟掌柜压低声音，道，"某家娘子根本就没钱。"

"没钱？！不可能吧。大家都说，这宅子下面的地窖里装满了金银。"

"某说的是实话。虽说肉饼店日进斗金，可并没有余钱。不信，巡检自可带人去查，而且这事情，除了某之外，账房也知道。"

"那银钱都去了什么地方？"

"银钱的去处，只有某家娘子知道。这些年，她每个月留下能够维持肉饼店开支的钱，剩下的都会被她取走。"

"那可不是小数目，她用这些钱干吗去了？"

"这个，某就不知道了。"

宋青竹微微张大了嘴巴。

"某家娘子一死，这就成了不解之谜了。不过，即便如此，这宅子，这店，也非同小可。"佟掌柜道，"一年赚的钱，起码有五六千两雪花银，宅子……"

"是了。"宋青竹点了点头，"除了钱之外，还关乎七八十个伙计的生计，所以谁来继承，是个难题。"

"我们和伙计，是想……"佟掌柜看了看外面，见没人，低声道，"自然是想让小郎君继承。"

宋青竹挑了挑眉。

"大家都是跟着某家娘子风风雨雨一路过来的，都是这店的一分子，小郎君虽然只有两岁，可大家同心协力，肉饼店还是会红红火火。若是让大郎继承，依他那性子，巡检，恐怕一两年这肉饼店就要败了。"佟掌柜说着，眉毛几乎拧在了一起。

"是有道理。不过……"宋青竹道，"曹婆婆在世时说过，只要曹吉痛改前非，他依然可以是继承人。这段时间，他也的确洗心革面，没出什么岔子。也就是说，他有继承的资格。"

"的确……是呢。"佟掌柜皱着眉头，道，"巡检，不知你有没有听到过什么风声？"

"何意？"

"也许是胡说八道，但是听着让人不舒服。"佟掌柜道，"外面有人传言，某家娘子的死，和……和大郎有关系。"

"哦？"

"有人说，大郎痛改前非那是不可能的，毕竟本性如此，暂时收敛可以，但长久地让他本本分分，不太可能。说实话，让他不出去鬼混，不去结识那些狐朋狗友、妓馆妓女，简直就如同杀了他一般。可要去鬼混，便会被取消继承人的资格，所以……"

"所以大郎杀了曹婆婆？"

"某家娘子死了，他便可以名正言顺继承肉饼店，成为主人之后，自然可以过他的风流日子。"佟掌柜道。

"不过是没根据的流言。"宋青竹道。

佟掌柜道："巡检，有两件事，某还不曾跟你说过。"

"何事？"

"事发前，我看到大郎在找东西，而且是偷偷摸摸地找。"

"找什么？"

"应该是秘方吧。"

"什么秘方？"

"肉饼的秘方。"佟掌柜道，"某家娘子的肉饼，味道鲜美，闻名汴梁，究其独到之处，最重要的，就是馅料的秘方。这个秘方，只有某家娘子一人知晓，故而别家是学不去的。"

佟掌柜又给宋青竹倒了一杯茶，道："大郎曾经偷偷找过某，想从某这里拿到。某实话实说，他曾许以五百两，让某帮他拿到。某跟了娘子一辈子，这等事自然做不得。他便自己偷偷摸摸地做事情，我亲眼看到过几回。为了这事，某还曾经提醒娘子要保管好那秘方。"

宋青竹捻着胡须，陷入了沉思。

"秘方他拿到了吗？"宋青竹问。

"没有。事发前一天，大郎翻找时被娘子发现了，两人大吵了一架。吵完之后，大郎离家出去。"佟掌柜顿了顿，又道，"第二件事，就是娘子身死的那一晚，有人看到大郎出现在老鸦巷。"

"当真？"

"某特意去查了一番，的确如此。这是证词。"佟掌柜从袖中掏出一沓纸，递给宋青竹。

"酒肆掌柜、老鸦巷的保长、天宁阁的伙计、打更的……"宋青竹仔细看着，道，"似乎，果真如此。"

"那晚，大郎并非一人，身边跟着一帮黑衣人，看样子，应该是他先前结识的浮浪子。"

"这件事，你跟他说过没？"

"没有。某家娘子出事第二天，他就消失不见了。"

"派人找了？"

"找过。昨日在丰乐楼寻着，喝得一身酒气，说是后天晚上会准时参加。"佟掌柜苦笑，"他似乎对继承店铺很有信心。"

"后天晚上，那是曹婆婆的头七。"宋青竹喃喃道。

"的确如此。"

"也好。"宋青竹道，"到时众人一起商量，做个决定吧。"

"还请巡检到时候多帮忙，为我们小郎君做个打算，也为我们这些伙计做个打算。"

宋青竹沉默了。

"巡检，若是肉饼店落到大郎手中，我等再不济，也不过是离开各寻生路而已，但是，你想过没有，小郎君会如何？"佟掌柜的声音有些颤抖了，"他是某家娘子寻来的孩子，才两岁，是大郎的眼中钉肉中刺，大郎一旦成为新主人，定然会对小郎君痛下杀手……"

"这个……"宋青竹的眉头抖动了一下。

"所以，某在此拜托巡检，务必可怜某等，施以援手！"佟掌柜潸然泪下，拜倒在地。

"你且起身。"宋青竹扶起佟掌柜，指着小满道，"你说的事，我已经有所准备。这小子是个刀客，功夫了得，让他保护你家小郎君，不会有什么差池。等到后天晚上，事情解决了，便好了。"

"如此，多谢宋巡检！"佟掌柜大喜。

"掌柜的，小郎君今日似乎有些不舒服。"两人谈话之间，有声音从身后传来。

一个年近四十岁的妇人，抱着个孩子走过来，见到宋青竹，急忙行礼。

她怀中抱着的孩子虎头虎脑，十分可爱，不过小脸微微发红，精神有些萎靡。

佟掌柜伸手在孩子脑门上摸了摸，道："发烧了！你怎么如此不小心！"

妇人慌张道："许是昨晚着了凉。昨晚小郎君一直哭闹不停。"

"废物一个！"佟掌柜大喊道，"去找郎中。"

"我有事要忙，不耽误了。你们赶紧带小郎君去看病。"宋青竹起身，对小满道，"小满，今日起，小郎君托付于你了。"

说完，宋青竹转身离去。

妇人抱着孩子往外走，小满慌忙跟上。这一刻起，他就是小郎君的贴身保镖了。

这个妇人名叫阿胜，是曹婆婆收养的这个孙子的乳母。她抱着孩子出了铺子，急急忙忙去寻郎中。

过了州桥，往西，行了不远，便是赵太丞家。

好在来问诊的人不是很多，很快轮到了曹祥。赵太丞诊了脉，说是着凉受了寒，吃几服药就好。

正准备开方子，阿胜表情有些不自然。

"太丞，怕不是着凉这么简单。"阿胜说。

"我是郎中，还是你是郎中？"赵太丞十分不悦。

阿胜急忙赔不是："我不是这个意思，我是说，我家小郎君这几日有些奇怪。"

"哦？"赵太丞抬起头，手中的笔不动了。

"会不会和那种东西有关系？"阿胜说，"被吓到了？"

"什么东西？"

"就是……"阿胜凑到跟前，嘀嘀咕咕跟赵太丞说了几句。

"满口胡言！"赵太丞气得胡子都撅了起来，"你不要瞎想，好好服药。唉，曹婆婆这回，真是……"

赵太丞叹了口气，开了方子，又细细叮嘱了一番。

阿胜照顾孩子，小满起身跟着伙计去抓药。药抓好后，他护着阿胜出门回去。

大街上人头涌动，小满生怕过往的牲口和路人的扁担之类的东西擦着孩子，张开手，如同母鸡护小鸡一般护着阿胜。

阿胜乐得不行，和小满聊了几句，便熟悉了。

阿胜这人属于自来熟，心直口快，对小满道："看你干瘦无比，想不到竟然是个刀客。模样倒是挺好，可曾娶亲？"

小满面红耳赤，摇了摇头。

"哎呀呀，这么好的人儿，如何寻不着姑娘？我倒是有个心疼人的侄女，过几日介绍给你认识。"阿胜笑着说。

小满越发羞赧起来，急忙转移话题："阿胜姐，你方才跟赵太丞说小郎君被东西吓到了，是怎么回事？"

听了这话，阿胜脸上的笑容僵住了，沉声道："我跟你说，你千万莫传出去。"

"那是一定。"

阿胜道："我家娘子死得蹊跷，闹腾得人心惶惶。"

"此话何意？"

"就是……"阿胜皱起眉头，顿了顿，"一发跟你说了。尸体被仵作验明后，就运回来入殓，放在主屋灵堂。"

"我看到了，那么大的一口黑柏木棺材。"

"是呀。大郎不在，我们这些下人轮流守灵看护。没想到，第二晚就发生了怪事。"

"什么怪事？"

"棺材里传出了咳嗽声！"

"不可能吧！"小满吓了一跳，脊梁骨直冒冷汗，"阿胜姐真会说笑。"

"谁跟你说笑了！此事千真万确，当时三四个人守灵，都听到了。咳嗽声是从棺材里传出来的，低低的，沉沉的！"

"棺材里……除了尸体……应该没别的东西了吧。"小满声音有些发颤。

"是呀！咳嗽声是千真万确的，所以，你觉得会是谁咳嗽的呢？"

小满面色苍白，冷汗直冒。

"第二晚是这样，第三晚，也是如此。"阿胜道，"我家娘子肺不好，有个老毛病，夜里就会咳嗽不止。棺材里传出来的咳嗽声，和她的咳嗽声几乎一模一样。"

"这事情……"小满道，"如何是好？"

"昨晚，几个胆大的把棺盖打开，举着灯笼看了看。"阿胜的声音有些变了，"娘子的那张脸不曾有任何的改变，嘴角还挂着笑呢。吓得他们赶紧又给合上。这事情出了之后，没人敢往灵堂里去了。"

"那小郎君又是怎么回事？"小满觉得这事情不可思议。

"小郎君就更蹊跷了。"阿胜道，"娘子生前对小郎君好得很，白日几乎形影不离，睡觉都亲自带着，是当成亲孙子在疼啊，他们俩感情最好。娘子死后，晚上只有我来照顾了。这几晚，小郎君都哭闹不止，而且老盯着房梁哭。两岁的孩子，虽说不清楚话，但也会咿咿呀呀，哭的时候，嘴里面老是念叨着一个字……"

"什么字？"

"我也听不太真切，仿佛是'杀'字。"

"杀？"

"嗯。"阿胜学着小孩的语调，"'婆婆，杀，婆婆，杀。'便是如此说。他一边说，还一边指着房梁，好像看到了什么一般。"

"两岁的孩子而已，能看到什么？"

"你懂什么？两岁的孩子，能看到大人看不到的东西。"阿胜哭丧着脸道，"娘子死得不明不白，我觉得，可能冤魂不散，在家里徘徊呢。"

"我爹说人死如灯灭，鬼魂之事，子虚乌有。"

"你爹难道学问比孙蛤蟆还大？"阿胜冷笑一声，"孙蛤蟆说我家娘子是被狸妖夺去了性命，我看就是。"

"更胡扯了。"

"唉，娘子死得真是惨，关键死于自己儿子手里，更是让人无奈。"

"你觉得曹婆婆的死，和曹吉有关系？"

"如果不是妖怪干的，除了他，便没有别人了。"

两个人上了州桥，阿胜道："这些事，你千万别跟别人说。晚上有你护着，我倒是可以松一口气了。这几日，我带着小郎君总是不放心。"

回到肉饼店，阿胜忙着煎药，小满在旁帮忙。药煎好了，又给曹祥吃下，等折腾到孩子沉沉睡去，已经是晚上了。

匆匆用完饭，小满又帮着阿胜将房间打理一番，修好了漏风的窗户，重新铺了床铺，又取来清水，里里外外擦洗了一遍。

天气寒冷，起了风，四下里黑漆漆一片。站在走廊上，小满望了望主屋，灵堂空空荡荡，只有昏黄的几盏灯，相当瘆人。

小满回到了里间，阿胜正拍着孩子哄睡觉："方才醒来，吃了点儿粥。烧还没退，夜里得当心点儿。你在外间歇息，有事我叫你。"

"好。"小满答应下来，关上房门，来到外间。地上铺好了厚厚的被子。小满抱着刀，和衣而卧。

前头店里的熙熙攘攘声逐渐沉寂下去，三更之后，终于无声。一天的买卖，应该结束了。

忙活一天，小满困得不行，刚迷迷糊糊想睡觉，忽然听到里头传来孩子的啼哭声。

"婆婆，杀，婆婆，杀……"孩子哭声响亮，咿咿呀呀，说的话果真和阿胜说的一样。

接着传来阿胜的安抚声，可孩子不但没有消停，反而哭声愈加大了起来。

"啊！"阿胜突然尖叫了一声，"小满，小满！"

小满闻声，急忙起身，推门而入。却见阿胜坐在床上，抱着孩子，脸色苍白，全身颤抖。

"阿胜姐，怎么了？"

"有东西！有东西！"阿胜指着窗户。

小满急忙回身，看向窗户，不由得一愣！纸糊的窗户上，映着暗淡的月光，显现出一个蹊跷的黑影！

那黑影，俨然是一只巨大的怪鸟，双翅张开，几乎遮住整个窗户，脖颈细长，尖喙利爪，一双眼睛闪现赤光。

"什么东西！"小满厉喝一声，不由自主握住了刀柄。因为用力，那只满是老茧的手，关节处微微发白。

"喀！喀喀喀！"

怪鸟晃动身体，发出一阵诡异的咳嗽声，然后——

如同烟雾一般，缓缓消失了！

小满推开窗户，却见外面一片死寂，别说是鸟，连鸟毛都未见一根。

"阿胜姐，怎么回事？"小满转身问道。

阿胜吓得几乎昏厥过去，带着哭腔道："方才小郎君哭闹叫喊，我起来安抚，却见他指着窗户，待看去，发现……发现窗户上有个人影！"

"人影？"

"嗯！是……是我家娘子的身影！"

"曹婆婆？"

"是！"

"不可能。曹婆婆不是躺在棺材里了吗？"

"我跟随娘子两年，那身影肯定是她，我不会认错！"

"然后呢？"

"然后那身影晃动、变化，成了那只怪鸟！"

"这个……"小满不知如何是好，道，"那怪鸟已经离去了。阿胜姐，已经半夜三更，今晚我就在房间里守着，待明日，找宋巡检禀明情况。"

这一晚，小满守着阿胜和孩子，几乎一夜未眠。

未到天明，一待佟掌柜起身，阿胜和小满急忙将此事告知佟掌柜，佟掌柜赶紧派人去请宋青竹。

事情传了出去，肉饼店的伙计们都心惊肉跳。

"娘子这是冤魂不散呀！"

"怎么会……怎么会变成大鸟呢？"

"那谁知道？肯定要出事！"

……

除了伙计们惊恐不安，肉饼店的那些食客们也议论纷纷。

"人死变成鸟，这事情，没什么奇怪的。"嘈杂之中，有个人的声音格外刺耳。

圆滚滚的脑袋，圆滚滚的身子。

"十五爷，您老人家见多识广，这人死了怎么会变成鸟呢？"有人问道。

正在吃肉饼的孙蛤蟆冷冷一笑："所以说，你们这帮人是孤陋寡闻。"

孙蛤蟆将肉饼放在盘中，正色道："人这东西，天出其精，地出其形，合此以为人。人死之后，肉归于尘土，魂魄入幽冥。凡人死后数日，有禽鸟自棺中出，名字叫'杀'，此种鸟，乃冤魂所化。"

"杀？"阿胜和小满听了，皆是一愣。

这不就是小郎君喊出的字吗？

婆婆，杀；婆婆，杀……

"这种鸟，黑色，身高五尺①有余，尖喙长颈，双翅翕张，似鹤而凶目。"说到这里，孙蛤蟆看了看阿胜，"尔等看到的，便是如此吗？"

"正是！正是如此！"阿胜连忙点头。

铺子里顿时发出一阵阵的惊讶和啧啧之声。

"十五爷，这……可有破除之法？"佟掌柜急忙问道。

孙蛤蟆啧了啧嘴，道："魂化为'杀'，乃大凶之兆，定是有大冤屈或者心愿未了，解铃还须系铃人，只需洗刷了冤屈或者满足了心愿，自然也就破除了。"

"这个……"佟掌柜一时无语。

曹婆婆的死，蹊跷无比，连官府都没有办法，如何化解？

"我就说过，小郎君这几日身子不舒服，怕不是受凉那么简单。"阿胜抹着眼泪，"定是……定是娘子的关系。"

众人深以为然。

孙蛤蟆道："曹婆婆生前就对小郎君极好，估计是想带着一块儿走。"

---

① 宋时一尺合今 31.6 厘米。

这句话，可把佟掌柜等人吓得够呛。

"万不可呀！小郎君若是有个差池，我们这肉饼店如何是好？"佟掌柜道，"十五爷，可有办法护我家小郎君？"

孙蛤蟆想了想道："那就只能请人画符作法了。"

"这个倒是好办，我立马就去相国寺找师父们。"佟掌柜道。

孙蛤蟆笑道："相国寺的和尚们管什么用？一个个经书都不念，光顾着做生意。"

"那找谁？"

"庄助倒是可以试试。"

"庄助？那个幻术师？他还会这个？"佟掌柜不肯相信。

"人不可貌相，他虽是个幻术师，可祖上也是大唐长安太常寺的术士，画符作法的本事高深莫测。"孙蛤蟆道。

"我立刻派人去请。"佟掌柜道。

"明天便是曹婆婆的头七吧？"孙蛤蟆抬起头，看着佟掌柜。

"是。"

"着实不妙。"

佟掌柜被说得十分紧张："如何不妙了？"

"头七，乃是回魂之日。那天晚上，曹婆婆定然是要回家的。到时候……"孙蛤蟆没有继续说下去，站起身，摇着头出去了，一边走一边嘀咕："不妙，不妙呀……"

这么一番折腾，肉饼店里人仰马翻。

佟掌柜派人请来了宋青竹，将事情说了一番。宋青竹欲哭无泪，没办法，只得安排五六个铺兵①在大宅中值守护卫。

过了午后，伙计又找来幻术师庄助。

这家伙，依然是穿着那件颜色斑驳的衣服，一身的酒气，收了钱财，用朱砂画了许多张符咒，让小满贴在小郎君卧房前前后后，然后披头散发在西厢房、灵堂、东厢房作法，捣鼓了整整一个下午。

"明日曹婆婆头七，你可要多留神。"忙活完了，庄助喝酒吃肉，对身边的小满叮嘱道。

"明日，果真会有那种事？"

"孙蛤蟆可不是信口胡说。头七回魂，鬼知道会发生什么？"庄助道。

见小满吓得够呛，庄助呵呵一笑，拍了拍小满的肩膀："放心吧，从今天到明晚，我一直都在。"

这话让小满松了一口气。有个精通术法的幻术师在身边，总算是不错。

也不知是不是庄助的符咒和作法起了效，当天晚上，小郎君睡得十分安稳，一夜平安无事。

第二天，是曹婆婆的头七。肉饼店罕见地关张歇业。

佟掌柜以下，伙计们披麻戴孝，聚在后院哭声连天，又请来和尚、道士念经超度。

---

① 宋代汴梁城有军巡铺屋，类似于负责街巷安全的巡警队。《东京梦华录》记载："每坊巷三百步许，有军巡铺屋一所，铺兵五人，夜间巡警，收领公事。"

从早晨忙到黄昏，众人这才散去。

佟掌柜让人将灵堂布置一番，关上肉饼店的大门，神情郑重。

"到了决定肉饼店前途的时候了。"阿胜抱着小郎君，站在木廊下看着灵堂。

"怎么了？"小满问道。

"宋巡检定好了，今晚请店里掌柜、老伙计、保长以及亲故，商量肉饼店继承人。"阿胜说，"我们都希望是小郎君。你也看到了，今天是娘子头七，大郎竟然没露面。"

的确如此，自打进入大宅，小满就没看到过曹吉。

夜色越来越浓，外面街巷里响起了打更声。

所请之人陆陆续续都来了。

刚开始是七八个上了年纪的伙计，都是肉饼店的老人，是伙计们的代表，然后是这一带的保长，一个颤颤巍巍的老头子，接着是附近几家商铺的主人，小满在其中看到了凤四娘，再接着是宋青竹，最后一个人，是曹吉。

这位肉饼店的候选继承人，典型公子哥一个，不过脸色苍白，神情枯槁，双目红肿，隐隐有泪痕。

"我们也赶紧把小郎君带过去吧。"阿胜对小满点了点头。

小满护着二人进了灵堂，顿时吸了一口凉气。

阔大的灵堂，经过简单的布置，和以前大不相同——

那口巨大的黑色棺木前，放了十几个蒲团，作为座位。宋青竹坐在正中主位，右边是曹吉。阿胜抱着孩子坐到了宋青竹左边。

佟掌柜和一帮伙计坐在左边，保长、亲故等坐在右边。

每个人面前都放着一个小小的灯笼，里面点着蜡烛。灯光昏暗，只能隐隐约约照见人脸。

除了这些人，小满还看到了庄助。

他站在棺材的侧面，一手拿着木剑，一手攥着符咒，旁边放着那个鼓鼓囊囊的包裹，一副悠闲的样子。

"宋巡检，人都齐了，咱们开始吧。"坐在左上手的佟掌柜微微欠了欠身子，说道。

"真是让人头疼呢。"宋巡检一副为难的样子，挠了挠头，道，"今日召集大家来，所为何事，想必大家也都清楚。曹婆婆不幸离世，剩下这铺子、这产业，得有个继承人。眼下曹吉和曹祥都有资格，具体谁来继承，还得请大家出出主意。"

"这还用说吗！"曹吉噌的一下直起了身子，"当然是我了！我娘生前就说过，只要我痛改前非，铺子便是我的。这么长时间，我并无过失……"

"话不能这么说吧，大郎。"佟掌柜身边的一个老伙计立刻打断了曹吉的话。

这人年过五十岁，小满刚认识，是店里的账房，名唤顾七。

顾七冷笑道："当初娘子固然有那么一说，但大郎的品性，众人皆知，你来继承，恐怕娘子一生辛辛苦苦打下来的这家业不多日就会被你败完。娘子生前，你做尽了让她生气的事，娘子死后，也不曾见你守着灵堂披麻戴孝。于情于理，你都不适合。巡检，我们肉饼店的所有人，都支持由小郎君来继承！"

顾七这么一说，周围的几个伙计代表连连点头。

"反了你们！你们一帮老家伙，不过是我家里养的狗！此事，轮不到你们来插话！"曹吉面色狰狞，"别以为我不知道尔等的想法，你们把我赶出去，这外来的野种不过两岁，铺子里的事情终究是你们做主，好处也都是你们的！我娘怎么养了你们这些白眼狼！巡检，断不能听他们的！"

曹吉看着宋青竹，双目圆睁。

"外来的野种？话不能这么说吧。"顾七冷笑道，"小郎君固然是婆婆收养的，但大郎你，不也是吗？"

"你！混账东西！竟敢辱我！"曹吉暴跳如雷，站起来就要打顾七，被宋青竹摁住。

"曹大郎，有话好好说，何必动手动脚？"宋青竹赔着笑，哪里像巡检，完全是个和事佬。

"就是就是，自家人，别伤了和气。"风四娘微微一笑。

"诸位的意见呢？"宋青竹看了看右边。

这些街坊也纷纷发表意见。有的觉得小郎君继承合适，也有的说曹吉虽有过错，但毕竟年长，理所应当继承。

现场顿时陷入了争论之中，唇枪舌剑，唾沫飞扬。

"诸位……"眼看着吵得不可开交，佟掌柜清了清嗓子，说话了。

他是肉饼店的掌柜，曹婆婆在时，便是说话算得数，有分量的。

"照理说，大郎和小郎君都有继承资格。但诸位想过没有，若是选的继承人，是害了某家娘子的人，岂不是助纣为虐？"

"佟明城，你这话什么意思？"曹吉怒道。

"什么意思，难道大郎不懂吗？"佟掌柜呵呵一笑，"顾七说得没错，某家娘子在时，你便整日游手好闲，结交狐朋狗友，妓馆买笑一掷千金，娘子对你屡屡失望，这才收养了小郎君。后来固然让你回来，定下了你若痛改前非便可继承的条件，可你的所作所为，有哪样拿得出手？"

佟掌柜顿了顿，从身后摸出一个盒子，打开后说："表面上你安安稳稳，私底下却做的好事！大郎，你先是和潘楼的杨骆驼定下协议——你拿出肉饼的秘方，杨骆驼出资在马行街再开一家肉饼店，所得利润你二人平分，然后你又暗中拉拢那些狐朋狗友，想尽各种方法偷得秘方。店中新来的伙计，就有混进来想盗取秘方的人。"

佟掌柜将盒子里的纸递给宋青竹。

宋青竹接过来看了，道："果真是和杨骆驼的文书，上面有签字画押。"

"佟明城，你……你为何会有这文书？"曹吉面色苍白，额头冒汗。

"若想人不知，除非己莫为。娘子死后，杨骆驼觉得事关重大，内里有蹊跷，找到了我，将事情和盘托出。"佟掌柜道，"混进来的人偷不到秘方，你亲自出手，结果被娘子当场抓住，此事众人皆知。结果，第二天晚上，娘子便离奇身亡。"

佟掌柜冷笑道："当天晚上，有人看到你出现在老鸦巷。这件事，我已跟巡检提过。"

宋青竹点头："我已让人去核实，佟掌柜所说，的确属实。"

佟掌柜盯着曹吉说："大郎，你的本性是改不了的，让你安安稳稳几个月行，一直如此，断不可能。你自己也清楚，一旦被娘子发现，你就会被逐出家门。所以，你暗中偷秘方，想独立出去，未能得逞又被发现，便痛下杀手，害了娘子，是也不是！若是让你这等狼心狗肺之人继承肉饼店，某家娘子定是死不瞑目！"

现场顿时一片哗然。

蔑视、痛恨、厌恶……一道道目光射着曹吉，如同刀子一样。

"我没杀我娘！"曹吉嘴唇颤抖，"我没杀她！佟明城，你血口喷人！我的确和杨骆驼有协议，但是，是他找的我，我是一时糊涂！我偷秘方被发现的那晚，我娘和我详谈了，我们母子二人抱头痛哭，她原谅了我！"

"胡扯八道！你做出此等事，娘子还能原谅你？当时就你二人，娘子已经不在了，还不是由你胡说！"佟掌柜冷哼一声，"分明就是你恶行败露，然后趁机杀了娘子，杀人灭口！"

"我没有！"曹吉咆哮起来，"当晚我的确去了老鸦巷，但我没杀我娘！"

"那你去老鸦巷干吗？"佟掌柜道。

"我不能说！"曹吉抬起头，额上青筋暴起。

"你不说，那就请人来说！"佟掌柜看了看宋青竹。

宋青竹面无表情，点了点头。

"带人来！"佟掌柜低喝一声。

门外响起脚步声，进来了个六十多岁的老儿，一身黑色麻袄。

"诸位，此人是老鸦巷打更人周密。周老儿，当晚你看到什么，且说。"佟掌柜道。

周老儿行了礼，道："那晚雪大，我喝了不少水酒，巡更时想找个地方避雪，再撒上一泡尿，就进了老狸祠。然后，我看到曹家大郎对着老狸祠的土偶嘀嘀咕咕。"

宋青竹道："此事我已审明，周老儿所说属实，不仅他看到了，曹吉，你出来时，老鸦巷的混混牛二也看到了。"

佟掌柜挥了挥手，示意周老儿下去，然后大声道："娘子死得蹊跷，都说是老狸所害。老狸祠的事，大家都知道。大郎，分明是你当晚去供奉狸妖，让狸妖用妖术害死了娘子！"

在场的人群顿时如炸了锅。

"我没有！"曹吉道，"我是去了老狸祠，但我是跟着人进去的！"

"跟着谁？"

"我娘！"曹吉道，"那晚我看到我娘一个人出门，觉得奇怪，便偷偷跟着，一直跟到老狸祠，见她在那里嘀嘀咕咕一番，又奉上了许多金银。她走后，我立刻进去想查看个究竟。"

"你看到什么了？"宋青竹问道。

曹吉道："什么也没看到。"

"什么也没看到？"

"嗯。放在案子上的金银，已经不见了。"曹吉道，"老狸祠的事我有所耳闻，我很害怕，就赶紧离开了。"

"出了老狸祠之后，你去了哪里？"

"我在外面喝了一通酒，然后天快亮了，醉醺醺去了相好的那里，在鸡儿巷，名唤翠香。巡检若是不信，自可去问。"曹吉道。

"你喝酒在何处？可有人做证？"

"那时酒肆都关门了，我买了些私酒，在武学巷的土地庙喝的，无人为证。"

佟掌柜笑道："无人为证？我看你就是胡说！"

曹吉大怒："我说的句句是真！"

两个人你一言我一语，谁也不让。

但谁都看得出来，曹吉不光在言辞上不是佟掌柜的对手，在证据上也显然落于下风。

"巡检，我还有个证人，昨天才撬开了嘴，没来得及跟你说。能不能请进来？"佟掌柜对宋青竹道。

宋青竹点了点头。

佟掌柜拍了拍手，从外面进来个二十来岁的年轻人，皂衣短靴，尖头长脸，鼻青脸肿。

"这是新来的伙计黄左。黄左，你将大郎交代你的事，一五一十说出来！"佟掌柜阴沉着脸。

叫黄左的忙道："巡检，曹吉给了我十两银子，让我混进铺子，趁机毒死小郎君。他说若是得手，再给我二十两。"

佟掌柜道："这混账进来没多久，就被顾七发现在西厢房徘徊，昨晚混进厨房下药时被当场拿住，拷打了一晚方才说。"

宋青竹听了，勃然大怒，道："曹吉，可有此事？"

曹吉完全呆了，张大嘴巴："巡检，这人的确和我认识，但，但我绝对没让他干这种事！"

"曹大郎，事已至此，别强撑着了，你给我的十两银子还在我家呢。巡检，你若不信，可去搜！"黄左道。

灵堂里的人个个气破肚皮。

"简直是混账东西！害死娘，又要毒死孩子！"

"丧尽天良！"

"曹婆婆怎么收养了这么个东西！"

"肉饼店断不能让这鼠辈继承！"

……

曹吉重重跌坐在地，看向宋青竹："巡检，我真的没有！"

尽管他声嘶力竭，但在证据面前，辩解是那么苍白无力。

"巡检，可以决定了吧？"佟掌柜昂起头。

"这个……"宋青竹挠了挠头，"果真是让人头疼呢。"

"人证、物证都在，有何头疼的？"佟掌柜有些急，道，"我等请求立小郎君为继承人！"

"我等请求立小郎君为继承人！"其他的伙计齐声和道。

街坊、保长等人也都连连点头。

宋青竹叹了一口气，道："看起来，曹家大郎，似乎有问题。"

佟掌柜闻言，冷声道："巡检，现在人证、物证都在，什么叫似乎有问题？"

"这个……"宋青竹满脸堆笑，道，"佟掌柜，我手头掌握的一些情况，和你所说，不太一致。"

"宋巡检何意？"佟掌柜微微一愣。

"我所知道的，好像不是曹家大郎的问题。而是，你的问题。"宋青竹脸上的笑缓缓消失，脸色变得格外冰冷。

"巡检，莫要开玩笑！"

宋青竹捏了捏短须说："我这人呀，平时喜欢开玩笑，但在案子上，从来不会嬉皮笑脸。"

"还请巡检明示！若巡检不能说个明白，小人定会到开封府状告巡检污我清名！"

这下灵堂里的人彻底呆了。

眼见得就要盖棺定论，宋青竹突然来这么一手，而且矛头直指佟掌柜。

"曹婆婆的死，你们都认为和老狸祠有关。那就要搞清楚老狸祠。"宋青竹道，"这是整件事情的关键。"

宋青竹揉着脚，道："这几日，我费了九牛二虎之力，总算是探明了曹婆婆去老狸祠干了啥。"

众人纷纷竖起了耳朵。

"顾七，你是账房，自然知道肉饼铺的收支。肉饼店赚来的金银，存放在地下银窖，对否？"宋青竹盯着顾七。

"是。"

"我问你，银窖中的钱财，还剩多少？"

"这个……"顾七皱着眉头，"巡检，这是本店的秘密。"

"说！不存在什么秘密！"

"是，回巡检，银窖……银窖是空的！"

灵堂里一帮人又是一阵喧哗。曹婆婆的肉饼店日进斗金，银窖竟然是空的！

这，如何让人相信？

"店内所赚的金银都会存入银窖，但娘子每月都会从中取走五百两，每次取，我都会记账。"

"每月如是？"

"每月如是。肉饼店每月赚的，也差不多是这个数。"

"也就是说，曹婆婆每个月都把赚来的钱取走了，对不对？"

"对。"

宋青竹满意地点点头："那就不错了。"

"什么不错了？"佟掌柜问道。

"曹婆婆每月都会将赚来的钱送到老狸祠，然后和老狸祠的狸妖嘀嘀咕咕一番。曹婆婆奉上金银，狸妖拿去了。曹吉进去看到金银不见了，也正是如此。"

"一派胡言！巡检，某家娘子把辛辛苦苦赚来的钱交给狸妖，为何？"佟掌柜道。

宋青竹呵呵一笑："我也想知道呀，狸妖每月收五百两，曹婆婆会让它干啥？所以就私下打探。也是巧了。"

宋青竹说到这里，拍了一下手："请进来吧！"

一个铺兵引着一个僧人进来了。

这僧人五十多岁，一身紫色僧衣，严肃庄重。

"这是安济坊①的普济长老。"宋青竹起身施礼，"今日劳烦长老见前来。"

普济长老念了声佛号，道："本安济坊在汴梁城中为最大，并分管城内城外十余座小寺的施粥救济，每月花费巨大，官府拨银如杯水车薪，所以我等皆四处化缘，募集善款。这些年，每月都会有五百两银子出现在安济坊的大殿之中，每月如是，从未中断。送钱之人，从未现身。这些钱，活人无数，我等感激无比，都称之为大菩萨！"

"这钱，和某家娘子有什么关系？"佟掌柜道。

"当然有关系。"宋青竹道，"顾七，铺子里的银钱，可有记号？"

"有。铺子每月赚来的钱都会兑成银锭，在银锭的漏眼里，刻上一个小小的'曹'字，一般人看不出来。"顾七道。

"那就是了。安济坊每月收到的五百两银子，每一块上面都有'曹'字。"

---

① 宋代崇宁初，在全国范围内推行居养院，以存鳏寡孤独者，置安济坊，以养贫民之疾病者，一般由僧人来主持。

喧哗声再起。

"曹婆婆每月都会将五百两银子奉给老狸祠的狸妖，由狸妖转送给安济坊。你们平时以为曹婆婆吝啬守财，其实，她用赚来的钱，让汴梁无数鳏寡孤独、乞丐活了命。"宋青竹道，"那晚她去老狸祠，正是和以前一样，去送银钱。"

"若是如此，娘子为何自己不直接送到安济坊，而是找狸妖呢？"佟掌柜冷冷问道。

是呀。为何多此一举？

"曹婆婆这人，平日里不喜张扬，故而拜托狸妖，理所当然。"宋青竹道。

"巡检这说法，含糊得很，某不以为然。说某和娘子的死有关系，还请巡检拿出证据。"佟掌柜死死盯着宋青竹。

宋青竹说："证据呀，先前佟掌柜给的这杨骆驼和曹吉的文书……"

"那是真的。"

"的确是真的。"宋青竹道，"不过，我这里也有一份文书。"

宋青竹从袖子里掏出一份文书，道："巧得很，杨骆驼是我父亲故交，和我也熟得很。这几日我去寻曹吉，发现他大多数时间待在杨骆驼的店中，而且吃喝玩乐都不花钱。我便去找杨骆驼打听。起先，我这位杨五叔还不愿意说，不过我把曹婆婆的案子交代清楚后，他害怕惹祸上身，一五一十全都抖了出来。"

宋青竹把文书递给右手边，众人一个个传阅。

"据杨骆驼交代，有个熟人要跟他做笔生意，让他拖曹吉下水，剥夺曹吉的继承权，事成之后，此人和他联手，盘下肉饼店。"宋青竹盯着佟掌柜，"佟掌柜，你这算盘打得真是精啊。"

"杨骆驼血口喷人！"佟掌柜语调一下子变得急促了起来，盯着那份正在被传阅的文书，双目喷火，"我不曾和他做出此事！"

"至于那个黄左，给我唤上来。"宋青竹吩咐一声，铺兵将黄左带了上来。

"黄左，你声称曹吉给你十两银子，让你混进肉饼铺毒死小郎君，是吧？"宋青竹似乎坐得累了，将腰上的那柄铁铜拽出来，杵在双脚之间，双手摁着，身体前探。

"正是，巡检。"黄左忙道。

宋青竹道："可有人证、物证？"

"这个……曹吉私下找的我，并无他人看到。不过，那十两银子还在我家。"

宋青竹从袖子里又掏出个东西，扔在黄左面前，问："此物，你可认识？"

那是个账本模样的东西。

"你平生好赌，终日泡在南横街郭大眼的赌坊里，一来二去，欠了他三十八两银子！前两日，身无分文的你，竟然一下子还清了赌债。这是我借过来的郭大眼的账本，上面有你的签字画押。我且问你，这三十八两银子，你从何而来？"

"这个……"黄左有些慌了，"我……我捡来的。"

"混账东西！"宋青竹乐得不行，"捡来的？住在你隔壁的浮浪子严克勇，曾见有一人夜访你宅。严克勇是个毛贼，偷伏于窗下，听到那人说给你八十两银子，让你做件事。"

宋青竹一边说一边转脸看着佟掌柜："佟掌柜，那人是谁你知道吗？"

"自然不知！"

"呵呵呵，你回答得倒是硬气。也是，你行事谨慎，当时蒙着面，严克勇也没看清你的面目。"宋青竹又看向黄左，道，"黄左，你毒害小郎君未遂，自当有惩罚，不过，诬告别人，罪加一等。若是你能痛改前非戴罪立功，我倒是可以给你说说情，从轻发落。"

"巡检，这个……"黄左瘫倒在地，"的确如你所说，是……是佟掌柜给我银钱，让我如此的。"

这下灵堂里彻底乱了。

"宋巡检倒是好手段。"佟掌柜有些慌张，但很快稳住了情绪。

"没什么手段，不过是多加打探而已。"宋青竹笑道。

"黄左空口无凭，杨骆驼也是信口胡说。巡检，没有真凭实据，故意安罪于我，难道是收了曹吉的什么好处？"佟掌柜冷笑道。

"的确，目前为止，文书也罢，供词也罢，理由都不太充分。"宋青竹一脸诚恳的模样，笑道，"不过，曹婆婆的死，你是逃脱不了干系的。"

"哦？愿闻其详。"佟掌柜脸上毫无表情。

"曹婆婆每月供奉钱财给狸妖，合作得很好，狸妖没必要害死她。"宋青竹用手中的铁锏点了点地面，道，"是有人动了手脚，让她离奇冻死在桥上。"

房间里一片安静。

"曹婆婆死得蹊跷，所以我带着仵作验尸时格外仔细。不光是曹婆婆的尸体，她身边的任何一样东西，我都没有放过。"宋青竹说完，对门口的铺兵点了点头。

铺兵捧着一个托盘进来，上面放着一个破损的灯笼。

"这个灯笼，佟掌柜认识吧？"宋青竹问。

"这是某家娘子那晚提的灯笼。"佟掌柜面色发红，身体有些摇晃。

宋青竹伸手从灯笼里取出一截蜡烛。

"曹婆婆死于桥上，周围雪地一个脚印都没有，死时全身衣物几乎脱光，面带微笑。"宋青竹看了看风四娘，"四娘之前说过一句话，让我茅塞顿开——人在冻死之前，会觉得全身发热，会不由自主脱掉自己衣服，最后面带笑容而死。曹婆婆的死，便是如此——被活活冻死。"

"笑话。某家娘子那晚穿得厚厚的，又是办完事往回赶，如何会活活冻死？"佟掌柜呵斥道。

"这个，就是重点了。"宋青竹看着佟掌柜，又指了指放置在他面前的点着的灯笼，"佟掌柜，你现在是否有些头晕眼花、全身酥软？"

"你……"佟掌柜闻言，顿时惊得想站起，但一屁股又坐了回去。

现场的人觉得莫名其妙。

"诸位，曹婆婆灯笼里的蜡烛，被人做了手脚。"宋青竹举起那截粗粗的蜡烛，"蜡烛上面是没问题的，而下面被人放置了一种迷药。这迷药，我专门去赵太丞那里问过，他见多识广，仅仅是闻了气味，就一清二楚——此药名为软骨香，常为无赖之徒、采花大盗所用。一旦吸入，全身酥软，身体燥热。"

宋青竹道："若是放在蜡烛里，等火焰烧到那地方，散发出来，药劲更大。佟掌柜算准了曹婆婆的路线和时辰，特意安排，等她从老狸祠回来，蜡烛正好烧到此处。曹婆婆被这软骨香熏着，瘫倒在雪地里，神志不清下，几乎脱光自己衣服，被活活冻死。有道是以彼之道，还施彼身，我先前也在佟掌柜面前的灯笼蜡烛中放入了此物，不知佟掌柜此刻感觉如何？"

话说到这里，坐在灵堂中的一帮人大乱。

"巡检，那我等岂不是也有事？"风四娘叫道，"你们都是老爷们儿，我一个女人家，等会儿要脱衣服，岂不是羞死……"

"四娘别慌。在你们的茶水中，我已放了解药。只是委屈佟掌柜了。"宋青竹道。

佟掌柜此刻面色赤红，全身冒汗，气喘吁吁："宋青竹，你好歹毒！"

"你比曹婆婆好多了，她当时身处漫天大雪之中，你在此处，暖和得很。"

"便是如你所说，娘子死于软骨香，那和某有什么关系？你有何证据，说是某做的？"佟掌柜大声道。

"这个……"宋青竹挠了挠头，"软骨香这东西，估计你是从浮浪子那边听到的，觉得好，便按照他们说的去买。可你不知，整个汴梁城，只有一处能买到此物——无忧洞[①]的张兴张黑煞那里。"

佟掌柜呵呵一笑："某要的是证据！你说某从张黑煞那里买来软骨香，那张黑煞怎么不来当面对质？"

"所以说，你很狡猾呢。你明知道张黑煞盘踞在无忧洞，便是开封府尹都奈何不得，我一个小小的厢巡检，哪里能请得动他。"

"既然如此，那便是信口雌黄！"佟掌柜强撑着道，"宋青竹，你所有加在某身上的罪名，都没有有力的证据。某不服，某要上告开封府！"

说完，佟掌柜挣扎着站起来："来人，扶某走！"

灵堂里乱了，有人要阻拦，有人交头接耳。就在此时，突然一阵奇怪的声音响了起来。

[①] 宋代汴梁地下排水系统四通八达，成了流氓无赖的藏身之地，取名"无忧洞"。陆游所著《老学庵笔记》卷六："京师沟渠极深广，亡命多匿其中，自名为'无忧洞'；甚者盗匿妇人，又谓之'鬼樊楼'。国初至兵兴，常有之，虽才尹不能绝也。"

"喀，喀喀，喀喀喀。"

一阵阵咳嗽声，让灵堂瞬间安静。

"喀，喀喀，喀喀喀。"

那咳嗽声，低低的，沉沉的，敲击着所有人的耳膜。

所有人的目光都落在了那口巨大的黑色柏木棺材上。

咳嗽声，来自棺材之中！

"是……是娘子！"阿胜惊叫道。

紧接着，柏木棺材发出一阵刺耳的嘎吱声，沉重的棺盖，缓缓移动。

灵堂里众人吓得鸡飞狗跳。

"曹婆婆……回来了！"

"是她！今日是她的头七！"

"曹婆婆，冤有头债有主，千万别找我们呀！"

胆大的强撑精神，胆小的捂住眼睛。

嘎吱吱，嘎吱吱！

噗！棺盖移动出缝隙之后，从中喷出一股黑色的雾气，几乎笼罩住整个棺材。

噗啦啦啦！

自那黑雾之中，现出一只巨大怪鸟，展开一双巨大的黑色翅膀！

这鸟，身高五尺有余，全身漆黑一片，长喙利爪，一双赤红色的眸子，死死盯着佟掌柜。

"杀！是杀！孙蛤蟆说过，人死几日，魂魄会变成这东西！"风四娘大叫道。

"这是……曹婆婆！"其他人吓得四处逃窜。

"喀喀喀。喀喀喀。"

那怪鸟发出阵阵令人毛骨悚然的怪叫声，盯着佟掌柜，从棺材尾部，一步步向前，走到棺材头部。

"佟明城，曹婆婆在此，你还有什么话说？"宋青竹大喝一声。

佟掌柜面目狰狞，嘴唇颤抖，盯着那怪鸟，后退几步，坐倒在地："不怪某！曹婆子，你不能怪某！"

佟掌柜声嘶力竭："某跟你十多年，辛辛苦苦，忠心无二，若是无某，就没这肉饼店！辛辛苦苦赚来的钱财，被你月月拿走，某等得不到一文！某不服！某也想住大宅豪屋，某也要妻妾仆从，某也要荣华富贵！你不死，某得不到这些！"

佟掌柜挣扎着爬起来，死死盯着怪鸟："你死了，曹吉那混账东西某收拾掉，剩下这娃娃，便是某手中的傀儡，到时，这肉饼店自然就是某的！曹婆子，这事情，不怪某！是你太过分！"

"嘎！"

棺材上的怪鸟尖叫一声，腾空而起，如同一支黑色巨箭，射向佟掌柜。

"不怪某！"佟掌柜大叫一声，双目上翻，昏倒在地。

噗！

那怪鸟冲到佟掌柜跟前，一声闷响，化为黑雾，随风而去。

四娘鱼羹店后院。

房间中放置着一张大桌，上面酒菜热气腾腾。

"哎呀呀，这回总算是逃过一劫。"宋青竹满脸堆笑，"这巡检之位，暂时算是保住了。诸位，多谢，多谢。"

桌上的另外四人，风四娘花枝招展，忙着温酒，说话人孙蛤蟆眯着眼睛啃着猪蹄，幻术师庄助则饶有兴致地盯着一脸痴呆的刀客张小满。

"也是奇了。"庄助乐了一声，"小满，你堂堂的刀客，关键时刻竟然被那怪鸟吓得大叫一声，一头栽倒，比那佟掌柜还不如。尿裤子没？"

"你才吓得尿裤子了呢！"小满满脸通红，"那可是魂魄所化的妖怪，如何不怕？"

"哈哈哈。"

其余四个人纷纷大笑起来。

"老宋，这回佟掌柜应该栽了吧？"风四娘道。

"人证、物证俱在，当时他说的话，大家听得真真的。人已经交给了开封府，估计难逃一死。"宋青竹道。

孙蛤蟆喝了一口酒说："干了坏事，自然要承担恶果。肉饼店算是逃过一劫。"

"我倒是挺担心的，店铺交给曹吉继承，靠谱吗？"风四娘道。

"经此一事，曹吉定然会痛改前非。而且，曹婆婆收养的孙子曹祥，其实是曹吉在外跟柳巷女子的私生子。先前曹吉不知道，刚才我告诉他了。这家伙痛哭流涕，发誓好好抚养儿子，把肉饼店经营好。那帮伙计，也是齐心协力，我看挺靠谱。"宋青竹叹了一口气，"曹婆婆九泉之下，也应该会瞑目了。"

"这些年，曹婆婆不知道救了多少人，死于佟明城手里，的确让人心有不甘。"庄助说。

"这事儿也是我们疏忽。那晚若是我等细心一点儿，曹婆婆不会出事。"风四娘道。

"谁能想到佟明城那龟孙子在蜡烛里放了软骨香？"孙蛤蟆白了一眼，"没办法，这都是曹婆婆的命。"

四个人言来语去，小满听得糊里糊涂。

"巡检，事情虽然有了结果，但好多细节，我甚是不明白，云里雾绕的。"小满道。

"把这小子给忘了。"风四娘给宋青竹使了个眼色，"索性一发告诉他得了。"

宋青竹笑了笑："你小子有什么不明白的？"

"佟掌柜所有嫁祸曹吉的手段，你是如何识破，又是如何反戈一击的？"小满道，"我总觉得你是黄雀在后。"

"哈哈哈。"宋青竹大笑，"我说的很多事情都是真的。杨骆驼的确和我很熟，黄左也是被我派人盯着露出了马脚，软骨香是十五爷的功劳——别看他现在是个说话老头，可几十年前，他是汴梁城无忧洞所有浮浪子的头子，现在的头子张黑煞是他徒弟。"

宋青竹顿了顿，道："至于为什么我总是高佟掌柜一筹，哈哈，很简单——那天晚上，除了曹吉跟着曹婆婆去了老狸祠之外，还有一个人，也鬼鬼祟祟跟着，就是佟掌柜。所以，从一开始，他就是我的重点怀疑对象。这几日，我做的所有事情，都是在他身上找破绽。也就是说，他的手段，我一清二楚。"

　　小满目瞪口呆，继而又道："你怎么知道那天佟掌柜也去了老狸祠？还有，为什么曹婆婆和狸妖的事情，你这么清楚？"

　　宋青竹哈哈大笑。其他三人也笑了。

　　"这家伙完全是个棒槌。"庄助拍了拍小满，"因为，我们便是老狸祠的狸妖呀。"

　　"啊？！你们，是妖怪？！"小满吓了一跳。

　　风四娘笑得差点儿把嘴里的酒水喷出去："果然是个棒槌！"

　　孙蛤蟆道："听好了，小满，你面前的四人，便是老狸祠的狸妖，被人称为'狸猫家族'。"

　　"狸猫家族？"

　　"嗯。汴梁城私底下流传着一则奇事——若是遇到难言之隐，可带上钱财半夜去老狸祠对着土偶诉说，若是听到答应之声，便可放心回去，所托之事，自然会有人办成。大家都以为是狸妖所为，其实，便是我等四人。明白了？"孙蛤蟆笑道。

　　小满张着嘴巴，如同傻子一般："也就是说，所谓狸妖，并不存在？"

"妖由人兴，有人的地方，自然有妖怪。"宋青竹眨巴了一下眼睛，"曹婆婆当年也是听到了这样的传言，去了老狸祠。她的愿望很简单，就是希望将自己赚来的银钱，拿去救助那些可怜人。曹婆婆这个人，一辈子吃苦，心善得很。我等便以狸妖之名答应了，所以每个月都准时接头，把这些钱收了，然后神不知鬼不觉送到安济坊，明白了？"

小满恍然大悟，然后喝了一口酒，若有所思，又道："还有，那棺中的咳嗽声，还有那只曹婆婆亡灵化成的怪鸟……"

"那是四娘和庄助的手笔。"宋青竹道，"入殓曹婆婆时，四娘放入了一只大蛤蟆，那只蛤蟆肚子里被塞入黄豆，屁眼和嘴巴被线缝上，被固定在尸体下方的垫褥中。黄豆膨胀，蛤蟆肚子里就会有气，忍耐不住，便会发出响声，因为嘴巴被封，所以只能闷响，听起来便像是有人咳嗽。"

"那怪鸟嘛，很容易。"庄助呵呵一笑，"要知道，你面前的这位，可是汴梁城乃至整个大宋最厉害的幻术师，一只怪鸟，小意思啦。"

看着庄助那张英俊的脸，小满呆若木鸡。

"小满，你现在情况可有些不妙。"风四娘伸出玉管一般的手指，点了点小满。

"怎么了？"

"案子已了，护卫你是干不成了。雇主是佟掌柜，他现在被羁押入狱，答应你的十两银子的工钱自然也泡汤了。也就是说……"四娘托着香腮，一双美目盯着小满，"你现在，又是个身无分文、啥也不会、连刀都害怕拔出来的刀客了。"

"这个……"小满倒吸了一口凉气。

"还有，你得知了我四人最大的秘密。这秘密，事关我等的身家性命，所以，饶你不得。"庄助指了指小满的酒杯，"这杯子里……"

"你们太过分了！竟然给我下毒，杀人灭口！你们的秘密我不想知道，是你们自己说的！"小满赶紧将手指头伸进喉咙强抠，想把喝下去的酒吐出来。

"哈哈哈。"四人大笑。

"好了，别闹了。"宋青竹白了庄助一眼，拍了拍小满的肩膀，"庄助耍你呢，根本没下毒。"

小满抬起头，看着宋青竹那张老好人一般、人畜无害的笑脸。然后，他听到这位人送绰号"宋菩萨"，实际上却是闻名汴梁的"狸猫家族"首领的家伙，说了一句轻飘飘的话——

"从现在开始，小满，你也是'狸猫家族'的一员喽。"

"喀喀喀。"

小满胃部一阵抽搐。

这回，是真的吐了。

（宁野）

故车之精，名曰宁野，状如辒车①，见之伤人目，以其名呼之不能伤人目。

—— 《白泽图》

———————

① 辒车，古之丧车也。

第二话

夜行之车

东京般载车，大者曰"太平"。上有箱无盖，箱如构栏而平。板壁前出两木，长二三尺许……可载数十石。……其次有"平头车"，亦如"太平车"而小。两轮前出长木作辕，木梢横一木，以独牛在辕内，项负横木。人在一边，以手牵牛鼻绳驾之。……又有宅眷坐车子，与"平头车"大抵相似，但棕作盖，及前后有构栏门，垂帘。又有独轮车，前后二人把驾，两旁两人扶拐，前有驴拽，谓之"串车"，以不用耳子、转轮也。……平盘两轮，谓之"浪子车"，唯用人拽。又有载巨石大木，只有短梯盘而无轮，谓之"痴车"，皆省人力也。

——宋·孟元老《东京梦华录》

"虽然如此说不太恰当，但打架这种事，跟狗咬人没什么区别。"

风四娘一手拎着那根裹铁包铜的木棒，一手叉腰站在店前，镇定自若地对着一帮伙计训话，对躺在地上的一个泼皮的痛苦呻吟声充耳不闻。

"会咬人的狗，从来不叫。"风四娘咯咯一笑，"多说无用，走到跟前，直接动手便是。什么君子动口不动手，老娘向来觉得胡扯八道。"

一帮人噤若寒蝉。

"打哪里，也是有讲究的。"风四娘晃了晃手，藕节一样白皙、修长的手臂，在空中划了一道弧线，"若无必要，脑袋尽量不打，一棒敲下去，重则惹上人命官司，轻则把人打成残废，还得赔上一大笔钱财。除此之外，各处都能打。"

风四娘白了一眼地上被她生生打折了一只胳膊的泼皮，道："像这种专门惹事、讹诈的狗鼠辈，废一只胳膊，算是老娘便宜他了。还不快滚！"

泼皮忍着疼爬起来，一溜烟去了。

鱼羹店的食客们连声叫好。

"四娘好脾气，若是我，定然一棒打死。"有人起哄道。

风四娘看了一眼门外那狼狈身影，笑道："这等混账东西，本来就活不过明天，省得脏了我手。"

"果真是四娘，嘴巴不饶人。"食客大笑。

解决了这桩麻烦，伙计们转身进店，忙活去了。

"小满，你给我过来！"风四娘低喝一声。

混在人群里的一个家伙，脸上顿时露出尴尬而痛苦的表情。

柜台上，放着一盏茶。

风四娘支着胳膊，说道："昨日，你送错了三次饭菜，打碎了两个碟子，把酒水泼在果子行①行头张老爷子身上，这些暂且不算。方才那泼皮来闹事，你一个刀客，竟然被人家打得满地找牙，这未免太不像话了。传出去，我风四娘的脸往哪儿搁？"风四娘很生气。

"我……"小满想解释，却不知说什么。

"你当真如此胆小？"风四娘问。

小满眉头拧在一块儿："我……只是无法拔刀。"

风四娘看着他那痛苦模样，良久不语，最后长长叹了一口气。

"你不必待在这里了。"风四娘说。

"好。"小满恭恭敬敬施了一礼，"这些日子，多谢老板娘你的关照，感激不尽！"言罢，直起身往后走。

"你这是做甚？"风四娘睁大眼睛。

"我去收拾行李，这就离开。"

"谁赶你离开了？"

---

① 汴梁每个行业都建有本行的行会，首领称行头、行首、行老。卖水果的行会为果子行。

"难道……刚才老板娘你不就是如此想法吗？"小满昂着脸，一副无辜的样子。

"咯咯咯咯。"

风四娘笑得花枝招展："真是个榆木脑袋！老娘什么时候让你卷铺盖滚蛋了？"

"那……"

"老娘是让你去办件事，这些日子，你不用在这里了。"风四娘眨巴了一下眼睛，"谁赶你了？"

小满额头冒汗，满脸通红："是我想多了……敢问让我去做何事？"

"替我去照顾一个人。"风四娘看了看外面。

天空阴沉而苍白，恐怕又要下雪。

风四娘仍看着外面，道："想一想，也好多年没见了。"

"是老板娘的朋友？"

"算是吧。"风四娘手托香腮、眉头微皱。

"那定是可亲可近之人了。"小满说。

"现在想起来，还是一肚子恨呢。"风四娘扑哧一笑，"恨得要死。"

小满呆了呆："既然如此，为何……"

"因为快要死了。"风四娘道，"将死之人，不必和他计较。再说，若不是他，我恐怕早就成了被扔到荒郊野外的一具骨骸了。"

"那我定尽心尽力。"小满挠了挠头，"不知道，如何照顾？"

让一个除了用刀其他什么都不会的笨手笨脚的男人去照顾一个将死之人，想想也觉得……很勉强。

"别多想。"风四娘喝了一口茶，"不过让你去跟他待一段时间，让他死时不至于没有人看到而已。"

"明白了。"小满点了点头。

"这里是他的住所，你现在便去。"风四娘递过来一张纸条。

小满接过，扫了一眼："这地方距离咱们这里，似乎并不远呀。"

汴梁繁华。

上百万人居住的一座大城，最为热闹的商业中心有好几处，州桥附近便是其中之一。

这地方，是勾连汴梁东西、南北的交通要道，商铺林立，行人如织，夜市也会灯火通明，人头攒动。

州桥往西，店铺连绵，各行汇聚，国医药铺、官员宅邸、邸店酒楼、香药铺席、百工作坊……应有尽有。更有众多妓馆，连绵成片，香风袭人，烟云如画。

小满按照地址，沿着宽阔的大街一路往西，兜兜转转，进了曲院街。

这条街，汴梁城无人不知无人不晓，乃是妓馆最为集中的一条街。

小满模样原本就不错，随着街边的人流往里进，被那些老鸨、伙计、粉头俊姐儿拉扯推搡，闹得手忙脚乱、气喘吁吁。

好不容易躲过了一番撕扯，拐进了一条窄窄的巷子，往里头行了一炷香的时间，要寻的地方到了。

"万家车马店"，幌子上五个大字，赫然入目。

这是一家车马铺。

门面宽敞阔大，门前停着很多车马，有些是客人的，有些则是摆在外面出售的样品，伙计们热心招待，往来穿梭。

往里面走，是工坊，占地好几亩的工棚里，很多人在忙着打造车上的各种零件，刨木曲轮，上辕加顶，热火朝天，即便是这等天气，也有人热得光着膀子，满身冒着热气。

小满一路观察，发现这家店不仅加工出售各种车子，而且还租赁、修缮车子。此外，也售卖马匹、犍牛这等驾车牲畜，甚至还有出售车上的各种装饰、坐具的柜台，可谓林林总总，业务广泛，服务周到。

怪不得来之前，风四娘告诉他，这是汴梁城最大、最知名的车马铺。

"客官是要车还是牲口？"小满刚进门，就有眼尖的伙计迎了上来。

小满道明来意，伙计不敢怠慢，急忙往里头领，边走边道："这事情，阿郎先前已有交代。说实话，也是难为客官了。"

伙计很健谈，一边说一边摇头叹息："我家清乐公，这一回算是难熬过了。"

"清乐公？"小满愣了一下。

伙计见状，明白小满对车马铺的事情不熟，热心道："一发跟客官说了。我们这铺子，也算是东京一等一的车马铺，家大业大。不过十几年前，却是一家小小的棺材铺。家里老主人姓万，讳全有，小心操持，又有了一番奇遇，这才有了如此的家业。七年前，老主人身体有恙，就将铺子交给儿子，退隐享清福，给自己取名清乐公。"

小满微微点头。

万全有，这名字，着实有趣。至于什么清乐公，有钱人年老便可享清福，整日优哉游哉，取个如此的雅号，也常见。

"敢问小哥，你家老主人……"小满想把事情问个清楚，等会儿也好做事，却又不知从何问起。

倒是这伙计伶牙俐齿，心肠又好，介绍道："不瞒客官说，我家老主人一向身体不好，而且有目伤。"

所谓目伤，应该指的是眼睛不好吧。

"他这目伤不同寻常，不能见日光，整日待在一间密不透风、无有窗户的密室之中，只有晚上才能出来走动。最近几年，越发严重，面容有损，不得不以布罩面，有时疼痛得厉害，彻夜难眠，哀号痛哭，寻过不少郎中，皆束手无策。这一次，眼见得不行了。我家阿郎请了不少人来照顾，都不行，要不就是被老主人赶出去，要不就是做不了几日被吓走。为这事，阿郎还在犯愁呢。"伙计道，"昨日听说有熟人介绍来，阿郎一早就让我专门在此迎候。"

说话之间，伙计穿廊过道，将小满引到后院。

院子阔大，亭台楼阁、假山怪石，布置得精美如画。

"阿郎正在书房，我引你去。"伙计拾级而上，将小满带到了书房。

这书房，案头焚香，台上有琴，雅致得很。

书桌旁，有个三十多岁的男子，瘦削高大，穿着襕衫，圆领大袖，下施横襕为裳，一副读书人的模样。

"阿郎，贵客到了。"伙计轻声道。

男子听了声音，忙抬起头站起施礼："辛苦壮士了。"

"郎君叫我小满即可。"小满不敢受大礼，忙躲了一下。

男子吩咐仆人上茶，挥了挥手，屏退了伙计，招呼小满坐下。

"我名万贵，字希颜，壮士以表字相称便可。"男子看着小满，笑了笑。

到底是读书人，温文尔雅，言语真诚，没有因为小满是伙计打扮便怠慢。

"怎敢！"小满忙道，"我不过是一个伙计而已。"

"四娘可好？"见小满如此坚持，万贵便不再勉强。

"好。"

"这件事让她费心，也难为小满你了。"说到这里，万贵双目一红，差点儿落下泪来。

"我定然尽心尽力。"小满道，"不过我笨手笨脚，还从未做过这等事，就怕……"

万贵摇了摇头："四娘派来的人，不会有错。她呀，还是那个样子，刀子嘴豆腐心。我爹当年对她那般，她依然……

唉……"

"郎君和我家娘子很熟？"小满问。

刚才还唉声叹气的万贵，提起风四娘，脸上不禁浮现出了微笑："何止熟呀，我和她从小就生活在一起，一直到她成人离开。"

万贵指了指外面："就在这里，我们朝夕相处了七八年。万家车马铺能有如此的光景，她功劳不小。"

这话，小满便无法理解了。

万贵转过脸，望向外面。

从书房的窗口，可以看到书房对面有一栋高大的怪屋子，用砖石垒砌，看不到一扇窗户。

"我爹先前发作了一阵，这会儿刚刚睡着，倒是有些时间与你说说。"万贵挪动了一下椅子，压低声音道，"小满，你相信这世上有人能够看到非常之物吗？"

"非常之物？"

"就是……就是别人看不到的、不可思议的东西。"

"这个我不懂。"

"比如……"万贵小心翼翼，"能够看到一个人的大限？"

"看到人的大限？"

"对，看到一个人什么时候会死。"万贵点了点头，"提前知道，而且知道对方怎么死。"

"啊？"小满目瞪口呆。

"四娘便能。"

"这个……"小满惊得眼珠子差点儿掉在地上。

这个是不可能的吧。小满内心如此想。

或许已经猜到了小满的想法，万贵笑了笑，道："这家店原本是做棺材的。"

他有些不好意思，道："那时，我家日子过得很苦。虽说开了店，但铺面很小，不过是巷子最里头的三间小房，屋子里放着七八口做好的棺材，院子里堆放着木料，我们一家三口挤在一起，因为空间实在太小，睡觉也只能在棺材里。"

"生意嘛，完全是看运气。虽说汴梁城人口百万，每日都有生老病死，但像我们这样的棺材铺，经营惨淡，莫说赚钱了，有时吃饭都成问题，赶上光景不好，我娘往往要出去借钱。

"我爹既要操持着买卖，又要做棺材。他是个很好的木匠，年轻时在作坊里当了十来年的学徒，手艺了得。但做买卖，并不是手艺好就能赚钱的。"

说到这里，万贵笑起来："富贵人家是看不上我们的铺子的，穷人又用不起，既看得上又有钱财的，会觉得我们家的棺材比别人家的贵。这也怪我爹，别家都会做些手脚，会在棺材里混上一块不好的木材，或者尺寸上缩短一些，反正涂上漆也看不清楚，也没多少人真正计较这个。他则不同，材料、尺寸、手艺，从来都是老老实实的，自然就比别家的贵。"

"生意一直不见起色，偏偏我娘又病了，痨病。家里没有别的女人，不管是生意还是生活，眼见得要坚持不下去了。"

万贵抿了一口茶，"四娘就是那时来到我们家的。"

小满直起身，他对风四娘的往事很感兴趣。

"她是我爹买回来的。"万贵说，"那一年，好多地方大旱，流民涌向汴梁，想在这地方找个活路。四娘当时只有十岁，原本应该是一家子来汴梁，但最终进城的只有她一人。她娘在路上饿死了，爹爹被强盗杀死了，姐姐被侮辱后自尽了，她带着弟弟逃出强盗的山寨。一路上，四娘竭尽所能照顾弟弟，但弟弟还是饿死了。"

万贵抬起头，长叹一声："直到现在，我依然记得她来我家那天的模样。一个十岁的女孩，瘦得像根枯枝，衣衫褴褛，大冬天光着脚，双手满是伤口，面色苍白……"

听万贵的讲述，小满着实无法将他口中的那个女孩和如今的老板娘联系起来。

"我爹说他是从人贩子手中将她买来的，不过二两银子。"万贵道，"来了之后，她就没日没夜地干起活儿来。要照顾我娘，煎药喂饭，擦拭身体，打扫房间。十岁的小姑娘，还没有笤帚高，天不亮就起来，一直忙活到三更半夜。"

万贵顿了顿，道："为了给我娘治病，我爹借了不少钱，但半年之后，我娘还是去世了。债台高筑，生意也支撑不下去，我爹终日以酒浇愁，喝醉了就发酒疯，我和四娘就成了发泄对象。我倒还好，四娘经常被打得遍体鳞伤。即便是被皮鞭抽，抽得浑身是血，她也从来不求饶，甚至连泪水都没有。她跟我说，她的泪水早就流光了。"

"债主接连登门讨债，家里值钱的东西都被拿走了，只剩下四五口棺材没人要。那东西，拿回去也是添晦气。那天，我和四娘一天都没吃饭，又饿又冷，挤在棺材里睡觉。我爹拎着酒壶进来，一个人喝酒，喝完了，在梁上系上绳索，要带着我们一起上吊。"

万贵站起身，走到窗口，抬头看天。

下雪了。

"人到了绝望的时候，死，或许是唯一的解脱之法。"万贵沉声道，"我哭了，哇哇地哭。我虽然比四娘大一岁，可也不过是个十来岁的孩子，怕得很。"

"我爹也哭。"万贵摇了摇头，"但四娘没哭。我记得，她走到我爹面前，问：'是不是赚了钱，就不用死？'她面无表情，死死盯着我爹。"

"然后呢？"

"我爹说是。她让我爹做一口棺材，说可以赚上一大笔钱。"

"做一口棺材？"

"嗯。让我爹做一口奇怪的棺材。"

"奇怪？"

"棺材都是有固定式样的，除了式样之外，最大的不同，就是大小。"万贵比画了一下，"人有高矮胖瘦，也有男女老少，自然大小不一。四娘让我爹做一口柏木的大棺材。之所以说奇怪，是因为那个尺寸比一般人使用的要大两倍有余，而且要求棺底奇厚，要在尸体安放的地方，就是背部的位置，留下一个巨大的圆形凹槽。"

"凹槽？"

"对。"万贵笑了笑，"我爹听完，觉得四娘是在捉弄他，甩手给了四娘一巴掌，几乎把她打得横飞出去。四娘摸着脸站起来，冷冷地说：'你要是信我，就做。'"

万贵啧了啧："不知道是被四娘镇住了，还是我爹想抓住最后这一点儿看似不可能的活下去的希望，喝完了酒，转身去后院，开始做这口奇怪的棺材。"

"四娘说，必须在三天之内做完。"万贵摇了摇头，"那么大的棺材，要赶在三天之内做完，几乎不可能。但我爹豁出去了，他没日没夜地干，用光了家里所有的上好柏木，我和四娘帮着打下手。第三天中午，我们做完了，上了漆。我敢说，那口棺材，除了奇怪之外，应该是当时百姓能用的最好的棺材了。也是那天晚上，三更时分，四娘让我爹去王员外家。"

"王员外是谁？"小满听得入神，忍不住问道。

"州桥北边王家邸店的主人，王家邸店那是汴梁最有规模、最豪华的邸店。"万贵眯起眼睛，道，"我爹听完这话，立刻明白了。"

"明白什么？"

"那口棺材，显然是为王员外准备的。"万贵道，"王员外私底下有个绰号，叫'王大背锅'。此人身高八尺，满身肥肉，平时连行走都困难，躺在床上，简直就是一座肉山。更为特殊的是，这个人，天生背部就长着一个巨大的肉瘤。"

"啊？"小满呆若木鸡。

"我爹听完，一把捏住四娘的脖子，当场就要掐死她。"万贵道，"王员外虽然如此模样，但他是独子，被王家视若珍宝，活得好好的，四娘竟然让我爹给他做棺材，而且还要找上门去。你想想，我爹若真是去，王家能当场把他打死。"

"结果呢？"

"四娘说：'王员外我见过一次，前几日王家家丁抬着他去看戏，经过咱们门口。今晚三更，这家伙一定会死。'"万贵笑道，"我爹无论如何也不信，几乎咆哮起来。"

"四娘说：'他是暴毙，毫无征兆，估计现在家里人正焦急地为他寻找合适的棺材。你现在去，正好可以卖个好价钱。他那般的身材，东京城没有更适合的棺材了。'"万贵忍不住哈哈大笑，"是呀，那可是量身打造的棺材！"

"我爹问四娘为什么这么说。"万贵道，"四娘冷冷地盯着我爹，说：'因为我能看到人的大限，知道一个人会什么时候死，怎么死。'"

"你爹去了？"

"去了。不然还能怎样？"万贵忍俊不禁，"事已至此，即便我爹认为四娘是胡说八道，也只能去试一试。"

"然后……"

万贵拍了一下手掌："我爹忐忑不安来到王家门前，听得里头哭声震天。跟伙计一打听，果不其然，王员外刚刚咽气，据说是吃饭时还好好的，吃完了饭，突然感觉不适，昏迷之后很快就没了气息。"

万贵转过脸，看着小满："因为是暴死，又是壮年，按照汴梁的规矩，当晚就要入殓。可王员外那般的身体，要在当晚找上一口合适的棺材，简直比登天还难。王家全部奴仆皆被派出，王老员外更是发话，只要能找到合适的棺材，价钱多少都答应。"

"结果，你应该能想到吧。"万贵坐下来，笑道，"我爹找到王家的管家，那口巨大的棺材放在牛车上运过去，当晚入殓。王老员外对我爹感激涕零，给了一百两银子。"

"有了这笔钱，我爹不仅还清了债，渡过了难关，而且扩大了铺面，招收了新的伙计。因为王员外这件事，我们棺材铺声名大噪，生意也好了起来。"万贵道，"最厉害的，还是四娘她那非凡的能力，能够提前知晓人的大限，尤其是那些富贵、官宦人家，我们就可以提前做准备，所以没过两三年，我们的棺材铺就成了汴梁城最出名的一家。"

小满打断了万贵的话，道："四娘真的有那种能力？"

"我也曾怀疑过，以为王员外那次不过是凑巧，但后来每一次都是如此，从无差错。"

"听起来……不可思议。"

"是呀。这种事情，世间罕有。"万贵喝了一口茶，润了润嗓子，继续道，"我爹将四娘奉为神明，她就是我们棺材铺的宝贝、摇钱树。但好景不长，四娘来到铺子里的第八年，出事情了。"

"何事？"

"四娘被一个大官人派人强行带走了。"

小满不由自主张大了嘴巴。

"此人姓名，我不能告诉你。那时此人在朝廷威风八面，但因为卷入朋党之争而被贬。听说四娘有这种能力，便直接派人带走了四娘。"

"这是为何？"

"当然有用了。投机钻营之人，定然要判断朝廷中哪一方势力能够占优，攀附过去，日后这一方得胜，自己自然水涨船高。但一旦选择错误，丢官是轻的，说不定身家性命都要交待出去。"万贵道，"四娘能看到人的寿命，这对此人来说，用处极大，凡是需要结交之人，只需要让四娘看上一看，就自然明了——寿命不长之人，攀附何用？"

小满恍然大悟。

"四娘被带走后，自此再没回来。那人几年间风生水起，平步青云，现在已经成了一人之下万人之上的权臣。"万贵看了看小满，道，"这其中，四娘功不可没。"

"四娘走了之后，我家生意一落千丈。"万贵道，"我爹思来想去，决定把棺材铺改为车马铺。汴梁城万国聚集，车如水马如龙，即便是没有四娘的这能力，凭借着辛勤劳作，我们也能维持下去。事实证明，我爹的判断没错。"

"那四娘后来……"

"这其中的事情，我并不太清楚，只是听说过一些。"万贵道，"那几年，四娘过得极苦，被囚禁在暗无天日的地牢之中，周遭时刻有护卫看守，每次带出来，也不过是替那官人看人生死。后来，四娘结识了一位游侠，被那游侠给救了，自此远走高飞。再后来，四娘跟着学会了一身的本事，游走四方，然后回到了汴梁，在这曲院街的妓馆待过一阵子，做了不少奇事，结交了一些奇人，百般调和，那官人也就不再追究。最后，四娘就开了鱼羹店。"

万贵叹道："相比我们，四娘受的苦更多。你平日里看她嘻嘻哈哈，其实她的身世，甚为可怜。"

小满点了点头："想不到我家娘子竟然还有这么多的故事。如郎君所说，她是刀子嘴豆腐心，心肠纯善，对我等也不错。这一次专门派我来服侍清乐公，也是明证。"

提到清乐公，万贵的脸上浮现出了一层阴云："我爹……唉，一言难尽。"

"此话怎讲？"

万贵看了看不远处那栋奇怪的大屋，道："他那怪病，其实……多少也和四娘有些关联。"

"啊？"

万贵正要往下说，就见一个仆人慌慌张张跑进来："阿郎，清乐公醒了，情况甚是不妙！"

"哦？"万贵急忙站起，"又发作了？"

"嗯。"

"快取赵太丞的药！"万贵着急之下，一边往外走一边对小满道，"你也随我去吧。"

二人出了书房，来到那大屋门前。

仆人推开了沉重的铁门，将二人引进去。

这屋子极大。虽然是白天，但因为没有窗户，里头昏暗不清。仆人举着烛火在前带路，拐了几个弯，来到一扇门前。

小满不由自主皱起了眉头——太难闻了！

空气中弥漫着一股血腥之气，同时，浓烈的臭味和一股奇怪的药草味道混合在一起，令人作呕。

里头传出来一阵阵吼声，那声音，如同受伤的野猫在号叫，听起来让人毛骨悚然。

"开门！"万贵挥了挥手。

门开，万贵、小满闪身进去。

房间里面空空荡荡，无有床铺，也无有家具摆设。

地板上堆放着厚厚的被褥，被褥之上，匍匐着一个人。

这人披头散发，四肢皆被铁链锁住，穿着一件黑色的皮袄，全身颤抖，鬼哭狼嚎。

"灌药！"万贵皱了皱眉头。

几个仆人一拥而上，摁住那人，有个小厮从罐子里倒出黑色的药水，硬生生给那人灌下。

毫无疑问，这似人非人的家伙，就是那位清乐公了。

当他那张脸从散乱的头发中露出来时，小满不由得倒吸了一口凉气！

这哪里是一张人的脸呀！

双目生长出巨大的肿瘤，高高突出，如同金鱼眼睛一般。脸皮之上，腐烂化脓，疙疙瘩瘩，堪堪是面目全非！

药汤灌下之后，清乐公发出撕心裂肺的惨叫声，四肢抽搐，之后慢慢平静下来，最后悄无声息，不知是昏迷了还是沉沉睡去。

仆人们忙着给他擦洗身体，重新换上干净衣裳。

那具身体骨瘦如柴，很多关节已经扭曲变形，令小满触目惊心。

"小满，几天前，我爹突然说要见四娘。我亲自去请，四娘拒绝了，她不愿意来。我爹……应该没几天活头了。"万贵沉声对小满道，"这几年，我爹一直如此，过着人不人鬼不鬼的生活，或许，死亡对他来说是种解脱。"

万贵双目通红，快要流下泪来："四娘让你来，或许自有她的道理。"

"我家娘子只是说让我来照顾清乐公。"小满忙道。

万贵道："没什么可照顾的。一般的服侍自有仆人。你，就陪着他，走完人生这最后一程吧。就像是……就像是送行人。"

"那郎君你为何……"

"我爹自从生了这怪病之后，不允许铺子里的任何人接近，尤其是我。这些年，他一直一个人待在这暗无天日的地方。所以就拜托了，替我这个不孝子，送他一程吧。"

"晓得了。"

万贵对着小满施了一礼，然后看了看清乐公，转身出去。

沉重的房门关闭。

屋子里一片寂静，静得能听到人的呼吸声。

小满有些手足无措。接到这么个莫名其妙的任务，面对一个如此奇怪的老人，听了那些不可思议的故事，一时之间他的头脑很乱。

坐在这屋子里，时间仿佛停滞了。不知过了多久，清乐公的身体微微动了一下，然后发出了一声沉沉的叹息。

他醒了。

"谁？"醒来的一瞬间，清乐公的耳朵动了动，立刻判断出周围有人。

小满吓了一跳："我……"

"滚出去！"清乐公昂起头，咬牙切齿地道。

"这个……我家娘子派我来照顾你。"

"你家娘子？"

"四娘。风四娘。"

"四娘……"清乐公听了，顿时安静了下来，那张恐怖的脸抽动了一下，"她，为什么不来？"

"这个我便不知了。"

"她终究还是不愿见我，连最后忏悔的机会也不给我……"清乐公变得悲怆无比。

"那个……"小满不知道说什么。

"小子，你叫什么名字？"

"张小满。我只是鱼羹店新来的伙计。"

"如此……"清乐公艰难地坐起来，呼哧呼哧喘着气，"那你便是见证老夫咽下最后一口气的人了。小子，取酒予我。"

小满看了看周围，从旁边取来一壶酒，给清乐公倒了一杯。

清乐公一饮而尽，仰着头，那双突起肿胀的眼睛，对着上方的黑暗。

"我这双眼睛，只能感觉到微弱的光，连轮廓都看不清，只能看到——一团团的影子。"清乐公说。

小满微微吃惊，原以为那双眼睛早已经瞎了。

"先前还不是这样。一开始，目光锐利，能够看到常人看不到的东西。后来开始怕光，看到日光便双目流泪，疼得厉害。再后来越来越严重，变成了这样子，一旦发作，痛不欲生。"

"清乐公，你的眼睛，为何会变成这个样子？"小满问出了心中的疑惑。

"老夫的事，四娘没有告诉过你？"

"没有。我也只是刚刚和令郎聊了一会儿，得知了一些事情，不过都是之前棺材铺的事情。"

"哦。"清乐公冷笑了一声，"这些事，你知道了也好，省得我再跟你啰唆。我的眼病，是棺材铺改成车马铺之后的事情了。"

说到这儿，清乐公沉默了。

他一口气喝了半壶酒，那张狰狞的脸上泛出来一片酒红。

"小子，你当伙计之前，做甚？"

清乐公这句话，让小满一愣。

"在老家，是个刀客。"

"刀客？"清乐公颇为诧异，"老家何处？"

"秦州天水。"

"那么远的地方，如何跑来汴梁？"

"一言难尽。"小满道，"来寻人，磨炼胆量。"

"磨炼胆量？"

"嗯。"小满很是羞赧，"我虽然是个刀客，但……拔不出刀。"

"一个刀客，竟然连刀都没胆子拔出来。"清乐公哈哈大笑，"那你，没见过死人喽？"

"死人？"小满身体突然如同被针扎了一般，抖动了一下，"什么样的死人？"

"死于刀锋之下的人。"

"见过。"小满深吸一口气，"满村被屠，房舍被焚。冲天的火光之下，一两百具尸体被堆积在一起。这个，算吗？"

清乐公那张脸，转向小满："何人所做？"

"强盗……和官府！"小满咬着牙，挤出五个字。

"为何你没事？"清乐公问。

小满右手不由自主用力握住了刀柄，呼吸急促，双目紧闭。

"你是个胆小鬼。"清乐公淡淡道。

"我不是！"小满大声喝道。

"亲人被杀，满村被屠，你为何不拔刀？"清乐公喝道。

小满如遭雷击，瘫倒在地，放声大哭。

清乐公一口口喝酒，耐心等待。

小满哭了一阵，道："这件事，我不曾跟别人说过。"

"老夫一个将死之人，自然不会传出去，说说也无妨。"

小满抹了抹眼泪："那村子名为榆树堡，全村皆是军户。我家世代习武，祖父、父亲皆是有名的刀客，刀法出众，以一当十。

"偏僻苦寒之地，强盗出没，官府那帮人不闻不问，要想活下去，全靠自己。所以堡里民风彪悍，以强者为尊。我爹是堡主，我有三个姐姐，我是他唯一的儿子。从小到大，我爹对我悉心教导，要让我成为一等一的刀客，继承他，守护一堡的安全。"

"我爹，是我最敬服之人。不仅刀法好，而且为人豪爽耿直，侠肝义胆。但我不行，自小身体瘦弱，不爱说话。"小满苦笑两声，"我自认不是做刀客的料，但想成为我爹那样的人。自小我便苦练，虽然呆笨，可受得了苦，别人一日练三四个时辰，我就练五六个时辰，每日除了吃饭睡觉，就是练刀。我知道自己力气小，硬招不行，便练快刀。练了十年，论起快，我爹亦不如我。"

"榆树堡归天水管辖，当地驻守将军乃是京城一高官的爪牙，仗着有后台，鱼肉乡里。将军有一独子，当地人都叫他郭衙内[1]，平日里结交酒肉之徒、马匪强盗，无恶不作。一日，我和大姐入城买粮，见一队人当街调戏一个女子。中间一人，油头粉面，喝得大醉，见我大姐姿色出众，硬要拖过去与他陪床，我出离愤怒，拔刀砍了那人狗头！那是……那是我第一次杀人。"

小满痛苦地闭上眼睛："我带着大姐逃回堡子，很快就知道自己砍的，正是那郭衙内。杀了将军唯一的儿子，对方岂能善罢甘休。一人做事一人当，我想去认罪，但我爹让我离开堡子去逃命。结果……我刚离开不久，夜宿山岭，望见堡子那边火光冲天。待我赶回时，全堡一百多口，被将军以通匪为名，尽数杀害。我爹临死时，让我来汴梁投奔叔叔，我便只身前来。自那以后，我再也拔不了刀。每次我要拔刀之时，都会想起全堡人的尸体。若不是因为我那一刀，断不会有尸山血海！"

"你有了心魔。"清乐公道。

"是。每次欲拔刀，便全身颤抖，冷汗直冒。"小满道，"我得破这心魔，重新磨炼胆量，有一日，定要讨回这血海深仇，砍下那将军的脑袋！"

"和你一样，尸山血海，我也见过。"清乐公将酒壶推给小满。

---

① 衙内，唐代称担任警卫的官员，五代和宋初这种职务多由大臣子弟担任，后来泛指官僚子弟。

小满饮了满满一口，咳嗽起来。

"我做过强盗。"清乐公说。

小满惊诧地抬起头。

"人到绝境之时，什么事情都干得出来。"清乐公道，"当年，棺材铺债台高筑，家里穷得叮当响，我便偷偷到城外，入了一队强盗。为首的那人，原本和我关系很好。这事情，我亦从未对人说过。"

"那时各地大旱，饿殍满地。"清乐公道，"我们一伙人十来个，不似那些大的团伙，只能专门对落单的人下手。干这种事情，以防万一，都是抢劫之后将对方尽数杀死。我……杀过人。"

清乐公满是脓疮的嘴唇颤动了一下："女人，孩子，男人，都杀过。"

小满静静地听着，他不知道清乐公为何说这些。

"但那些人，大多都是流民，抢来的东西少得可怜。"清乐公道，"后来，四娘就来到家中，因为她，日子有了转机。"

"四娘的事，郎君告诉了我。"小满道。

"是呀，因为她的能力，棺材铺的生意蒸蒸日上，我也成了富户。"清乐公道，"她被带走之后，棺材铺经营不下去，我不得不将其改成车马铺。可想凭着辛苦就能赚钱，也不可能。"

清乐公道："同行竞争激烈，官府欺压，泼皮无赖也三天两头找上门，想正经做生意，简直是笑话。所以，我就动了歪心思。"

清乐公笑起来："现在想想，真是后悔呀。"

"你……做了什么？"

"我去了一个地方，献上重金，拜了邪魔外道。"

"什么邪魔外道？"

"汴梁城私底下很多人都知道的……一个妖怪。"清乐公似乎不太愿意回忆那场景，道，"我想求得一种能力。对方答应了。"

"什么能力？"

"像四娘拥有的那样的能力。"清乐公道，"前来车马铺的人，其中不少都是有权有势的人。我想像四娘那样，能够看到他们的生死，借此……便可攀附。但是那妖怪，并没有答应给我这能力，而是赐予了另外一种。"

"什么？"

"让我能够看清车辆的隐患之处。"

"什么意思？"小满听不懂。

"就是能够看清车辆即将坏掉的地方。"清乐公道，"这样就能够提前判断哪辆车会坏掉，能够知道如何更快更好地修理。"

"听起来，很不错。"小满说。

"是呀，很不错的能力。除了方便修理，我还可以提前提醒那些贵人，省得他们出意外，这也是一种结交之法。"清乐公道，"我很满意。但对方提醒我，若想得到这种能力，得付出代价——不管是身体还是灵魂，最终都会受到诅咒。

我……答应了。"

"怎么获得呢？"小满问。

清乐公道："刚开始我也不知道。那晚回来，就在这院子里，出现了异象。"

清乐公喝了一口酒："三更时分，我心烦意乱，坐在木廊上，然后听到了铃声。"

"铃声？"

"嗯，清脆的、幽幽而响的铃声。十分空灵，就像是……就像是从地底传来一般。然后，一辆奇怪的车子，出现在我面前。"

"什么车子？"

"辒车，"清乐公道，"古时的丧车。"

"运送死人的？"

"准确地说，是亡灵乘坐的去往九泉的车子。"清乐公道，"在铃声之中，那辆辒车凭空出现，长三丈、宽一丈的巨大辒车，四周是雪白色的帷幕，车轮上带着幽幽的蓝色火焰，没有牛拉也没有马驾，车身散发着黑色的雾气，缓缓朝我而来。"

"我那时吓坏了。"清乐公道，"那不是人间的车子，那是来自地狱的幽灵之车。风吹开帷幕，车上并无一人。那辆车来到我近前，突然加速，穿过我的身体，消失在我的身后。我陷在黑色的雾中。雾散，一切如常。"

"然后呢？"小满听得入神。

"这件怪事我百思不得其解，只能找人来帮忙。第二天，我请人把孙十五叫了过来。这家伙精通各种典故，尤其是一些不可思议之事。怎知孙十五听了之后，竟十分慌张。"

"为什么？"

"他说，那根本不是什么辒车，而是妖怪。"

"妖怪？"

"嗯。据传，年月久远的车子会变成妖怪，名为宁野，模样就如同辒车一般，我见到的，正是这种妖怪。凡是见到这种妖怪的人，双目都会受到伤害。"清乐公道，"我刚开始不相信孙十五的话，但过了几天之后，双目开始出现异常。"

清乐公剧烈咳嗽了几声，口中吐出乌黑的血块。

小满忙要起身唤人，被清乐公制止了。

"无妨。"他擦了一下嘴角，道，"双目觉得肿胀，似乎有东西在里面游走，看到的人、其他的东西都无不同，但就是看到木质的东西，会有异样。"

"什么异样？"

"比如车子，上面会有不同的色彩。车子的某些地方，有的是一团黑，有的是一团绿，有的是一团白，各种颜色都有。"清乐公道，"桌椅板凳也是如此。开始我有些疑惑，后来很快就跟那件事情联系上了——对方答应给我的那种能力。我让伙计不断试验，最终发现了秘密——车子上一团团的不同颜色，代表着木料的朽坏程度，比如黑色，就是即将断裂、垮塌，白色就是坚硬，绿色则是开始出现腐败，诸如此类。也就是说，我成功了！"

清乐公呵呵一笑："这种能力很快派上了用场。我故意好多次出去使用这种能力。有一次，当着开封知府的面，我告诉他他的车子车轮马上就要坏掉。知府不信，说车轮刚刚换过，结果当天回府时车轮崩坏，知府差点儿受伤。如此这般的事传扬出去，汴梁城视我为神人一般，车马铺生意兴隆，门庭若市，甚至连大内的人也来请我去做御辇。"

想一想，这种能力，也着实令人羡慕。

"那几年，我真是风光无限。"清乐公笑了笑，但很快笑声就消失了，"好景不长，慢慢地，我发现自己的身体产生了变化。孙十五说得没错，看到那个叫宁野的妖怪，果真会'伤人目'。我的双眼慢慢凸出来，伴随而来的是疼痛，然后开始生出巨大的肿块，感觉有无数的东西在蠕动、吞噬。我不得不退隐，把店铺的生意交给儿子。后来，不仅是双目看不清东西，连光线都怕得要命，变成了现在这人不人鬼不鬼的样子。当年，在那神祠之中，那怪物的告诫一点儿没错——我获得这种能力，付出的代价就是自己的灵魂和身体。"

要想有回报，就先要有付出。天理使然。

只不过，这付出的代价，未免太大了。

"这几年，老夫生不如死。"清乐公惨笑道，"在这暗无天日的房间中备受折磨，有时候会仔仔细细回想自己的一生。我觉得，这也可能是报应吧。"

"报应？"

"嗯，做恶事的报应。"清乐公面部扭曲起来，身体抽搐，似乎又开始疼痛起来。

小满急忙将旁边的药罐取过来，倒了一碗浓黑色的散发出令人作呕气味的药汤递给清乐公。

清乐公一口气喝下，有气无力地靠着墙："老夫一生，除了做强盗杀过人之外，好像并没有干什么坏事。"

杀人，难道还不够吗？小满如此想。

"做强盗那些日子，老夫亲手杀了二三十人。为了活命，所以下手之时并无任何的惧怕，也没有任何的后悔。唯独有那么一次……"清乐公剧烈喘息起来，"那一家人，让老夫一直耿耿于怀，成了老夫的心魔。"

"到底是怎样？"小满问。

"一家五口，不，是四口人，带着一具尸体。"此时，清乐公有些不安，"母亲应该是刚刚饿死，即便是死了，双目也是圆圆睁开的，眼角还带着泪水。尸体放在一辆小平车上，父亲推着，后边跟着三个孩子。大女儿十六七岁，二女儿十来岁，最小的是个男孩，六七岁吧。这种一看就是拖家带口逃难的。"

"那地方是一片松林，距离汴梁大概百里。也就是说，这家人在快到汴梁的时候，母亲饿死了，然后，碰上了我们……"清乐公大口地呼吸，"落单的一家子，是我们抢劫的对象。独身的行客，身上没多少油水，这种全家出动的，肯定会把所有值钱的家当都带上。但这家人一看就没什么钱，我觉得没必要，即便是抢了，也抢不到多少银钱，而且还得杀人、埋掉，花费很多气力。但首领看上了这家的大女儿，那姑娘有些姿色。"

"就这样，"清乐公深吸了一口气，"我们一帮人冲出去，三下五除二便将这家人拿下，带到了松林后面的寨子里。说是寨子，其实是平时我们藏身、分赃、杀人的地方，一栋破落的大宅。搜身之后，果然半文钱都没有。首领试图对那大女儿施暴，姑娘拼死反抗，做父亲的开始百般哀求然后破口大骂。首领暴怒，扔了一把刀给我，让我将那男人处置了。"

"你照做了？"张小满道。

清乐公缓缓地点了点头："他毕竟是首领。我拎着刀，当着三个孩子的面，杀掉了他们的父亲。"

小满皱起了眉头。

"首领逼迫大女儿，说若是不从，就杀掉她的妹妹和弟弟。"清乐公垂下头，"那姑娘，同意了。那一晚……姑娘在房间里……我那十来个同伴一个个进去……"

清乐公呼吸急促，手捂着胸口："我没有进去。我看着二女儿和那个男孩。男孩年纪小，又饿又怕，睡着了，但那个十来岁的小姑娘，自始至终都双目睁着。那双眼睛盯着我，都是愤怒。"

"天快亮的时候，我们都睡着了。等醒来，发现那个大女儿悬梁自尽，二女儿和男孩不见了，应该是逃掉了。"清乐公使劲捶了捶胸口，"一帮人并不当回事儿，约定好下次聚集抢劫的时间之后，嬉笑散去。我揣着那几日瓜分下来的二两银子，往回走。早晨快到汴梁城的路上，看到了两个孩子。"

即便清乐公不说，小满也猜得出来。

"是那个女孩和她的弟弟。男孩倒在路边，已经死掉了。饿死的。"清乐公道，"那个女孩跪在泥里，抱着弟弟的尸体，哼着歌，轻轻拍打着，就像哄他睡觉一样。我走到跟前，发现是他们之后，犹豫起来。"

"犹豫什么？"

"要不要杀掉他们。"清乐公道，"官府找到像我们这样的强盗，一定会处斩。若是女孩上告官府，我难逃一死。所以，必须杀了她。"

"既然如此，为何犹豫？"小满问。

"那双眼睛。"清乐公沉吟了一下，"我从未见过那样的眼睛。我杀过二三十人，面对死亡，有的人恐惧，有的人解脱，有的人愤怒，有的人无奈，但我没见过那样的眼睛！没有感情，冰冷，就像是吞噬人的黑夜。而且，还是一个十来岁的女孩的眼睛！"

"然后呢？"

"我拔出刀子的时候，她说话了。她说：'我不会揭发你，你带我走。我要活下来。'"清乐公道，"不知为何，我下不了手。我把她带回来，带回棺材铺，说是花二两银子买回来的。"

小满发出"啊"的一声惊叫。

"你应该听明白了吧，这个女孩，就是四娘！"清乐公抬起头，那张恐怖的脸在颤抖。

"这么多年，这件事成了我的心魔。尤其是得病之后，每日每夜、每时每刻，这一家人的脸都在我脑海中浮现，一张张痛苦的脸、绝望的脸、无辜而死的脸。"

"活在乱世，人命不如狗。"小满说。

"是呀，正因为如此，这件事一直折磨着我。"清乐公道。

"四娘为何不杀了你？"小满问。

"是呀，她完全可以杀了我。"清乐公道，"长大之后，她完全有这个能力。但是，她没有这么做。我一直很纳闷，但后来，想通了。"

"什么？"

"她在惩罚我，用一种远远比杀死我还要残酷的方式。"清乐公指了指自己，"看我现在变得人不人鬼不鬼，身心时时刻刻受到诅咒。"

小满沉默了。

"甚至，她连我当面向她忏悔的机会都不给我。"清乐公道。

"既然不愿意，为何又派我来呢？"

"或许，是想在我死的时候，那种卑贱的死相，让人欣赏到吧。"清乐公说。

喀喀喀！

清乐公剧烈地咳嗽起来，大口大口喷出血。

小满上前扶住他，要给他拿药，蓦然发现，清乐公的双目之中，满是脓疮的脸皮底下，仿佛有很多细小的东西在蠕动。

清乐公无力地摆了摆手："我清楚自己的身体，大限将至。"

小满一时不知说什么。

"小满，你听到了什么没有？"清乐公的耳朵突然动了一下。

"没有。"小满道。

"不对，你仔细听。"

两个人都不说话，房间里静寂下来。

小满屏住呼吸，果然听到了隐隐的声响。

那声响极为细微，若不是用心听，根本觉察不到。

叮。叮。叮。

那是……铃声。

清脆的、悠长的、连绵的铃声。

在黑暗中响起，穿透厚厚的墙壁。

一声声，一点点，穿过人心，敲在人的骨头上！

"小满，扶我出去！"清乐公大声道。

"这个……"小满有些为难。

他的四肢，已经被铁链锁住。

"快！扶我出去！"清乐公大喊，神情激动。

小满推门出去，来到外间，见负责看守的仆人低垂着脑袋靠在墙上，已经睡着。他小心翼翼从仆人身上取下钥匙，转身回来，打开了清乐公身上的铁链。

"快！快！"清乐公说。

小满俯下身子，将清乐公背起。

这老人的身体好轻，背在身上，如同背着个空空的草袋。

出了屋子，来到外面的长廊。

已经过了三更。天气寒冷，风很大，吹散了夜空上的阴云。

小满将清乐公放在长廊上，自己半蹲在旁边，努力搜寻那铃声。

叮。叮。叮。

一声声，越发清脆了。

应该是来自对面的高墙之外。

但似乎……又不对，那声音，更像是从地底穿透而上。

"是了！就是这声音！"清乐公低声喝道。

"什么？"

"当年我看到那辆辋车，看到那个名为宁野的妖怪之前，听到的就是这铃声！"清乐公说。

小满全身打了个哆嗦。

清乐公抬起头，死死盯着前方，尽管那双眼睛并不能看清楚当前的情景。

"它，来了！"清乐公颤抖地说。

叮！叮！叮！

叮！叮！叮！

一声一声，如同落雨，连缀而来。声音越来越大，越来越清亮。

叮！！！

当小满觉得自己的耳膜剧烈嗡动时，仅仅在一瞬间，一辆巨大的车子从高墙中凭空出现了！

长三丈、宽一丈的巨大木车，四周垂下白色的帷幕，没有牛马拖拽，缓缓前来。

那不应该是人世中的车子！

车身上的细小零件、帷幕上的花纹都能看得一清二楚，但车子透出来的那种幽幽的冰冷的气息，让任何直面它的人都会不由自主地屏住呼吸。

车轮缓缓转动，车身驶过白雪，地上却不曾留下车辙。

叮！叮！叮！

铃声继续响。

面对这辆黄泉之车，清乐公双膝跪倒，匍匐在地。

"带老夫走吧！老夫的身体、灵魂，皆是你的了。"清乐公昂起头，双目流血。

叮！

随着一声铃响，风起，吹开白色的帷幕。

清乐公身体剧烈抽搐，撕心裂肺地惨叫。

小满转脸望去，见清乐公双目上的巨大肿块啪的一声崩裂，从中涌动着飞出一只只黑色的小小飞蛾。

啪啪啪。

如此的声音接连响起，从他的脸上、口鼻之中，这些飞蛾扑啦啦而出，飞向那辆车子，围绕着飞舞。

清乐公瘫倒在地，好像失去了所有的力量。

小满将他扶起，发现他气若游丝，双目上原本的肿块凹陷下去，露出了一对眸子。

"你们，是你们……"清乐公颤声道。

小满抬起头，看到车上，那帷幕之后端坐着四人。

应该是一家四口。

老实巴交的父亲，满脸泪水的母亲，脖子上带有勒痕的女儿，六七岁的天真的儿子。

"对不起！对不起！对不起！"清乐公痛哭流涕，跪在那里，号啕着，"带我走吧！带我走吧！"

叮！

叮！

叮！

铃声空远。

雪花纷纷扬扬。

在这样的铃声和霰雪之下，清乐公气绝身亡。

"然后，那车子，在我面前凭空消失了。"

四娘鱼羹店的后院，惊惶不安的小满说完之后，喝了一口茶，望着对面的女子。

一袭白衣的风四娘端坐着，眉目如画。

窗外，天色大亮。汴梁城的熙熙攘攘声遥遥传来。

"知道我为何穿这白衣吗？"四娘轻声道。

小满摇了摇头。

"昨日，是家父和姐姐的忌日。"四娘转过脸，那双眼睛冷冷的，仿佛暗夜中的井水，"万全有，是那帮强盗中最后一个活着的。在此之前，我已经将其他人一一杀掉。和他们相比，万全有死得还算体面，起码还留着全尸。"

"为什么？"

"他早该死了，但我不想让他那么轻巧地死掉。"

"你是说，他的死，是你所为？"

"可以这么说吧。"

"我不明白。"小满想了想，"他死时我就在跟前，太蹊跷。那么奇怪的病，那么离奇的遭遇，还有那么一辆夜行的妖怪之车……"

"这世上，并不存在妖怪。若真的要有的话，那就是人心。"四娘说。

"我还是不懂。"

四娘轻轻叹了一口气："你这孩子，总喜欢打破砂锅问到底。算了，看在你昨晚奔波一场的分儿上，说与你听。多年前，万全有因车马铺的生意每况愈下，动起了歪心思，听闻只需要向老狸祠里的狸妖献上银钱，虔诚祈祷，愿望就会实现。"

"这个我知道，你们就是真正的'狸妖'。"小满道，"我不明白他为什么会真的获得了那么神奇的能力。"

"蛊。"四娘朱唇轻启，"那辆辒车带着黑雾凭空出现在他眼前时，黑雾中有一种名为盲头蛊的蛊虫，这种蛊虫一旦入体，就会在人的双目中繁殖，让人的双眼产生错觉。"

四娘给小满倒了一盏茶："这种蛊虫，在腐烂倒伏的千年古木中养成，对所有木质的东西都极为敏感。中了蛊毒的人，的确能够判断木头的密疏、断裂和细微之处的异常，但那不是人而是蛊虫的功劳。"

四娘顿了顿，又道："盲头蛊先在人的双目中繁殖，然后慢慢会扩展到五脏六腑，让人生不如死，最后会化为飞蛾，破体而出。万全有的死，便是如此。"

四娘看着茶盏上升腾起的水雾，道："为了不让他产生疑心，下蛊之后，我让孙蛤蟆去跟他说了宁野的故事，就是那个由破旧的车子产生的妖怪。这些，都是安排好了的。"

"如此说来，那辆辒车也是……"

小满的话还没说完，门外传来一声哈欠，然后一个男人走了进来："哎呀呀，四娘，快做些吃的，这一晚忙得累死！"

是幻术师庄助。

他还是穿着那件颜色斑驳的长袍，背着鼓鼓囊囊的包裹，一屁股坐下来，看着小满，微微一笑。

"昨晚，那辆辒车是你的手笔？"小满恍然大悟。

"夜行的蹊跷车子、铃声，还有坐在车中的亡灵。哈哈哈。万全有那混账东西，鬼哭狼嚎。小满，怎么样，效果不错吧？"庄助扬了扬眉头，"不过，四娘，这么多年折磨，老家伙也算受到了足够的惩罚。"

庄助给自己倒了盏茶，一饮而尽："四娘，这件事，便如此结束吧。"

四娘沉默不语，微微昂头，看外面的天光。

"这么多年，也该放下了。"庄助道，"这件事，已经成了你的心魔，总不能一辈子陷入其中、脱身不得。人呀，即便经历再多的黑暗和苦难，也总得往前看。纵使有巨石压顶，有冰封千里，但你的心中，得藏着一个春天。"

"是呀，春天。"四娘长出一口气，"春天总会来的。"

"事实上，谁都有心魔。"庄助看着那张美艳的脸，笑道，"你因为当年的那桩惨案，受了无数的苦；我因为当年的一些事，成了幻术师。小满，你看看小满，身为刀客，连刀都没法拔出来……"

小满愣了愣神。

"人生在世，每个人都有每个人的难处，每个人都有每个人的苦衷，每个人都有每个人的心魔。没办法，这就是人生呀，人生就是苦苦的一杯酒，无论什么滋味，都得喝下去。"庄助笑道，"若是像掉进沼泽那般，走不出来，岂不是自己跟自己过不去了？"

"言之有理呢。"四娘莞尔一笑。

小满皱着眉头："我有一件事，还是不太明白。"

"你这家伙，真是一根筋。"庄助白了小满一眼，那张英俊的脸故意皱巴起来，"还有什么不明白的？"

"幻术……"小满道，"那辆辒车，你到底是怎么变出来的？"

"你真想知道？"

"想！"

"这可是秘密！"庄助哈哈大笑，"天下第一幻术师的本事，不能随便透露。"

庄助坏笑一下，对四娘道："哦，刚才过来的路上，有件好玩的事儿。"

"何事？"四娘问。

"南门外，一辆车因为驾车的牛受惊，一路狂奔，撞死了一个人。"庄助笑嘻嘻道，"被撞死的倒霉家伙，就是昨天在店里找事被你打折胳膊的那个泼皮。"

"这有什么好玩的。我看你纯粹是闲的，赶紧吃完干正事去吧。"四娘站起身，出去忙活。

"这等混账东西，本来就活不过明天，省得脏了我手。"

小满突然想起四娘昨天打折泼皮胳膊之后，说的这句话。

他很想问问四娘，万贵说的她那个能看到人的寿命的异能，到底是不是真的。

"她脾气很大，千万不能招惹啊。"或许感觉到了小满心中所想，庄助对他眨巴了一下眼睛。

"可是……"小满还想说什么，门外伙计端着食盘挑帘进来了。

是鱼羹和肉饼。

"赶紧吃吧。"庄助给小满盛了一碗，"这可是汴梁城最好的鱼羹。"

寒冷的天气，喝上一口热气腾腾的鱼羹，心也暖了。

赤蚁

　　吴富阳县有董昭之者，曾乘船过钱塘江。江中见一蚁著一短芦，惶遽畏死，因以绳系芦著舡。船至岸，蚁得出。其夜，梦一乌衣人谢云："仆是蚁中之王也，感君见济之恩，君后有急难，当相告语。"历十余年，时所在劫盗，昭之被横录为劫主，系余姚。昭之忽思蚁王之梦。结念之际，同被禁者问之，昭之具以实告，其人曰："但取三两蚁着掌中语之。"昭之如其言，夜果梦乌衣云："可急投余杭山中。天下既乱，赦令不久也。"既寤，蚁啮械已尽，因得出狱，过江，投余杭山。旋遇赦，遂得无他。

——南朝宋·东阳无疑《齐谐记》

赤蚁若象，玄蜂若壶些。

——西汉·刘向《楚辞》

赤蚁若象，浑身带火，力负万钧，杂食虎豹蛇虫。遗卵如斗，山人取为酱，是名蚳醢。

——明·邝露《赤雅》

第三话

若象之蚁

崇、观以来，在京瓦肆伎艺，……刘百禽弄虫蚁。

——宋·孟元老《东京梦华录》

梆，梆，梆。

打更人的梆子声响在幽幽的夜色中遥遥飘荡，时断时续。

三更了。

热闹了一天的汴梁城，终于睡着了。

一片寂静。只有寒风穿过大街小巷，吹着秃秃的枝丫，吹寒了一河碧水。

天气寒冷，河冰崩裂发出沉闷的呻吟。

夜空阴沉，月亮出来了，但沉浸在氤氲的薄雾之中，像长了白毛的馒头。

偶尔一两声犬吠，很快就呜咽消失。

这般的天气，这样的时辰，便是连看家护院的狗，都不愿意出窝吧。

唰唰唰。

有人在窄窄的街道上行进。

是个膀大腰圆的大汉。

身高八尺，穿着皂色的麻袄，虽然鼓鼓囊囊，可依然遮掩不了手臂高高隆起的肌肉。光溜溜的脑袋，其大如斗，即便如此寒冷，也没有戴上幞头、帽子之类的东西，腾腾地冒着热气。浓密的眉毛，双目如统领，海阔大口，钢针一般的短须，浓密坚硬。

这个看起来五十多岁的家伙，简直就如同行走的铁塔。

他走得有些急，双脚生风，呼啦啦往前奔，手中挑着的灯笼不免上下起起伏伏。

和他的身材相比，那灯笼不仅小得有些滑稽，而且过于秀丽。

巴掌大的竹灯，用白麻纸糊成的灯罩上，画着一朵怒放的鲜艳牡丹。

咯咯咯。

咯咯咯。

从他身上，传出了一阵连续的蹊跷声响。

这声响，来自大汉怀中的一个黑色陶罐。

那罐子，拳头大小，温润如玉，用厚厚的锦囊包裹，贴身放置，不至于被寒气侵扰。

大汉停下脚步，仔细听了听，原本紧张的表情顿时柔软了几分，一只手轻轻地拍了拍胸口："小东西，被吵醒了？莫叫，且睡去吧。"

或许是真的听懂了大汉的话，藏在里头的东西安静了。

"乖，乖。"大汉笑了笑，继续行路。

他似乎对这一带不太熟悉，过了一座小小的木桥，来到分岔路口，停下了脚步。

这一带远离汴梁城的繁华之地，偏僻破落。

街巷两边房屋低矮，宅院和临时搭建起来的棚子交错在一起，层层叠叠。道路泥泞不堪，污水横流，接连环绕。空气中弥漫着一股粪便、炭火、腐败动物内脏等混合在一起的刺鼻味道。

大汉四处看了看，来到巷子口，举起手中的灯笼晃了晃。

巷子口有根小小的石柱，歪歪斜斜立在雪地里，因为拴马系驴，牲口蹭磨，表面光滑无比，隐约能看出三个字"老鸦巷"。

"是这里了。"大汉松了一口气，挑着灯笼，钻入巷子。

巷子只有一两丈宽，两旁的店铺早已关门，偶尔有一些门板里头透出光亮。铺面伸出来的幌子、杈子占据了不少空间，车子是无法在这地方行进的，便是人，也需小心翼翼，否则随时可能被撞得头晕眼花。

一入巷子，大汉就格外谨慎。

他刻意放轻了脚步，以免发出声响而惊动别人。

这样的身材，按理说辗转腾挪起来极不方便，可他却如同泥鳅一样灵活无比。

走了一炷香的时间，两旁的建筑越来越少，再往前，就是大片大片的空地。

能看到很多倾塌的房舍，残垣断壁中长满荆棘杂树，落着黑压压的大鸟。

看不到烟火。偶尔能看到几个乞丐，缩在角落里，呼呼大睡。

那盏灯笼，晃晃悠悠，忽高忽低，终于停在了一个小小的门楼前。

应该是一座祠堂的门楼。

高约两丈，以砖石垒基，上头四层榫卯的飞檐。年月久远，木头腐朽，倒塌了半边。门楼下长满了枯草，风一吹，发出呜呜的声响。

门楼上斜斜挂着块匾额，不大，摇摇欲坠，能看出上面是"老狸祠"三个字，不过匾额上的描金已经脱落，白花花、皱巴巴的，像老人的脸。

"是这里了。"大汉嘟囔了一句，警惕地四处看了看。

没人，连一条狗都看不见。

大汉放了心，跨过高高的门槛，走了进去。

不过是个小小的院子，围墙很多地方都破损倒塌，地上坑坑洼洼，长满杂草。不知道是什么东西，身形迅速，哧溜一下便不见了踪影。

左右两侧是厢房，因为长久无人居住，顶上的瓦片支离破碎，到处都是大洞，也没有门窗，黑乎乎地隐没在杂草之内。

大殿倒是还能看出些气势，高两层，如同一头匍匐在黑暗中的野兽。可惜倒了半边，一片碎石瓦砾。

大汉穿过庭院中的荆棘，来到大殿内。

里头黑咕隆咚，房梁断裂在地，结满蛛网，地上落满尘土。

大殿中央有张供桌，正对着院门。供桌该是用一整块原木做成的，简陋粗笨。中间有个小小的石头香炉，没有一点儿香火，落满鸟兽的粪便。

在供桌的后面，是尊塑像。大汉缓缓抬起头，端详起来。

看清之后，大汉倒吸了一口凉气。

汴梁城寺观祠堂林立，大大小小，供奉的多是佛圣、土地之类的神尊，但眼前这样的神像，却是从未见过。

太过诡异！

应该是土偶。和常人一般大小，站立在石台之上，身穿黑色短袍，身体微微前倾，弓着腰，缩着脖子，身体是人，脑袋却是个……

应该是狸猫吧！

长着狸猫的脑袋。长长的胡须，咧开的嘴巴，尽管风吹雨打脸面破损了半边，但用黑琉璃镶嵌的眼睛格外生动，幽幽地望着站在下方的大汉。

这般的夜晚，这般的地方，面对这般诡异的神像，大汉似乎也有些害怕起来。

他将灯笼放下，从怀里掏出一个锦缎做成的钱袋，双手置于供桌上。

钱袋看上去沉甸甸的，大概装了不少银子。

大汉往后退了几步，那铁塔一样的身躯扑通一声跪倒，地面为之微微一震。

"团五丈①在上，鄙人刘若象供奉二十两银子，有事央求！"大汉恭敬地连连叩首，直起身来，昂头看着那狸妖土偶，声音有些许颤抖，"小的现居汴梁，无长技，只以戏耍为业，不过是调练飞禽走兽，杂弄娱人，换些银钱度日，大家抬举，呼我为'刘百禽'。"

大殿里一片寂静，只闻刘百禽的呼吸声。

狸妖土偶亦无声无息，那双琉璃眼睛幽幽泛着光。

"小的辛劳一生，无儿无女，不过是浑汉一个。若说家人……那一园子的飞禽走兽便是小的的亲人。"说到这里，胸前陶罐里的东西又有了动静。

刘百禽拍了拍胸口，又抱拳道："小的今年已五十有六，虽说整日奔波，被人看作个不入流的杂耍人，但也能借着这

---

① 丈，在北宋泛称老人及父辈尊长，老狸祠狸妖名"团五郎"，故称之为团五丈，以示尊敬。

门手艺勉强养活自己，养活那一园子禽兽。原想着可以安然终老，眼下……似乎是不可能了。"

说到此处，刘百禽一双浓眉紧皱起来，声调不由自主抬高了几分，想说什么，张了张嘴，终又咽了回去，换了言语："听闻团五丈有求必应，小的特来央求。小的自知躲不过这一劫，死，小的不怕；小的就怕死之后，这一园子的生灵无人照顾。"

"小的求团五丈能帮我全活这一园子的生灵……"刘百禽哽咽起来，接连叩首，"还请团五丈发慈悲！还请团五丈发慈悲！"

西瓜一样的脑袋，磕在地上梆梆响。

刘百禽一连磕了十几个头，大殿里依然安安静静。

刘百禽直起身，看着那土偶，呆了起来。

"看来，便是团五丈，也帮不上我这忙了。"刘百禽叹了一口气，脸上露出绝望的表情，喃喃道："若是死后能变成蚂蚁，那便好了。"

他刚要站起来，突然听到一声脆响。

啪！

一颗鸡卵大小的白色石子不知从何处落下来，骨碌碌滚到了刘百禽脚下。

刘百禽弯腰拾起，见那石子之上，赫然有个朱红色的狸猫爪印。

"这！"刘百禽大惊，继而大喜。

"知……晓……了。"一个低沉的声音在大殿中响起。

那声音，沉闷、嘶哑，完全不像是人声。

大殿被黑暗笼罩，根本分不清那声音从什么地方传来。

"谢团五丈！"刘百禽又接连行礼，然后便提起灯笼，出了大殿，头也不回一溜烟去了。

寂静重新将祠堂笼罩，将狸妖的那双琉璃双目笼罩。

喀喀喀。

空荡的大殿之内，响起了一阵令人毛骨悚然的笑声。

天刚蒙蒙亮，鱼羹店里就坐满了人。

刚出锅的鱼羹热气腾腾放在面前，喝上一口，全身舒坦，再咬上一口从隔壁买来的曹婆婆肉饼，那滋味，对汴梁的老食客来说，给个神仙也不换！

这时间来的都是熟客，有的刚出被窝，睡眼惺忪；有的刚耍了一整夜，酒气熏鼻；有的则明显是起床遛弯回来顺道吃早饭。反正不管是什么人，这个时辰，踩着开张的点儿一个个踱了进来。

人多，又都认识，吃喝之间免不了海阔天空、家长里短地扯上一阵。

不过，今日客人中有一位格外扎眼。

这人头发卷曲、火红，高鼻梁，蓝眼睛，戴着高高的帽子，穿着皮靴，一看便是胡人模样。

汴梁城万国咸集，胡人不稀罕，可是这么早来四娘这里喝鱼羹的，倒是不常见。所以，大家免不了多看几眼。

那胡人，想必是个走南闯北的生意人，不仅汉话说得流畅，更是热情健谈，很快就跟大家熟络起来。

"我头一回来汴梁，待七八天了，真是大开眼界。"胡人眯着猫儿一般的眼睛，"这是我见过的最为辉煌、繁华的城市！"

"那你算是说对了，这天下，没第二个汴梁城。"孙蛤蟆在旁边乐道。

"简直是天堂呀。"胡人点点头，"所有美妙的东西，这里都有。"

"待了七八天，你都去哪里耍了呀？"孙蛤蟆捏着肉饼，咬了一口。

胡人兴奋起来："丰乐楼、遇仙正店、鹿家包子、孙好手馒头……"

胡人一边说一边掰着手指数。

孙蛤蟆扑哧一乐："原来去的全是吃喝的地方。朋友，咱汴梁城除了吃喝，有趣的地方可多着呢。"

胡人扯了扯板凳，真诚道："还请老丈指点一二。"

孙蛤蟆盘起腿，呼噜呼噜喝了几口羹，道："若是拜神求仙，景灵宫、武成王庙、大相国寺①；若是放鹰游猎，去潘楼

---

① 大相国寺，原为战国魏公子无忌信陵君的故宅。北齐文宣帝天保六年（555）始建寺院，称为建国寺，后毁于战火。唐长安元年（701）再建。唐延和元年（712），唐睿宗李旦为了纪念他由相王即位当皇帝，遂将建国寺更名为"大相国寺"。北宋时，相国寺屡有扩建，成为全国最大的佛教寺院。大相国寺的住持由皇帝赐封。皇帝平日巡幸、祈祷、恭谢乃至进士题名也多在此举行，所以大相国寺又称"皇家寺"。

街南鹰店；金银彩帛，去界身巷；说话、杂耍、小曲、幻术、探搏等，去桑家瓦子……"

孙蛤蟆侃侃而谈，胡人听得津津有味。

"杂耍，我最喜欢。"胡人插话道，"我们最擅此道，天下第一。"

的确，自大唐以来，胡人杂耍的本事就格外令人称道，汴梁城有名的杂耍艺人、幻术师中，不少都是胡人。

"朋友，话不能说得太满。"孙蛤蟆有点儿不乐意了，"所谓山外有山、人外有人，你们胡人尽管本事了得，但在汴梁城，论起杂耍的本事，有些人你们也得喊师父。"

"哦？愿闻其详。"

"别的不说，单说几个有能耐的。"孙蛤蟆想杀杀胡人的威风，故意清了清嗓子，拿出了说书人的本事，"这杂耍，乃是百戏之首，虽说听起来不入流，但要玩出名堂，天文地理、易经卜卦、阴阳五行、机械工巧都要熟悉，人要灵活，动作还得麻利，心思还得活络，缺一不可。"

说得周围人深以为然。

"汴梁人口百万，以杂耍为生的人甚多，若是想在这里扬名立万，没有点儿特别的能耐，那可绝对不行。"孙蛤蟆呵呵一笑。

胡人心急，道："什么样的能耐才能称之为特别？"

"那可就多了。"孙蛤蟆拍了拍圆滚滚的大肚子，"先说汴梁城最知名的，那应该是庄助了，杂耍、幻术样样精通，移山填海、枯木生花、空手变虎豹、立麻绳攀空……拿手好戏多了去了。杖头傀儡张金线，他那傀儡可通阴阳，说笑逗唱，与真人无二。筋骨上索温奴哥，捆得粽子一般顷刻便能脱身，小小的门缝儿，闪身能过。铁剑张九哥，一把吹毛立断的宝剑，从口中可插入身体，吞入拔出，丝毫无伤，又能高抛宝剑入云霄，呼啸飞奔，宝剑落下时，以剑鞘承接，噌一声入鞘……"

孙蛤蟆唾沫横飞，说得胡人呆若木鸡。

"朋友，杂耍的本事，你们胡人还是得靠边站，有机会你去瞅一瞅，便能知道老夫所说并无任何夸大之词。"孙蛤蟆啧了啧嘴道。

"你们这些臭男人，喜欢的都是这些舞刀弄枪、云里雾绕的。"店里谈话热闹，连风四娘也忍不住加入进来。

她从柜台轻移莲步，到了桌子旁，莞尔一笑："要我说，汴梁城的这些把戏，怎是无趣。"

妖娆妩媚的风四娘开了话匣子，店里就更热闹了。

"四娘，那你说，怎样的杂耍才算有趣？"有人大声问道。

风四娘美目闪动，咯咯一笑："吞剑耍枪，呼风唤雨，虽有些手段，不过都是些硬皮功夫、虚空幻术而已，只是骗人耳目。要说是真本事又有趣的，汴梁城杂耍非刘百禽不可！"

"刘百禽？"

店里人听了风四娘这话，顿时啧啧声、唏嘘声一片。

"是了！"

"还真是这样！"

很多人附和起来。

那胡人听得好奇，忙问："敢问老板娘，这刘百禽都会些什么？"

"这刘百禽呀，只会一样——禽戏。"风四娘笑道。

"禽戏？"

"了解飞禽走兽的习性，通晓羽角鳞虫的脾气，任何活物到他手中，无一不乖乖听话，让做什么便做什么。"

"如何？"胡人追问。

"在他手里，虎豹豺狼可翻绳跃火、推车挑担，猿猴骏马起螺旋之舞，山羊獒犬穿衣稽拜，百灵鹦鹉口吐人言、唱曲解闷，蛇蟒游鱼察言观色、卜卦吉凶……"

"果真有趣！"胡人拍掌而赞。

"这些还算不得有趣。"孙蛤蟆补充道，"飞禽走兽能听人言、观人行，按照他的吩咐做出种种戏法，着实让人惊叹，但刘百禽最拿手的，是蚁！"

"蚁？"胡人皱起眉头，没有听懂。

"蚂蚁啦！"风四娘道，"蚂蚁这东西，奇小如米，听不见人的声音，也难以接受人的调教，但在刘百禽的手里，那简直让人大开眼界。"

孙蛤蟆笑道："这是他的看家本领，往往都是压轴戏——从怀中掏出那个片刻不离身的陶罐，放出其中的百十大蚁。那些蚂蚁竟听他命令，不管是行军列阵还是叠罗汉、走华容，丝毫不差，简直神奇。"

"果真厉害！"胡人听得心花怒放，问道，"不知什么地方才能看到这位刘百禽的杂耍？"

"这个……"孙蛤蟆沉吟一声，"他这人，性格孤僻，不喜欢与人交往，虽说在南薰门①外有个宅子，但从不接待人。有时会在桑家瓦子里摆摊，有时会走街串巷。不过，凡是热闹的地方，尤其是大的节日庆典之地，一定会有他的身影。"

"明日大相国寺，他肯定会去！"有个客人叫道。

"是了。"孙蛤蟆点了点头，"明日的大相国寺，绝对是个热闹去处。"

"明日？"胡人听了这话，倒是一愣，掰着手指算了算，"明日好像不是万姓交易②的时候吧？"

"哟，想不到你对大相国寺还了解得很。"孙蛤蟆呵呵一笑，"若是按日子算，明日的确不是交易日，但却是个特殊的日子。"

"有何特殊之处？"

"明日是刘贵妃的生辰。"孙蛤蟆道。

见胡人依然不懂，孙蛤蟆解释道："当今官家，风流天下无二，宫中也是佳丽众多。这位刘贵妃，端庄稳重，多才多艺，深得官家疼爱，政和三年入宫，接连生下皇子、皇女，

---

① 汴梁城南城门。

② 相国寺不仅是汴梁最大的寺庙，也是最大的商贸交易中心，每月五次开放，商旅、百姓可于寺中交易，因商品琳琅满目，前来人数众多，故而称之为"万姓交易"。

因此愈加得官家恩宠。去年，刘贵妃为官家生下皇二十六子，官家高兴得紧。明日是刘贵妃生辰，她要去大相国寺烧香拜佛，为官家、天下百姓祈福。官家下旨，明日大相国寺佛事之后，举办大礼庆典，许百姓同乐。这可是汴梁城少有的盛事，故而这几日大家都精心准备前去玩乐，其中自然少不了瓦肆诸班的艺人了。"

胡人听了，倒是激动："哎呀呀，多谢老丈！怪不得我见周围的伙伴都在忙着准备，这是个赚钱的好时机，我得赶紧回去拿出最好的货物，明日去寻个摊位。告辞！"

鱼羹还没喝完，胡人便急匆匆出去了。

哈哈哈哈。店里一片笑声。

这时候，门外进来一人。

身着皂衣，风度翩翩，口鼻呼出白气，将腰刀放在桌上，道："小满，给我来碗鱼羹。"

"宋巡检，又忙活了一晚？"有人笑道。

宋青竹眼圈发黑，双目中满是血丝，听了这话，微微一笑："可不是，这几日为了大相国寺的事儿，各处查办，将那些浮浪子驱除干净，要领着潜火队①清除杂物，以防走水，还要和街道司②一起拆除一些乱搭的铺子、棚子，我已经七八天没回家了。"

---

① 潜火队是北宋汴梁设立的专业消防队，主要职责是防火救火。

② 街道司是汴梁掌管京师道路的机构，在《宋会要辑稿》中记有"勾当官"二人，管辖五百人，负责街道管理和卫生，对于街道私搭乱建，有权制止、拆除。

"着实辛苦。"大家看着他那疲惫不堪的样子，都同情起来。

"官府也是，就知道欺负老实人。"凤四娘将一碗鱼羹放在宋青竹跟前，"既是皇家的事儿，大内诸班值、开封府、皇城司，诸如此类的，都干什么去了？偏偏让你一个厢巡检如此忙活。"

"哟哟哟，老板娘这话说得多疼人呀！"大家纷纷起哄。

"宋巡检，我看，你就把四娘给娶了吧。你无家室，她无婚嫁，郎才女貌，天作之合。"

"哈哈哈哈。然也！"

凤四娘笑了一声："去去去！再乱说话，信不信老娘把你们的舌头给扯出来！"

宋青竹被说得面红耳赤，装模作样喝了一口鱼羹，道："没办法呀，谁让大相国寺在我们左一厢地界上呢。身为厢巡检，我这也是职责所在。"

"宋巡检，明日大相国寺的庆典，刘贵妃果真会来吗？"有人打听消息。

宋青竹点了点头："不光是刘贵妃，听说也会来不少朝廷大员，车驾人马，多得很。贵妃是个随和之人，又来自民间，对咱们老百姓甚是体恤，吩咐不得惊扰。听说礼佛之后，晚上还会在高台之上欣赏歌舞、杂耍，与民同乐。"

"真是贤良淑德！"大家齐齐点头。

凤四娘在宋青竹对面坐下，道："贵妃去礼佛，朝廷大员陪同做甚？"

宋青竹道："这个你便是不甚明白了。贵妃深得官家恩宠，那些朝廷大员自然巴结得很，想尽方法讨贵妃的欢心，若是贵妃高兴，跟官家那么一说，自然就……"

"明白了。"大家自然知道其中的门道。

"都精心准备了呢。"宋青竹压低声音，"除了竭尽所能准备贵重礼物之外，知道贵妃喜欢热闹，想尽方法寻些不同寻常的乐子来供贵妃欣赏，下足了本钱。听说这段日子，汴梁城出名的艺人早早就被他们延请入府，排演起来。另外，文人雅士也会吟诗作对，献上自己的得意之作，将军、武人则准备了军击之乐，可谓精彩纷呈。"

"那明日的大相国寺一定得去了！"听宋青竹这么一说，众人更是满心期待。

宋青竹喝完了鱼羹，打了个饱嗝，对风四娘道："四娘，求你件事。"

"跟我还这么生分，说。"风四娘笑道。

宋青竹看了一眼在一旁忙活的张小满，道："将小满借我几日。"

"做甚？"

"我手里原本人就不多，这么一忙活，根本不够用。让小满给我打个下手，而且今日还有件大事要办。"

"小满，那就随宋巡检去吧。"风四娘倒是爽快。

小满放下手中的托盘，来到宋青竹跟前，随着他出门。

宋青竹没有催促他，微微一笑，抱着双臂，很快在马上打起了呼噜。

小满看得直摇头——这家伙，真是心大！骑着马，沿着御街往南走，一路上人来人往，他竟然在马上睡着了，若是这马闹起脾气，冲撞了人，可够他喝一壶的。

不过小满的担心纯属多余，宋青竹那马虽然年老，但走得四平八稳。

如此一路南行，出了朱雀门，又往南，眼见得就到南薰门了。

"宋大哥，且醒醒！"小满扯了扯宋青竹的衣服。

宋青竹醒来，擦了擦口水："哟，都到南薰门了。"

小满这叫一个气，道："你再睡会儿，咱们都出城了。这是要去哪儿呀？"

"玉津园①旁边有个村子，名为上阳村。咱们去那儿。"宋青竹轻描淡写道。

"何事？"

"拿个人。"

"缉拿犯人？"

---

① 玉津园，又名南御苑，与琼林苑、金明池、宜春园为汴梁四大名园，周世宗时建。北宋取代后周之后，将其纳为北宋行宫御苑。玉津园是皇帝南郊大祀的场所，一般不向老百姓开放，其中不仅有百亭千榭，还是著名的养象所，最多时养大象46头，更有各种珍禽奇兽。玉津园也是北宋皇家检阅诸军骑射的"校场"，经常安排招待契丹使者宴射活动。

"也不能说是犯人。"宋青竹有些为难地挠挠头，"反正要先拿到人。"

"对方如何？"

"身高八尺，铁塔一般，每餐食饭三斗、酒二斤……"

咴咴咴……

小满不由得扯了一下缰绳，座下那匹马嘶叫一声，半身跃起。

"宋大哥，这般的一个壮汉，我怕是……"

"别怕，对方都快六十岁了。尽管人高马大，待人却是很温和的。"宋青竹安慰道。

出了南薰门，前行几里地，视野便逐渐开阔起来。

隆冬时节，草木凋零，河川交织，倒是别有一番景致。

行到玉津园，远远地看到堆土聚山、平地造园，亭台楼阁，端的是一副皇家气派。

两人绕过玉津园，又行了二三里，周围皆是村舍，阡陌交通，鸡犬相闻。高柳枯树，野樵田汉，一派田园风光。

"前方就是了。"宋青竹用马鞭指了指。

顺眼望过去，小满看到一个村子掩映在林木之下。

不大的村子，房舍稀稀拉拉，村口有个小酒馆，挂着酒幌子，还有几棵树冠如伞盖的松柏。

宋青竹对这一带很熟，骑着马拐来拐去，最终在一处宅院前停下来。

小满从马上跳下，四处看了看。

这院子占据了十来亩坡地，篱笆为墙，里头林木、水潭、松石皆有。虽然房舍是土墙茅顶，像是普通的民居，但不管是景致还是布局，都格外讲究，非是一般农家可比。

"他这院子里别的没有，飞禽走兽很多，猛兽更是不少，等会儿你小心点儿。马就别牵进去了。"宋青竹将马拴在门前歪脖子树上，叮嘱道。

"这人干什么的？"小满好奇地问。

"此人名唤刘若象，是闻名汴梁的杂耍人。"

"哦？那不就是早上老板娘说的那个刘百禽吗？"小满道。

"对，就是他。"宋青竹道。

"犯事了？"

"你别问这么多，听我吩咐便是。"宋青竹不耐烦道。

二人推开柴门，走进院子。

刚进去，二人就听得一声咆哮，如同山崩一般。

小满吓得打了个冷战，转脸一看，柴门一侧有个巨大的铁笼，笼中一只斑斓猛虎，双目圆睁，张着血盆大口咆哮着。

"亲娘！吓杀我也！"小满满头冷汗。

"别怕，这家伙外强中干。里头多着呢。"宋青竹道。

往里走，果然见两旁或是铁笼，或是地坑，养着熊豹豺狼、大蛇巨蟒，更有无数的飞鸟，彩羽长翼，叽喳鸣叫。池塘里养着各色游鱼，大的若船，小的锦色可爱。

这么说吧，这院子简直就是个别有洞天的动物园。

二人来到茅屋前，见门口一左一右站着两个汉子，皆是一身家丁的打扮，手持朴刀，一个人高马大，一个瘦小干练。

"高巍华，高小道，你二人为何在此？"宋青竹呵呵一笑。

"见过巡检！"二人唱了个喏，道，"自然是为我家郎君办事。巡检，哪阵风把你给吹来了？"

"你们为高衙内办事，我也是为大宋办事，公事。"宋青竹和颜悦色。

"找刘百禽？"个头小的名唤高巍华的那个走过来，压低声音道。

"然也。"

"找他干甚？"

"犯了事，我要拿走。"

"拿走？恐怕不行。"高巍华有些急了，道，"此人我家郎君有大用。"

"那也不行呀，我这事十分紧急。"宋青竹不听分说，径直往屋里走。

"何人在外面聒噪？！"屋里头传出来一声暴喝。

此人底气十足，一声喝叫，震得人耳膜嗡嗡直响。

"教头，是宋巡检！"高巍华有些故意地大声喊道。

"哪个宋巡检？"

"就是老宋教头的那个儿子。"

"哦，我道是谁，原来是那个不成器的窝囊废呀！让他滚进来！"

高巍华侧身，放过了宋青竹。

宋青竹不怒不恼，带着小满进了房间。

屋内家具倒是没有多少，反而堆放着各种笼具、工具、坛坛罐罐，几乎让人无法下足。空气中混杂着来自鸟兽的奇怪味道。

宋青竹和小满穿过外间，来到里屋，见桌子前坐着一个人，正在一边吃菜一边喝酒。

此人身高六尺，年约五十岁，着一身黑衣，皮肤呈现古铜之色，国字脸，浓眉大眼，太阳穴高高凸起，狼顾虎视，一见便是习武的高手。

桌子对面，一张高椅上，绑着一个人。此人五十岁开外，身材高壮，光着脑袋，想必便是那刘百禽了。

刘百禽被捆得粽子一样，脸上、身上血迹斑斑，已经昏了过去。面前放着皮鞭、炭炉、烙铁以及各种奇形怪状的刑具。

"原来是虞二叔。"宋青竹赔着笑脸行了个礼，"好多日子没见了，二叔倒是康健得很。"

"能吃能喝。"那人扯了个鸡腿，咬了一口，眯着眼睛看着宋青竹，"你不干你的巡检，跑到这里做甚？"

"虞二叔不在高都指挥使手下效力，跑到这穷乡僻壤，我更是奇怪。"宋青竹道。

"这个自不干你鸟事。"虞教头冷哼了一声，指了指椅子上的刘百禽，问道，"你来是为了他吧？"

"然也。"

"此人衙内有用，不能带走，你且去吧。"虞教头不耐烦地挥了挥手。

"二叔别让我为难，这可是公事。"

"公事？哈哈哈哈。"虞教头一阵大笑，满是不屑地看着宋青竹，"青竹，你果真是扶不上墙的烂泥！"

"此话怎讲？"

"我且问你，所谓公事，是你们厢里面的公事，对吧？"

"应该是吧。"

"所以说你是烂泥呢！"虞教头三口两口吃完鸡腿，将骨头扔在地上，道："你一个小小的厢巡检！莫说这一路，便是开封府的人，见到我家阿郎也得屏声静气、恭恭敬敬！你竟然敢跟阿郎的爱子抢人？"

宋青竹一脸无知的样子。

"我与你爹几十年的交情，他一生何等英武？怎么就生出你这么个不识抬举的窝囊废？给你诸多机会，你都干不好，从殿前司跑到了皇城司，从皇城司又去当了这么个上不得台面的小小的厢巡检！芝麻粒大的官，我看你胆子倒是不小！"

虞教头劈头盖脸一通乱骂："我家阿郎，乃是殿前都指挥使[①]！殿前都指挥使是个什么官，你明白吗？他儿子的事，你

_____

① 殿前都指挥使，五代后周太祖广顺二年（952）置，总领殿前诸班。宋设此官，为殿前司长官，掌管殿前班值及步骑诸指挥的名籍，总管其统制、训练、轮番扈卫皇帝、戍守、迁补、罚赏等政令；入则侍卫宫殿，出则护从车驾。这一职位，算得上是位高权重。

能插手吗！"

宋青竹抹了一把脸上的唾沫星子，依然是满脸笑："二叔，这事我就不明白了。高衙内那是何等人自不必说，你原本可是和我爹齐名的八十万禁军枪棒教头，虽说现在在高都指挥使手下当差，替他看家护院，也是英雄好汉，为何如此为难一个杂耍人？"

虞教头被宋青竹说得暴怒："这个不干你事！"

宋青竹和颜悦色，给虞教头满上一杯酒："二叔，当年你跟我爹真是亲如兄弟。小时候我记得，你闯下大祸，若不是我爹，你怕是要被发配充军。我爹活着的时候，你经常来家里，对我也好。我小时候，你没少让我骑在你脖子上玩……"

几句话，说得虞教头双目一红。

"唉，好人不长命。你爹那么好的人，咋就去了呢！"虞教头语气软了三分，看着宋青竹的眼神也温柔了起来。

"二叔，这事是上头吩咐下来的，我若办得不得力，定然吃不了兜着走。我爹去了之后，你侄子我便是孤家寡人一个，你能忍心看着我落到那般下场？"

虞教头放下酒盏，指了指宋青竹，哭笑不得："你小子！"

"二叔，高衙内为何要为难刘百禽呀？平时两个人八竿子都打不着。"

虞教头冷笑一声："也是他倒霉。"说完，将杯中酒一饮而尽，点了点桌子。

宋青竹连忙斟上。

"明日刘贵妃大相国寺礼佛，有大庆典，你可知道？"虞教头问。

"这事，汴梁城人人皆知呀。"

"我家郎君那个人，你也知道……"虞教头皱起了眉头，"吃喝嫖赌，样样精通，纨绔子弟一个，便是阿郎身为殿前都指挥使，想给他谋个差事，也是颇有顾虑。他这人，玩闹久了也想找个事干干，所以当下就是个机会。"

"哦？"

"若是明日庆典上能讨得刘贵妃欢心，刘贵妃在官家面前提起一二，官家又卖阿郎一个面子，事情也就自然水到渠成了。"

"明白。"

"刘贵妃这人，倒和宫中其他的贵妃不同。她待人和善，为人正派，不喜欢金银财物，要想讨得她的欢心，可不容易。"虞教头道，"还是我家郎君费了不少心思，才探听到刘贵妃的癖好。"

"哦？有何癖好？"

"就一样——好杂耍戏法！"

"杂耍戏法？"

"然也。贵妃唯独好这个，而且精通此道，所以一般的杂耍戏法根本入不了她的法眼。要想寻个能让她高兴的戏法，可不容易。"虞教头道，"这些日子，为这事，我家郎君带着我们几乎跑遍了汴梁城，寻找贵妃没看过的而且看了之后会大为赞赏的戏法。"

"这的确不容易，但凡汴梁城有些名声的杂耍戏法，恐怕贵妃都看过。"宋青竹道。

"是呀，寻了十来天也没收获。结果前几日，在州桥那边看到了这厮。"虞教头指了指刘百禽。

"戏耍百禽，让飞禽走兽依命行事，说起来也一般，贵妃肯定看过。但是那天，刘百禽拿出了他的看家本领，让我家郎君看到了。"虞教头呵呵一笑，"弄蚁！这戏法，全天下估计他独一份，贵妃肯定没看过，我家郎君顿时心花怒放——若是将此法献给贵妃观赏，贵妃一定满意！"

二人说到这里，站在旁边的小满有些诧异了："弄蚁，不就是摆弄蚂蚁吗？那东西有啥出奇的。"

虞教头瞟了小满一眼："小毛孩子懂什么。一般人摆弄蚂蚁，那叫无聊；刘百禽弄蚁，那真真叫高明。"

宋青竹忙解释："这是刘百禽压箱底的绝技。他怀中有一黑陶罐，贴身保管，吃饭睡觉都带着。里头养着一群蚂蚁，全身赤红，不仅比一般的蚂蚁个头大，而且气势也足。最大的蚁王，足有手指头粗细，鹌鹑卵大小。"

虞教头继续道："刘百禽弄蚁，有几手着实了得。其一，名为将军列阵，将黑陶罐塞子打开，百十蚂蚁鱼贯而出，列出整齐一排；然后那蚁王出来，如同将军般站着。随后，刘百禽喊一声'偃月阵'，百十蚂蚁顿时变换阵形，成了偃月之阵；又喊一声'鹤翼阵'，蚂蚁们便成了鹤翼的阵形。什么车轮阵、八卦阵、七杀阵、五行阵，一二十种阵形，蚂蚁们也是有模有样，从始至终，丝毫不乱。虽说只有百十蚂蚁，但是那阵势，真有沙场之风！"

"其二，名为先生教书。也是打开陶罐塞子，百十蚂蚁鱼贯而出，整整齐齐分为十来排，如同学堂中的学郎一般，蚁王立于前方。接着，刘百禽喊一声：'先生开课！'那蚁王摇头晃脑，一副诵读文章的样子，百十蚂蚁也个个摇头晃脑，着实让人欢喜。表演一番，刘百禽再喊一声：'先生下学！'蚁王先回陶罐，其他蚂蚁随后鱼贯而回。

"除了这两个，什么蚂蚁相扑、蚂蚁登梯、蚂蚁娶亲、蚂蚁送丧……诸多名目，个个精彩！"

小满听得呆了。天下，竟然有这样的神奇杂耍？

"我家郎君看了之后，当场决定要将刘百禽这弄蚁之技，献给刘贵妃观赏。"虞教头道。

"既然如此，只需到时将刘百禽带着即可。为何这般……"宋青竹瞥了五花大绑的刘百禽一眼。

"你小子很是不开窍。"虞教头摇头道，"当着刘贵妃的面，若是刘百禽表演，出风头的、被贵妃赏赐的，自然是刘百禽，关我家郎君何事？我家郎君希望，由自己在贵妃面前施展这些绝技，明白了？"

宋青竹和小满都做出恍然大悟状。

"这恐怕不太可能吧。"宋青竹道，"据我所知，凡是此类看家本事都是杂耍人的不传之秘，就靠着这个吃饭呢，如何能轻易传人？再说，这些绝技都是辛辛苦苦长年累月摸索出来的，里头门道很多，你家高衙内短短几日就能学会？"

虞教头道："这个倒不在话下。我家郎君说了，只要刘百禽献出这绝技，赏金百两，足够他一辈子吃喝无忧了，比日晒雨淋去挣钱舒服多了。岂不好？"

虞教头又道："至于郎君能不能学会，那也不难。这弄蚁又不是那些杂技，对身体、动作要求不高，关键之处在那蚂蚁身上！"

"蚂蚁？"

"然也。这些刘百禽也说了。弄蚁，人不过是个道具而已，装模作样地喊几句话。对蚂蚁来说，从掀开陶罐盖子开始，所有的流程都是固定的，你便是不喊，它们也照样会那般表演。所以，由刘百禽表演还是由我家郎君表演，效果相差不多。"

宋青竹点了点头道："如此说来，这事不难办，对刘百禽来说也不错。为何闹成现在这样？"

虞教头冷哼一声："这厮不识抬举！我家郎君的意思，是按照他原先的戏法，让蚂蚁表演几个节目，最后，再让这百十蚂蚁摆出一个大大的'寿'字，算是给贵妃祝寿，贵妃肯定更加高兴。"

"你们高衙内果真会琢磨，这阿谀奉承的本事，佩服。"宋青竹皮笑肉不笑。

"等表演完了，我家郎君趁着贵妃高兴，再将这蚂蚁献给贵妃。你想呀，贵妃本人就喜欢杂耍，看杂耍和自己亲自表演，那乐趣自然不一样。还有，贵妃若是有了这些蚂蚁，还可以给官家表演，官家高兴，那贵妃的位子说不定就能……说不定皇后之位都没问题。这里面，学问便大了。"

宋青竹佩服得五体投地："这算盘打得……着实厉害！"

"是呀，我家郎君的心思，有时候连阿郎都佩服。"虞教头指了指刘百禽，"哪知道这厮，不识好歹，竟然一口拒绝！"

"为何？"

"这厮说，其他的都好办，就是这一罐子蚂蚁断不能卖，无论给多少钱都不能卖！"虞教头越说越气，"混账东西，狗鼠辈，一群破蚂蚁而已，竟然敢驳了我家郎君的面子，岂能饶他！"

这么一说，宋青竹和小满算是彻底明白了。

高衙内要借着这蚂蚁攀龙附凤，不但自己可以得了高官厚禄，还能让刘贵妃在官家那里出彩。对他来说，这蚂蚁可是平步青云的登天梯，刘百禽拒绝，那可是断了他一生荣华富贵、出人头地的门路。

"然后呢？"宋青竹直起了身子。

虞教头道："要是以往碰到这种人，我家郎君定然一棒打死。可这回念着要他出力，倒也客气得很，先是给了一百两金子，他不收。又让人好说歹说，他也不听，便派人送他回来，让他好生考虑考虑。这两天，干脆让人来守着，防止他出问题。"

名为看守，其实跟软禁差不多。

"怎料想，这狗鼠辈昨晚突然逃了，害得我们满城寻找，天明时分才回来。"虞教头气得鼻子都歪了，"人回来了，他贴身的那个装着蚂蚁的黑陶罐没了！"

"啊？"

"这厮竟然将那蚂蚁藏匿了！"虞教头道，"眼见得明日便是贵妃大寿，怎能出这种事情？故而我家郎君派我来，无论如何也要撬开他的嘴，问出那罐蚂蚁的下落。怎知这货倒也是条汉子，我这诸般手段之下，他竟然硬扛着不说。真是气杀我也。"

宋青竹道："二叔莫气。刘百禽的脾气，我是清楚的，就是一根筋。他若是决定的事情，八头牛都拉不回来，不能来硬的。"

虞教头看着宋青竹，问道："对了，你寻他所为何事？"

宋青竹叹了一口气："这事情，说来就更气人了。刘百禽养了很多飞禽走兽，个个都当作宝贝，前几日，竟然开始送人了。"

"送人？"

"嗯。刚开始我还纳闷呢，现在看来，应该是想跟你家郎君鱼死网破之前，将身边这些豢养多年的'伙伴'尽量安排好去处。"

"这狗东西！"虞教头大骂。

"除了那罐蚂蚁，刘百禽感情最深的，是一只老猿。"宋青竹道，"这老猿全身雪白，善解人意，精通各种戏法，一直跟着刘百禽。前几日，刘百禽将老猿送给了孙蛤蟆。"

"说话人孙蛤蟆？"

"对，他俩关系不错。"宋青竹顿了顿，道，"孙蛤蟆带着老猿去桑家瓦子说三分①，怎料想碰到了微服游玩的景王②殿下。"

"景王？！"虞教头吃了一惊。

景王是官家第六子，为人风流倜傥，颇有官家之风，甚得疼爱。

"景王殿下少年心性，喜欢那老猿，就买了去。"宋青竹道，"回去之后，老猿善解人意，让景王殿下很是高兴。可这两日，不知为何，老猿日夜垂泪，不吃不喝，眼见得要死了。景王殿下心疼得紧，传下令来，无论如何也要让老猿恢复神采。这事情毕竟不是正事，不能惊动开封府，暗地里几经周转，交到了我手里。"

听了宋青竹这话，虞教头的表情严肃起来。

"二叔，事关景王殿下，不可大意。"宋青竹道，"要想让那老猿不死，解决的办法只能是请刘百禽出手。若是刘百禽有个三长两短，惹怒了景王殿下，景王殿下追查下来，对你家郎君怕是不妙。"

---

① 宋代说书人讲三国的故事，称之为"说三分"。

② 宋徽宗第六子，赵杞。

虞教头深吸了一口气，沉声道："他若不交出黑陶罐，我家郎君不能讨得刘贵妃的欢心，断然也不会放过他！"

"所以，眼下便是两难了。一边是刘贵妃，一边是景王殿下。"宋青竹啧了啧嘴，"二叔，你看如何是好？"

"这个……"眼下这个情况，难住了虞教头。

宋青竹见虞教头沉默不语，道："我倒是有个万全之策。"

"贤侄，且说来听听！"虞教头大喜，对宋青竹的态度来了个一百八十度大转弯。

宋青竹不慌不忙道："我与这刘百禽倒是有些交情。他是杂耍之人，我是厢巡检，先前他跟人起过不少争执，大多都是我过问的。有两次，若不是我，他定然性命不保。"

虞教头"哦"了一声。

"现在你便是将他打死，也无济于事。不若交给我，让我带回公事所，我问出解决老猿的办法，再晓之以理、动之以情，劝他交出黑陶罐，让高衙内顺利讨了贵妃的欢心，岂不是两全其美？"

"你有把握说服他？"

"有七八成。"宋青竹道，"高衙内许诺给他的金银，可曾带来？"

虞教头指了指脚下的一个小木箱："百两金子，都在这儿了。"

"有了这百两金子，那就有个九成把握了。"宋青竹笑道。

"如此……便交给贤侄了。不过贤侄，这事情可要办得牢靠些，若有差池，你二叔我定然不妙。"

"放心吧，我还能害了二叔不成？"

两个人商量一番，虞教头答应将刘百禽交给宋青竹。

宋青竹让小满将车子拉到院子里，又叫高巍华、高小道两个混账家丁帮忙，将刘百禽抬到车上，赶车出门。

"二叔，且等我好消息。"宋青竹亲自驾着车子，与虞教头告别。

车轮滚滚，向着汴梁城行进。

一路上，小满沉默不语。

"怎么不说话了？"宋青竹道。

"无他。只是觉得……这汴梁城端的是藏龙卧虎，不过是个杂耍，竟然与贵妃和景王扯上了关系。"

"那是当然，这可是大宋的汴梁。"宋青竹叹了一口气，"在这里，是龙得盘着，是虎得卧着，稍有差池，人头不保。可得要当心。"

"宋大哥，这事情……怕不是那么简单吧。"小满跟着宋青竹这帮人也算厮混了不少日子，对他们还是有所了解。

宋青竹这人表面上看是个老好人、窝囊废，实际上绝非如此。他干事情，后面往往隐藏着诸多秘密。

"呵呵。"宋青竹打了个马虎眼，"回去再说。"

到了公事所，已经黄昏了。

下了车，宋青竹招呼回来的铺兵，将人高马大的刘百禽抬入房间，又打来温水为他擦洗，灌下一些汤药，忙活了这一通，刘百禽才慢慢醒来。

"宋巡检？"刘百禽见是宋青竹，颇为惊讶，"我怎么会在这里？"

"你这家伙，为了一罐蚂蚁，连自己性命都不顾了。"宋青竹摇头。

"事情，你都知道了？"刘百禽问。

"否则怎能从高衙内爪牙的手里把你带回来？"

"这狗贼！"提起高衙内，刘百禽咬牙切齿。

"不过要你一罐蚂蚁，至于这样吗？"宋青竹淡淡道。

"巡检，我的脾气你还不清楚？"刘百禽挣扎着坐起来，叹了口气，"要我性命，只管拿去。要我那蚂蚁，去送给什么贵妃请功，门都没有！"

刘百禽看着窗外，颤声道："那可是我的亲人、我的朋友、我的救命恩人！"

"此话怎讲？"小满禁不住问道。

刘百禽看了小满一眼，微微笑道："这位小哥，你不知道我的身世。我这人是个孤儿，生下来就被遗弃在寺庙山门前，也是这般大雪隆冬之时。寺里的和尚听到群鸟鸣叫，出门查看，见一群大雁落在我身上，用翅膀挡着风雪。和尚们觉得奇异，将我抱入寺里收养。若不是那群大雁，我早就冻死了。"

"我在寺里长大，因为身材比一般小孩长得都要高大，方丈给我取名若象。也不知怎的，自小我就和飞禽走兽格外亲热。"刘百禽道，"不管是飞禽还是走兽，都喜欢和我亲近，就好似我是它们中的一员，即便是巨蟒毒蛇，也从不伤害我。有一次，是我四五岁时，师父进山砍柴，将我放在一边，我乱跑迷了路。师父急坏了，四处寻找，突然听得一声虎啸，战战兢兢偷偷看去，见我骑在老虎的背上，与那老虎嬉戏玩耍。"

说起往事，刘百禽露出了笑容："我和这些动物相处，总有一种奇怪的感觉，便是……便是自己能够与它们心意相通，我知道它们的心思，它们也知道我的底细。这应该算是天生的吧。"

"我在寺里一直长到十七八岁。有一年，闹起匪患。强盗攻入寺里，全寺的僧人都被杀害了。唯独我，因为师父慈悲，送我逃出寺庙，捡回一条性命。我连夜下山，四处流浪。"

刘百禽叹了一口气："后来，我到了洛阳，于城外的一个村子落脚，娶妻生子，虽然日子清苦，却也安稳。尤其是一双儿女，乖巧可爱。三十岁那年，闹起瘟疫，先是浑家①凄苦死去，然后儿女相继死在我怀里。只留我一人苟活，实在是没有活下去的勇气，便想跳河自杀。"

房间里安静得很。

小满起身泡茶。

"当时已是深秋，河水冰凉。我跳入河中，口鼻进水，呛得难受，挣扎着，忽然头上漂来一段枯木，便一把抱住。随

———————

① 指妻子。

着枯木顺流而下，不知道过了多少时辰，头脑也就逐渐清醒过来。天地虽大，无有我家，妻儿惨死，步入黄泉，我若再死，谁去超度他们？便收起了自杀之心，正想着如何上岸，见水中一片大芦苇叶上，有一蚂蚁，全身赤红，大若鸽卵，被水所困，辗转焦急。我心生慈悲，便将大蚁救下，上了岸，放于林中。"

刘百禽道："那晚，我在林中寻一破落山祠休息，做了一梦。梦一伟男子，红衣长须，宽衣博带，声称自己是蚁王，谢救命之恩，并跟我说愿意自此追随。"

刘百禽笑了一声，道："醒来之后，天已大亮，觉得胸口发痒，低头见一大蚁伏在胸口，正是河中所救那只，身后更有百十小蚁，排列整齐。我觉得蹊跷，起身将它们放在地上，想走，见那大蚁率领着小蚁，紧跟在脚后。想起那个梦，我心头一暖——孤身一人，若有这些蚂蚁相伴，也算不再寂寞，就将山祠供案上的一个黑陶罐取下，收了这群蚂蚁上路。

"我从洛阳辗转东来，有一次，在驿馆之中说起这事，别人不信，我就取出黑陶罐，放出蚁群，众人都没见过这般蚂蚁，啧啧称奇。我心里想，若是这群蚂蚁能做些离奇之事，岂不是更好？正想着，蚁群忽然自己行军布阵，一帮人惊叹万分，以为我有大本领，纷纷给钱。自此，我便训练这蚁群，成了杂耍之人。

"因为这罐蚂蚁，我一路卖艺，才不至于冻死饿死。再后来，手头有了余钱，我就开始收养其他动物。最先是一只老猿，见它被人囚在铁笼之中，即将被宰杀，就买了下来，训练一番，也能穿着人衣，敲锣打鼓，翻跟头，逗人乐，后来什么小蛇、飞鸟，也都能训得乖乖听话。

"到了汴梁，我就不走了。这里热闹，人也多，给的赏钱也丰厚。这些年，我在这里逐渐有了名头，大家都叫我刘百禽。先是买了一块地，置办宅院，然后开始收养飞禽走兽。我无儿无女，别无牵挂，那一院子的鸟儿兽儿，便是我的亲人。而那一罐子蚂蚁，对我来说，更是不可割舍。"

刘百禽道："高衙内给我百两金子，固然可以荣华富贵。可是宋巡检，我五十多岁了，还能有多少年活头？我只想和我的蚂蚁在一起，和我的鸟兽在一起。对高衙内、刘贵妃来说，蚂蚁不过是个玩物，玩腻了就丢掉，而且十有八九会死于他们手中，而对我来说，可是比我的性命还要紧啊。"

"这么说，你是宁死也不交？"宋青竹道。

刘百禽使劲点头："是！"

"那你把那黑陶罐，藏在哪里了？"宋青竹道。

刘百禽眯起眼："我寻了个好地方，把黑陶罐埋了，把那群蚂蚁给放了。"

宋青竹摇头道："百禽，我俩也算是熟人。原本你这事与我无关，但我不忍心见你落得如此下场，你若是信我，我觉得眼下这事，倒还有解决的办法。"

"哦？"

"小满，你去外面看着，别让任何人进来。"宋青竹吩咐道。

小满出去顺带关了门，站在院中守护。

屋里头极为安静，不知道宋青竹和刘百禽说了些什么。

大约过了一炷香的时间，宋青竹才出来，什么都没有说，骑马出了门。

小满觉得蹊跷，又不敢多问。进了屋子，见刘百禽躺在床上，双目微闭，唉声叹气。

"小哥，口渴得紧，劳烦你倒碗水给我。"刘百禽道。

小满端了一碗茶给刘百禽，二人还一起说了些闲话。

眼见得天已经黑了，还不见宋青竹回来。小满正想起身弄些饭菜给刘百禽吃，听得外面马嘶人叫。

走出去，见虞教头从马上跳下来，身后跟着高巍华、高小道两个家丁。

"你家巡检呢？"虞教头见到小满，冷声问道。

"出去了。"

"出去了？去何处了？"

"不知。"

"刘百禽呢？"

"在屋里呢。"

虞教头满脸的不耐烦，推门而入。

小满想跟进去，被高巍华、高小道两个家丁拦住。

只听得里面传来了虞教头的呵斥之声，接着是刘百禽的破口大骂，然后听见桌子破裂、茶壶破碎的声响。

小满觉得不对劲，想进去劝阻，忽然听到刘百禽惨叫一声，房间里安静了。

"快！快！"虞教头从里头出来，面目扭曲，对两个家丁道，"快去找赵太丞来！"

"怎么了教头？"

"那刘百禽似乎被我打死了。"虞教头道。

"啊？！"两个家丁吃了一惊。

小满也是吓得够呛，急忙进屋，见刘百禽仰面朝天躺在床铺上，口鼻出血。

小满急忙伸出手指去探鼻息，又去摸胸口，没了气息，心跳也停止了。

"教头，别叫什么赵太丞了，便是大罗神仙来了，恐怕也无济于事，这刘百禽……当真是死了。"小满道。

几个人慌乱时，见宋青竹从外面进来，下了马。他问道："二叔，你们怎么来了？"

"贤侄，不好，方才刘百禽被我打死了。"虞教头脸色铁青。

"什么？！我出去时还好好的，怎么就……"宋青竹一听傻了眼。

"我……我刚才一时火起，不过是对着他胸口来了一拳。"虞教头也慌了，"哪料到……"

"二叔，你也真是！刘百禽虽然人高马大，可也是五十多岁的人了，先前又经过你一番折腾拷打，早就遍体鳞伤。你那拳头，一拳下去碎砖裂石，他如何经得住？"宋青竹进了屋，检查一番，颓然道："果真是死了。二叔，这下你算是惹下大祸了！"

"你带走刘百禽后，我回去，我家郎君听了，对我大发雷霆，让我今日务必解决此事，否则定不饶我。我这才急急忙忙赶来，他骂我，我忍不住，这才……哎呀呀，这可如何是好？"虞教头想死的心都有了。

"外面说话吧。"宋青竹引着虞教头等人，来到正厅，坐下了，道："二叔，我先前跟你说了，这事交给我尽可放心，你实在不必再来一趟。我不过出门去拿回黑陶罐，结果你就惹出这么大乱子。"

"黑陶罐？那群蚂蚁，你……"虞教头大喜，"你拿到手了？"

宋青竹从怀中摸出个东西，正是那黑陶罐："我费了好大劲，才让刘百禽说出下落。"

虞教头打开，往里头看了看："蚂蚁果真在里面！哎呀呀，贤侄，你可真是帮了我大忙。有这东西在，荣华富贵就在。区区一个刘百禽，打死也罢。"

"说得轻巧。这可是人命关天。"宋青竹没好气道，"景王那边……"

虞教头道："不过是个杂耍百姓，那百两金子，你且拿去打点，剩下的归你了。贤侄，我家郎君现在翘首而待，我得赶紧把这东西带回去。"

言罢，虞教头丢下那一箱金子，起身就走。

"哎哎哎！"宋青竹高叫几句，虞教头一溜烟去了。

"这几个鸟人！"便是宋青竹这般的好脾气，也爆了句粗口。

"宋大哥，这可如何是好？"小满替宋青竹担心。

宋青竹挠了挠头，道："你且宽心，我自有办法。"言罢，他让公事所的那老儿找来辆大车，二人将刘百禽抬上去，又嘀嘀咕咕一番。老儿牵着车子去了。

办完这些事，宋青竹对小满道："小满，你且回去，我还有事要办。明日早晨，我去寻你。"

小满想今晚他定然要忙成一团，自己不便掺和，便离开公事所，回到鱼羹店。

第二天一大早，宋青竹果然到了鱼羹店。

这家伙满脸憔悴，蓬头垢面，直打哈欠。

"宋大哥，昨晚的事怎么样了？"小满给他盛了一碗鱼羹。

宋青竹道："别提了，费了九牛二虎之力，总算是糊弄了过去。小满，今日大相国寺刘贵妃生辰，厢里的铺兵都被派去值守，人不够用，你还得跟着我，帮衬一把。"

"这个好说。"

宋青竹跟风四娘说了一声，带着小满出门，直奔大相国寺。

一路上，真是万人空巷。

汴梁人都知道贵妃进香这事，纷纷拖家带口、扶老携幼，赶奔大相国寺。

小满来过几次大相国寺，但从来没见过这般的场面。

大相国寺占地广阔，又位于交通要道，原本就游人如云。现在，进了山门之后，但见可容纳万人的中庭已站满了人！

大三门上皆是飞禽猫犬，珍禽奇兽，无所不有，俨然是个宠物市场。第二、第三门，庭中搭起了各色彩幕、露屋、义铺，卖蒲合、簟席、屏帷、鞍辔、时果、腊脯之类。近佛殿，卖的则是读书人用的文房四宝、古画书籍、古董文玩。两廊之中，则是绣作、领抹、花朵、珠翠、头面、生色销金花样、幞头、帽子、特髻冠子、绦线之类……各色人等，摩肩接踵，连袖成云，挥汗如雨。

小满张着嘴，跟在宋青竹后面，在人群中穿梭，只觉得头晕目眩。

"宋大哥，这差不多要有一二十万人了吧。"小满问道。

"不止。"宋青竹咧嘴一笑，"这才刚刚开始。为了这次庆典，不光我们厢，皇城四厢的铺兵、禁军、皇城司等，全都掺和进来，忙得脚朝天。等会儿你跟着我，可要小心。"

"知道了。"小满连连点头。

宋青竹带着小满四处游走，指挥着铺兵盘查可疑人等、维持秩序，一直忙到晌午，胡乱吃了点儿东西，便见大队的人马进寺。

"是大内的禁军。"宋青竹道，"看来贵妃要到了。"

虽说刘贵妃之前有过不惊扰百姓的吩咐，可考虑到贵妃安危，禁军进来之后还是驱散了不少人，清理出道路，又规整各处，四下布置了兵马。

"接下来，就是他们的事情了。"宋青竹长出一口气，道，"忙活了这么多日子，总算是解脱了。"

宋青竹转头问小满："想不想看贵妃？"

"自然想。"

"随我来。"宋青竹神秘一笑，带着小满穿过走廊，来到三门后面的一座佛塔前。

佛塔前早有军士把守，不过似乎和宋青竹很熟悉，没说几句话便放二人上去。

两人来到塔顶，居高临下，将下面的情景看得真真切切。

小满不禁感叹：果真是皇家气派！

后面这座巨大的庭院早已经清空，四处站着禁军，清水泼地，清洁无比。庭中搭着一个巨大的高台，上方布置了桌椅，作为贵妃的观赏台。台下，前后几排的棚子里人头涌动，都是召集而来表演的各色艺人。台子左右两侧，坐满了文武大臣以及其他有资格进来一睹盛况的百姓。

"那个人，看到没？"宋青竹站在窗口，指了指台下。

棚子前方，人群之中，坐着一个头戴黑色幞头、身穿石青色直裰的年轻人。这人二十岁左右，唇红齿白，样貌倒是周正，就是看起来不太正经，一会儿摇头晃脑，一会儿盯着周围的漂亮姑娘不放，嘻嘻哈哈。

"那人便是高衙内。"宋青竹道。

"果然是个纨绔子弟。"小满道。

"汴梁城似这等人多了去了。"宋青竹微微一笑。

咚！咚！咚！

低沉的鼓声响了起来。

原本熙熙攘攘的大相国寺顿时鸦雀无声。

紧接着，马蹄声、唱喏声、车驾声，接连传来……

小满往下看，但见在禁军的护送下，一支长长的队伍进入寺中。其中一辆巨大车辇更是众星捧月。

车辇径直驶入后院，簇拥之下，下来一位贵妇。

小满看不清贵妃模样，却能够感受到那股雍容华贵之气。

她一现身，大相国寺的方丈、僧人，在场的高官权贵纷纷跪倒请安，接着她又被请入大殿。

"上香颇费时间，上完香贵妃免不了还要和方丈详谈，赏赐财物等，接着还要吃饭，一两个时辰怕是完不了。小满，你别在那儿站着了，坐下喝酒。"宋青竹看着小满那样子，呵呵一笑。

宋青竹从怀里摸出一包碎牛肉，二人坐在塔上喝酒聊天。

如此过了差不多两个时辰，听得咚咚咚的鼓声再次响起。

"看样子是上香结束了。"宋青竹急忙站起身，道，"随我下去。"

二人急忙下了塔，来到后院。

宋青竹带着小满到高台一侧的哨棚，那里距离高台不远，有一队铺兵守护在这儿。

"没事吧？"宋青竹对身边的几个铺兵道。

"无事，巡检。"

宋青竹长出一口气，扯了个凳子坐下，对小满微微一笑："看戏吧。"

接下来，为贵妃庆寿的节目开始上演。

开始是高官权贵纷纷献上各色珍贵寿礼，接着汴梁城知名文人雅士吟诗作赋，自然都是歌功颂德之词，随后禁军献上百戏，皆是军中刀枪之舞，接着又是小唱、舞蹈……

一番表演下来，又过了一两个时辰，眼见得快半夜了。

小满看得津津有味，冷不丁看了看高台之上，见那贵妃昏昏欲睡，似乎看得厌倦了，找了个太监近前，低声说了什么。

太监来到台上，高喊一声："上杂耍戏法！"

这一嗓子，台前棚子里早就等候多时的杂耍艺人们骚动起来。

"那不是庄助大哥吗？"小满往下指了指。

"是他。这家伙是汴梁城数一数二的杂耍幻术师，第一个表演，也算是名副其实。"

幻术师庄助依然是那副打扮，鼓鼓囊囊、色彩斑驳的一身衣衫，背着一个大包裹。走到台上，跪倒行礼之后，开始表演。

这是小满第一次看到庄助公开表演，果真是名不虚传！

庄助一连表演了三个节目。

第一个节目，名为立绳献桃。庄助取一根软绵绵长绳，戏耍一番后，长绳竟然直挺挺立在高台之上。不知用了什么东西，空中霹雳一声响，高台上方被浓云笼罩，庄助空手顺着绳子爬上去，待下来时，肩上扛着一支枝繁叶茂的桃枝，上面结着一对水灵灵的大桃！

隆冬时节，竟能有桃，庄助用这等手法，为贵妃献上寿桃，引得贵妃极为高兴。

第二个节目，名为点籽结榴。庄助先是让人搬来一个大陶瓮，里面满是泥土，随后从口袋里取出一粒小小种子，种进去，然后浇水施肥。时候不多，只见从陶瓮里面长出一支藤蔓，越长越高，竟然结出一树的石榴！摘下一个，掰开，紫红色的石榴籽玲珑剔透。

石榴，多子多福之意，完全戳到了贵妃的心坎上。

第三个节目，名为菩萨赐福。庄助游走于高台各处，不知道搞了些什么，然后在正中立一香炉，又是霹雳一声响，半空都被浓云覆盖。突然，云中一道金光闪现，接着华光万道、瑞气千条，一尊栩栩如生的菩萨出现在半空中，引得无数人伏身膜拜，贵妃更是从座位上站起来，双手合十。

这三个节目表演完，大相国寺欢呼声雷动。

贵妃大喜，赐给庄助一柄玉如意，并赏银五十两。

"想不到庄助大哥如此了得！简直是神乎其技！"小满赞叹道。

"不过是幻术。"宋青竹道。

庄助表演完，其他的杂耍艺人，什么铁剑张九哥、杖头傀儡张金线、筋骨上索温奴哥，纷纷登台亮相。

高台之上精彩纷呈，看得人齐声叫好。

不过，有了庄助之前的手段，后面这些艺人的表演尽管很精彩，但并未博得贵妃的赞赏。

高台上，贵妃又打起了哈欠——这些节目，很多她之前就已经看过。

"下一位，高瑞，弄蚁！"主持节目的太监喝了一嗓子。

下方棚子里等得早就急不可耐的高衙内噌的一下站起身，一溜小跑上了高台，双手捧着那个黑色陶罐，跪倒在贵妃面前。

小满此刻全神贯注盯着高台上面，见贵妃和太监嘀嘀咕咕，又指了指高瑞，似乎在问他的身份，太监笑着回了几句，贵妃也笑，对着高瑞连连点头，似乎知道了他是那位殿前都指挥使的儿子。

高衙内打开黑色陶罐，将那群蚂蚁放出。

这戏法不大，所以距离贵妃不远，约莫一二十步外，放置了一张平床，上面铺了一层雪白的丝绸。

看得出来，高衙内很是卖力，连连高呼"将军列阵""先生教书""蚂蚁相扑""蚂蚁登梯""蚂蚁娶亲"之类的说词，百十大蚁果真在那丝绸之上做出各种戏法。

贵妃第一次看这个，惊奇万分，越看越觉得好玩，越看越觉得激动，不由自主站起身来。

"蚂蚁祝寿！"高衙内高喝一声，算是最后一个节目了。

那群蚂蚁在丝绸上爬来爬去。

"贵妃贤良淑德、泽被苍生，众蚁组成一个'寿'字，祝贵妃娘娘千秋千岁！"高衙内兴奋地一边喊一边跪倒在地。

"好好好！"贵妃笑颜如花，这应该是她最喜欢的一个节目了。

听了高衙内的介绍，贵妃轻启莲步，向前走了几步，想看那丝绸上蚂蚁组成的文字，怎料想看了一眼，脸上的笑容顿时僵住了。

身旁的太监不明就里，也看了一眼，顿时大怒："高瑞，好大的胆子！"

高衙内抬起头，见贵妃花容失色、太监满脸愤怒，也是纳闷，不由得道："怎么了？"

"睁开眼好生看看，那是个什么字？！"

整个大相国寺的后院鸦雀无声。

没人知道发生了什么，没人知道刚才还心花怒放的贵妃为何会变成那副模样。

太监尖声喝道："小的我没读过书，也知道什么是'寿'字，什么是'冤'字！高瑞，你够胆！"

冤！

很多人倒吸了一口凉气。

高衙内转脸看着丝绸，也是双目圆睁："不可能的！分明应该是个'寿'字，怎么会变成一个'冤'字！不可能的！不可能的！"

"高瑞，念你父高俅劳苦功高，我暂不罚你。不过到底是怎么一回事，你须说个明白！"贵妃发怒了。

"不可能的！不可能的！"高衙内彻底失态，口中只有这一句话。

嘭！

突然一声巨响，搭起的高台剧烈一晃，接着一团赤色云雾从高台上喷涌而出！

"怎么回事？"现场一片混乱。

"来人，保护娘娘！"太监高喊。

嘭！

又是一声闷响，那赤色云雾冲天而起，在半空之中迅速凝结。

"那是什么？"小满抬着头，看呆了。

高空中，赫然立着一只……一只蚂蚁！

一只全身赤红、大象一般的蚂蚁！

这蚂蚁不仅巨大，而且全身带着冲天的火光，摇头摆尾，口中两枚大牙如同镰刀一样摆动！

嘭！

沉闷之声再次响起，那若象赤蚁自高空之中，向着贵妃俯冲而下！

"保护娘娘！保护娘娘！"太监、宫娥惊慌失措，守卫的禁军手忙脚乱冲上高台。

"救命则个！"贵妃尖叫一声，瘫倒在地。

噗！

赤蚁冲到贵妃近前，突然炸裂，重新化为一团赤色雾气，然后那雾气之中，隐隐出现了一个人影。

身高八尺，如同铁塔一般，光着脑袋。

"那……那不是刘百禽吗？"小满低声惊道。

不光小满，现场还有很多人也认了出来。

"刘百禽！"

"对，是刘百禽！"

"我先前就觉得奇怪，弄蚁是刘百禽的绝技，怎么会跑到高衙内的手里！"

"这里头，怕不一般！"

……

众人议论纷纷。

红雾之中，那身影悬空而立，如同鬼魅。

"娘娘，我……冤……我冤呀！"身影朝着贵妃深深一跪，幽幽地发出凄厉的声响。

"高瑞，你还我命来！"紧接着，那身影猛然站起，携带着红雾，冲向高衙内，钻入了他的身体。

"痛！痛杀我也！"高衙内双手捂脸，惨叫一声，后退几步，从那高台之上一头栽下！

"保护娘娘！"

"将那高瑞拿了！"

"禁军，封锁各处，若有作乱者，格杀勿论！"

大相国寺内，人仰马翻，一片混乱！

遥遥地听见雄鸡啼鸣。

东方泛起鱼肚白。天快亮了。

四娘鱼羹店后头院子的厢房里，几个人端坐喝羹。

"那高衙内如何了？"幻术师庄助一脸疲累的样子，问宋青竹。

"还能怎么样？"宋青竹微微一笑，"面部被'邪气'冲袭，一张脸稀烂，又自高台跌下，断了双腿。贵妃大寿，做出此番无礼举动，已被拘押进开封府，惨得很。据我判断，看在他爹殿前都指挥使的面上，应该没有性命之忧，十有八九会被贬为庶民，永不录用。这厮想出人头地入朝为官的念头，算是彻底断了。纵使他爹位高权重，这狗鼠辈此生也彻底成了废物。"

"你们做得是不是有些过分了？"小满道。

"过分？"孙蛤蟆嘎嘎一笑，"依我看，倒是便宜他了！这混账东西欺男霸女，无恶不作，十年间，死在他手里的人多了去了，他这是罪有应得。"

小满道："这件事，前前后后，我有许多不明白的地方。"

"你真是一根筋，我一发跟你说了吧。"风四娘莞尔一笑，"老狸祠里那晚轮到我值守，刘百禽携带重金前来祈求，自然要满足他的愿望。"

宋青竹插话道："他和我们几个都有交情，这事情他便不去老狸祠，我等也得帮衬一二。事实上，他到老狸祠之前，庄助、十五爷和我便已经四处奔走了。"

风四娘道："此事牵扯到高衙内，的确难办。若不是我等通力合作，怕不会有如此结果。"

几个人哈哈大笑。

小满听得糊涂："到底如何帮衬？"

"高台之上，皆为庄助的幻术。"宋青竹道，"搭建那高台，是我领着左一厢的铺兵干的，所以在干活的时候就在里面动了手脚，按照庄助的叮嘱，放入了一些简单的机关。庄助在表演那三个节目的时候，游走于高台各处，也借机装下了他的幻术道具。高衙内表演时，我等先是引发高台下的机关，引得高台震动，然后庄助的幻术道具起了作用，在高空中弄出了巨大如象的那赤蚁。"

"庄助大哥那幻术，我佩服。不过，那些蚂蚁聚集一处，显示出一个'冤'字，如何做得？"

"很简单。"宋青竹坏笑，"高台上负责守卫的铺兵中，我安排了一个人，距离那绸缎和高衙内很近。这人起到两个作用，一个是指挥那些蚂蚁，另外一个，便是等那烟雾幻化出刘百禽的身影来时，暗中用腹语① 来为那身影配音。"

"此人竟然能指挥刘百禽的蚂蚁？"小满吃惊道。

"是呀，刘百禽怎么就不能指挥自己的蚂蚁呢？"宋青竹看着小满，眨巴了一下眼睛。

"你是说……"小满惊愕道，"刘百禽，没死？！"

---

① 用腹部发声说话而口唇不动的技法，杂耍人的手艺之一。

"当然没死！"宋青竹道，"总而言之，高台之上不过是我们联手做了一场逼真的幻术，揭穿了高衙内，让他得了应有的惩罚。至于他捂脸自高台栽下，却是出乎意外——庄助在那雾气中掺入了一种药粉。这种药粉无色无味，一般人吸入无事，但高衙内便不同了。他的茶水中事先被我们放入了庄助配好的糜药，这种糜药进入人体也是无事，只有吸入那种诱发的药粉，两相结合药效方能发作。一旦发作，面目糜烂，不可治愈。我们本想让那狗鼠辈做个'没面目'之人，想不到他竟然一脚踏空，栽下去摔断了腿。"

"刘百禽没死，又是怎么回事？我可是亲手检验过的。"小满道，"呼吸、心跳都没了。"

"这是十五爷的功劳了。"宋青竹看了看孙蛤蟆，道，"多日前，我们决定帮助刘百禽的时候，就已经开始布局。刘百禽自知难逃，所以把他身边的飞禽走兽能处理的都处理了，其中就有那只老猿。老猿送给了十五爷，十五爷又运作一番，送到了景王殿下那里，故而才让我有了借口从虞教头那里将刘百禽给弄出来。"

小满点了点头。

"救出来之后，我告诉刘百禽此事只要他配合，便能解决，刘百禽这才答应配合。虞教头他们不会放过刘百禽，所以定然会到公事所要人，我让刘百禽到时服下十五爷给的丹药。"

"什么丹药？"小满问道。

孙蛤蟆道："一种名为'再生丹'的东西。当年我在无忧洞里领着一帮人快活，难免有被官府抓住的同伴。摸索了很多年，炼制成了这种丹药，吃下后如同死了一般，便是仵作也检验不出来，几个时辰后，就可以苏醒如初。"

宋青竹道："我让老儿将刘百禽运出去，四娘在那边接应，暗中接回来，然后又给他乔装打扮，上了高台，帮着做戏。"

"刘百禽现在何处？"

"当晚就放了院子里的鸟兽，带着它们还有那百两金子，远走高飞了。"风四娘笑道，"还是我去送的，你是没看到，呼呼啦啦一堆飞禽走兽跟着，可是威风呢！"

"我现在担心高家不会善罢甘休。"孙蛤蟆看着宋青竹道。

"是有些麻烦。"宋青竹挠了挠头，"不过也不用过分担心。所有事情我都做得滴水不漏，所有的痕迹也都被我暗中消除。高衙内那位亲爹，纵使觉得其中有些蹊跷，也查不出来。况且此事是当着刘贵妃面发生的，他若是追查，岂不是不给刘贵妃面子？"

"也是。"孙蛤蟆点头道，"不过着实是……惊险了些。"

"惊险是有，但为民除害，也算值得。"宋青竹看着外面大亮的天光，突然叹了口气，"就是有件事，可惜了。"

"何事？"小满问。

宋青竹凝视着汴梁城空中的浮云，淡淡道："自此之后，汴梁再看不到有人'弄蚁'了。"

是呀，自此之后，弄蚁之术便成绝响。

着实可惜了。

镜姬

俞逊，字仰之，淮上人也，赘于瓜步巨家。……岳家故甚富，旧藏一古镜，云是唐宋时物，不轻以示人。……（俞）取视之，镜中立一美人，修眉广颐，艳丽独绝。

——清·长白浩歌子《萤窗异草》

鱼腹之镜

　　卖生鱼，则用浅抱桶，以柳叶间串，清水中浸，或循街出卖。每日早，惟新郑门、西水门、万胜门，如此生鱼有数千檐入门。冬月，即黄河诸远处客鱼来，谓之"车鱼"，每斤不上一百文。

——宋·孟元老《东京梦华录》

　　砂瓶 [①] 里的水，已经沸了两次了。

　　男子皱着眉头，看着腾腾的水汽，微微发愣。

---

① 宋人茶道，谓之"点茶"，一般不用铁锅而用瓷瓶烧水。烧水的瓷瓶称为"砂瓶"。

窗户开着，虽然过了立春，但还是凉得紧。

快到晌午，茶肆外头熙熙攘攘。

在汴梁，王妈妈茶肆虽然比不上丰乐楼之类的豪店器皿、歌曲娱乐皆是上乘，但也有独到之处。

这家茶肆就在汴河边上，并不大，两层木楼，楼下是散桌，楼上是雅座，面对着一河碧水、杨柳依依，环境清幽。

茶饼皆经过精挑细选，茶具各等窑口俱备。桌椅板凳收拾得干干净净，墙上挂的虽不是名家书画，但也品格雅致，耐得一看。

掌柜的待人和善，茶水博士①服务周到，关键是茶也便宜。

花上几十文，慢悠悠喝上半天，茶香浸透五脏六腑，不仅去了身体浊气，心情也会舒展不少。

所以，汴梁城那些文雅之士都爱来此喝茶。

不过，眼前的这个男子，似乎对喝茶并无半点儿兴趣。

他坐在那里，皱着眉头，心事重重。

男子年约三十岁，头戴一顶高装巾子，身着一件白细布暗花团纹的对襟直裰，下施横襕，足上一双乌皮靴，面目开阔，浓眉大眼，肤色白皙，微微有须。

"水要老了。"宋青竹敲了敲桌子，呵呵一笑，起身将砂瓶中的水注入放好了茶末的兔毫建盏。

滚水冲茶，香气扑鼻。宋青竹一边冲水，一边快速搅动，

---

① 茶肆里招待的伙计，称之为茶水博士。

让茶末和水充分混合。点好的茶汤之上，浮现出一层雪白均匀的泡沫来。

黑盏白沫，宛若乌山缀云，端的是好功夫，比那茶博士都要技高一筹。

宋青竹将点好的茶放在男子面前。

男子这才回过神来，勉强一笑："方才孟浪了。"

"元老，身为开封府仪曹①，不好好待在官衙里，跑到这里请我喝茶，怕不是这么简单吧？"宋青竹捧起茶盏温手，笑道，"你我两家是世交，着实不用如此客气。"

男子姓孟名钺，字元老。

孟家世代读书人，诗书传家。孟元老老爹孟昌泰，经史子集无有不通，深得汴梁人敬重。宋青竹老爹为八十万禁军教头，原先宋家住在汴梁城西的金梁桥西夹道之南的老宅。宅左就是孟家。两家是邻居，宋老教头和孟昌泰常走动闲聊，孟昌泰也从未因为宋老教头是个武人而轻贱，故而二人关系很好。

孟元老比宋青竹小十岁，自小是宋青竹的跟班，一天到晚在他屁股后头。后来，孟昌泰外放做官，孟元老也随父宦游南北，前些年才回来。那时，宋家已经搬到别处，加上宋老教头病去，故而来往便少了。

---

① 开封府仪曹，是开封府六曹参军之一，北宋徽宗崇宁三年（1104）五月，仪曹始置于开封府，后诸州并置。这种官既小且闲。

"什么开封府仪曹，芝麻粒大的官，无权又无事，不做也罢。"孟元老摇了摇头，苦笑道，"想想寒窗苦读，好不容易进士及第，满想着报效国家、建功立业，怎料朝廷糜烂、风气恶俗，待了好几年还是闲着。若不是本家族叔得官家恩赏，推恩荫及亲族，这般小官恐怕也得不来。"

"昌龄公①还好？"宋青竹问道。

"好得很，听说又要高升了。"孟元老笑了一声。

"他高升，你自然也得势，如何这般愁眉不展？不似你的性格。"宋青竹道。

"他又不是我亲爹。"孟元老摇了摇头，喝了一口茶，眉头又皱紧了几分，仿佛喝下的是药汤一般，"从小到大，你这张嘴啰唆得很。"

"从小到大，你便是个直肠子，心中藏不住事，只需看看你那张脸，就分明了。"宋青竹哈哈大笑起来。

两个人虽然这些年来往得少了，但说起话来仍无拘无束。

"说吧，找我到底所为何事？"宋青竹收敛了笑容，正襟危坐。

孟元老这家伙，典型的读书人，为人正派，不喜欢阿谀奉承，所以便是进士及第，依然官场不得意。平日里喜欢游玩于汴京各处，最喜人间烟火，又特别好吃，豁然大度。

能让他如此心事重重，想必真的碰到了难事。

---

① 孟昌龄，孟元老族叔，蔡京一党。

果然，孟元老看了看周围，压低声音道："想让你帮着寻个人。"

"寻人？"宋青竹乐了起来，"这种事儿，你带着几个家丁便可做嘛。"

"能做的话我还需找你吗？"孟元老白了宋青竹一眼。

"自己做不来，开封府那帮家伙吃干饭的？除了开封府，别的衙门也行，为何偏偏找我？"

"还不是因为你我是熟人！"孟元老喝了一口茶，道，"此事外人知道了不好。"

"为何？"

"因为，让你寻的，是个……女人。"孟元老吞吞吐吐。

宋青竹大笑："好你个孟元老！一向自诩正人君子，没想到底子里竟然是个登徒子！哈哈哈。你到底干了什么亏心事？"

"你能不能小声点儿！"孟元老恨不得用面前的茶盏盖住宋青竹的嘴，"这女人和我没半点儿干系！"

"那跟谁有干系？"

孟元老额头冒汗，满脸通红，用蚊子一样的声音回道："是……是……家父。"

"孟三叔？你爹？"宋青竹的笑声戛然而止，张大的嘴巴能塞进一只拳头，"孟三叔要寻一个女子？！"

"然也。"

宋青竹扑哧一声爆笑："'孟夫子'找……找女人！"

"让你小声点儿！信不信我撕烂你嘴！"孟元老听了这话，快要暴跳起来了。

宋青竹好不容易忍住笑："这怎么可能呢？"

以宋青竹对孟元老亲爹孟昌泰的了解，这事的确不太可能。

孟元老他爹孟昌泰，妻子早亡，和孟元老相依为命。这人有两大爱好，一个是读书，从早到晚手不释卷，乐在其中；另一个是收藏古董，不管是书画玉器还是金银铜铁，样样精通，而且鉴赏水平很高。除了这两件事外，别无他好，什么事情都能对付。

早年在外地做了几任地方小官，后来入京任国子监直讲^①，虽说水平很高，可为人不讲变通，人送外号"孟夫子"。

孟昌泰极其爱惜名声，光棍几十年，从未给孟元老找后妈。交友应酬，绝不去烟柳之地，堪比柳下惠。

所以孟元老说他爹要寻个女子，宋青竹自然甚感意外。

"家父一辈子安安稳稳，名声好得很，出了这种事，我这当儿子的都臊得慌，只能找你了。"孟元老可怜巴巴地看着宋青竹，"你在汴梁人脉极广，手段也多，一定能办好。"

宋青竹道："让我寻人，倒是没问题。"

"太好了。这女子，名叫念奴。"

"汴梁城人口百万，叫念奴的女子多了去了。再说，即便

---

① 官名。唐代国子监始设此官，掌佐博士、助教讲授经术。宋代也置，增至十人，须年满四十岁及进士九经出身，先试讲然后就职，二人共讲一经。

知道这女子是谁，也得问清楚父母是谁、家住何处。"

"这个，着实不知道。"

"啊？"宋青竹愣了一下，"对方底细，你不知道？"

孟元老摇了摇头："除了名字，其余一概不知。哦，对了，这女子姿色出众，可谓倾国倾城。"

"你这让我大海捞针呀！给个名字就要我在汴梁城寻人，你这是耍我呢。"

孟元老长吁短叹："若是好办，我还找你吗？宋大哥，这女子找不到，我爹恐怕不能活了。"

"怎么，孟三叔如此喜欢这女子？离开了便活不了？"

"嗯！"孟元老郑重地点了一下头，"已经躺在床上绝食三天了！"

"真行！孤身几十年的孟夫子，竟然为一个女子绝食了！这事情要是传出去，绝对轰动汴梁呀！"

"宋大哥，莫打趣了。"孟元老站起身行了个礼，"我们孟家的清誉、我爹的性命，拜托你了。"

宋青竹让孟元老坐下，道："我可以帮你，但你总得把事情的来龙去脉跟我仔仔细细说清楚吧。"

孟元老喝了一口茶，叹了口气，抬起头直勾勾看着宋青竹。

"宋大哥，你相信这世界上有妖怪吗？"

"啊？"

"原来我一点儿都不信。但现在，我信了。"

是十几天前的事情了。

年初的时候，孟昌泰以年老体迈为由，从国子监致仕。其实他才五十多岁，身体倍儿棒吃吗吗香，之所以撂挑子不干，一来是觉得辛辛苦苦大半辈子，如今儿子也长大成人，自己该享享清福了；二来他想心无旁骛地在家里把几十年的心得写本书流传于后世。古人云青史留名，立德、立功、立言"三不朽"，立德和立功对孟昌泰来说要求太高，只剩下立言还可以勉强为之。

孟家虽然不是高门显贵，可也算是小有家产，所以孟昌泰花费不少特意将宅子重新布置了一番，每日大门不出二门不迈，在里头抄抄写写，累了就在院子里种花养鹤。

这种日子，若是换成旁人，定然觉得枯燥乏味，但孟昌泰自得其乐。实在觉得闷了，就在园中设宴，邀来亲朋好友，举办个诗会，或者寻三五知己，将各自收藏的古董取出来欣赏。

十几天前，眼见得要到孟昌泰的寿辰了。孟昌泰对过寿辰这种事情并不在意，反而是孟元老以及身边的老仆人孟福撺掇他好好过一次。孟昌泰想想觉得也不错，大可借着寿辰，将一众好友邀请到家。除了饮酒赋诗，院子里刚刚立起了一块灵璧石，奇秀如峰，甚是可爱，借机也可夸耀一番。

既然要摆寿宴，那就得好好准备。这些事情孟昌泰交给了孟福。孟福跟了孟昌泰一辈子，知道老主人的喜好，肯定会办得妥帖得很。

"阿福，寿宴一定别忘了备上一尾大鱼。"对于吃食，孟昌泰提出了唯一的要求。

寿宴上，鱼是必须有的。不过，孟昌泰要求的这鱼，和一般的鱼不同。

孟昌泰喜欢吃鱼脍，就是将鲜活的大鱼切成薄薄的生鱼片，蘸上金齑①，喝着美酒，又鲜又美。

这种鱼，不仅要大，而且不能是小沟小河所出，否则土腥气太重。最好的，便是黄河里面的大鲤鱼。

汴梁周围河道众多，鱼是不缺的。每天，从新郑门、西水门、万胜门有数千担的生鱼运入城内，供人享用。其中就有黄河的鱼，谓之"车鱼"。

不过，黄河大鲤鱼一向稀缺，尤其是冬季，想买一尾可以做生鱼脍的活鱼，着实得费一番功夫。

为这事，孟福跑了好几趟鱼市，要么看上的被人买走了，要么就是个头太小不合要求。

眼见得明日就是寿宴了，别的都准备妥当，唯独这鱼还没有，孟福也着急了。

这天，天刚蒙蒙亮，孟福就早早出门了。他想赶个早市，说不定能寻到合适的鱼。

孟家宅子距离万胜门不远，走过去也就一炷香的时间。想想现在那边是成船成车的鱼被瓜分买走，孟福的步子迈得飞快。

---

① 一种调料。

刚走出巷口，远远看见一个鱼伙计打扮的人，推着一辆独轮板车，上面放着一个高高的大木桶，在那里叫卖。

"活鱼，鲜鱼，水灵灵的鱼！"

这鱼伙计年纪不大，顶多二十岁，褐衣麻鞋，皮肤白净，模样倒是挺好，迎着孟福走过来，距离十几步时，把独轮车放在地上，一边擦汗一边叫卖。

孟福脚步未停。这种鱼伙计，都是从鱼行那边买过来鱼，中间加价，赚个辛苦钱，卖的鱼大多都是些杂鱼、小鱼，还经常缺斤少两。

"今日定要寻到一尾黄河大鲤鱼！"孟福心中如是想。

谁知刚走过鱼伙计的车，孟福就被对方一嗓子给喊愣了。

"杂鱼野鱼不卖！我这里只卖一尾黄河大鲤鱼！原本要跃上龙门成真龙，怎料一网来到汴梁城，瞧上一眼是你福气，吃上一口全家福报！汴梁只此一尾，就在我这桶里！"

嚯！这家伙干鱼伙计太亏了，应该去桑家瓦子摆摊说书去。

孟福白了一眼那鱼伙计，觉得对方说的十有八九是夸耀之词，不可信，背着手就要继续往前走。

哪料想刚迈一步，脚就收了回来——

鱼伙计又喊了一嗓子："如此大的一尾黄河鲤，你若炖了，给我银千两也不卖；你若煮了，给我黄金万两也不出！只配金刀银盏白玉案，细细切成鲜鱼脍，那方不辱没了我这鱼的威风！"

嚯！这口气！

得，就冲鱼伙计嘴上这功夫，便值得回头瞧上一瞧。

"小伙子，好大的口气，也不怕风大闪了你的舌头。"孟福乐呵呵白了一句，来到那高高的木桶前。

往里面这么一瞧，孟福这眼睛可就再也挪不了了。

好一尾黄河大鲤鱼！

长约二尺，通体赤金之色，双目炯炯，阔口圆腰，须粗如筷，动若蛟龙，真是"似龙鳞又足，只是欠登门。月里腮犹湿，泥中目未昏"。

孟福做了一辈子生鱼脍，从未见过这般奇物！

"这鱼，价几何？"孟福的话音有些颤抖。

"老丈，买鱼？"小伙子倒是客气得很。

"不买鱼，我跟你玩呢？"孟福盯着那大鲤，"说个价钱。"

小伙子呵呵一笑："你买回去，打算怎么做？"

"买回去就是我的事儿了。"

"那不行，我方才说了，炖了煮了，我是不卖的。"

"你这人真是！贩鱼嘛，谁给你钱你就卖谁，管别人怎么做鱼呢？"

"老丈，你可知道这鱼的来历？"

"黄河来的。"

"自然是黄河来的。不过，里头可有故事。"

"一尾鱼还能有什么故事？"

"实不相瞒，这鱼乃是我跟叔父二人得来。"年轻人道，"我家世代捕鱼贩鱼，前些日子去黄河，跑了几处，渔人都说打不到鱼。"

"笑话，黄河里面怎么可能没鱼呢？"

"是呀，我也觉得奇怪。黄河之水天上来，怎么可能没鱼呢？可就是那么蹊跷，那几日一尾鱼都没有。当地上了年纪的老人说，怕是有大鲤要跃龙门。"

"哦？"

"据传，凡是碰到这种时候，黄河里的大鱼小鱼都要为那大鲤让路，助它化龙。"年轻人道，"鲤鱼跳龙门，我只是听过，没见过，所以特别好奇。那晚，我和二叔偷偷划着船到了河边，三更时分，果然见河水骤然涌动，翻腾起来，接着天雷阵阵，一尾巨大赤鲤随波而上，大尾扇卷，一跃而上！"

年轻人说得唾沫飞扬："眼见得就要成功了，忽见身体之中，一道黑气弥漫开来，头顶上一道天雷劈下，正击在那鲤鱼腹部。好端端的一尾即将成龙的大鲤，一头栽入水中，翻起了肚皮。随后，风平浪静，雷电隐去。我那时也胆子大，和二叔划着船，一网将大鲤收了。"

年轻人指了指木桶："便是这尾了。唉，可惜呀，若不是那道蹊跷的黑气，这便是一条真龙呀。"

孟福听得津津有味，笑道："这故事编得好。"

汴梁城里的商贩历来都喜欢用各种故事来衬着自己的东西好。

"老丈，这可是真的！"年轻人有些生气。

"行行行，你说真的便是真的。"孟福懒得跟年轻人计较，道，"实话跟你说，我家阿郎明日寿辰，想买一尾大鲤做生鱼脍，正好碰到你，可不是巧了吗？赶紧的，说个价钱吧。"

"那是好极！"年轻人伸出五根手指，"这般的奇物，起码也得这个价。"

"多少？"

"五贯！"

五贯买一尾鱼，着实是贵了。可眼前的这尾大鲤太好了，孟福确信自己就是再找上一年，也买不到这么好的。

"行。"孟福点了点头，"我家就在前面，你推车给我送过去。"

"好嘞！"

年轻人推着车，二人一前一后来到孟家大宅。进了院子，孟福让年轻人将那大鲤放入花园的游鱼池里，然后取出五贯钱给了年轻人。

"唉，这么好的一尾大鲤，真是舍不得卖。"年轻人接了钱，嘴里面还嘀嘀咕咕，恋恋不舍地走了。

两个人在花园中这么闹腾，惊动了书房里的孟昌泰。

孟昌泰从书房出来，见孟福站在游鱼池旁的假山下，看着水面偷乐，问道："阿福，何事喧哗呀？"

"啊，阿郎！"孟福施了一礼，道，"喜事，大喜事！"

"什么事把你乐成这样？"

"阿郎，你看呀！"孟福指了指鱼池。

那尾大鲤在池子中翻滚游弋，赤金色的鳞片在阳光的照射之下发出令人目眩的光芒。

"真是好大一尾鲤！"孟昌泰吃惊道，"你买的？"

"花了五贯钱呢。"孟福将事情的来龙去脉说了一遍。

"五贯钱，值！"孟昌泰道，"这可是龙鲤！祥瑞呀！"

"小的不懂什么祥瑞不祥瑞，就知道明天阿郎你的寿宴生鱼脍不愁了。"

"这鱼做成生鱼脍，岂不是暴殄天物！"孟昌泰蹲在池子边，眯着眼睛看着嬉戏的大鲤，喜欢呀，道，"你再去买一尾，差不多就行了。这尾不能吃，就养在池子里吧。家有此物，吉祥如意呀！"

"啊？还得买一尾？"孟福皱着眉头，"好吧好吧，我这就去万胜门。"

那天，孟福买了一尾鲤鱼回来，虽然勉强能做鱼脍，可跟池子里那尾相比，简直是云泥之别。

第二日，孟昌泰寿辰，亲朋好友、学生故交来了一大堆。

大家热热闹闹给孟昌泰过寿，觥筹交错，气氛热闹。

酒足饭饱，孟昌泰让孟福在花园中摆放好桌椅，煮茶待客。

众人聊着诗文、往事，正说得兴起，听得池子里扑啦啦一声响，那尾大鲤一跃而出！

"好大的鲤鱼！"一帮人也不聊天了，纷纷站到池子边看鱼。

这么大的鲤鱼，通体赤金之色，着实罕见，大家啧啧称奇，待听了孟福说的之后，纷纷向孟昌泰祝贺。

还有不少人干脆吟诗作对，把鲤鱼比成祥瑞，把孟昌泰说成是有福之人，将来必定青史留名。

孟昌泰心花怒放，对那大鲤更是珍爱了。

寿宴从中午一直持续到晚上，等到将客人送走之后，已经快三更了。

孟昌泰酒喝得不少，孟元老服侍着他进了卧房。见老爹躺在床上直哼哼，孟元老赶紧出来到厨房吩咐厨娘做一碗醒酒汤。

醒酒汤做好了，孟元老端着来到前院，却见孟昌泰站在池子边发愣。

"爹，这么晚了，天凉，你怎么还在这里呀？鱼明天再看，反正又跑不了。"孟元老心疼老爹。

"大哥儿①呀，咱这鱼怎么死了？"孟昌泰指着池子，面色苍白。

孟元老低头一看，可不是嘛！

原本还活蹦乱跳的鱼，此刻翻着白肚皮静静地浮在水面上。的确是死了！

"刚才还好好的呀！"孟元老也觉得奇怪，叫来孟福，将大鲤捞出来，放在院子里的石桌上。

这鱼活着的时候威风八面，死了之后可就难看了，翻着死鱼眼，张着大嘴，身上的赤金之色也暗淡了几分。

---

① 宋人称呼儿子，按照排行，老大为大哥儿，老二为二哥儿，以此类推。

"这身上没什么伤，估计不是猫犬所为。"孟福摁着鱼身检查，突然"啊呀"一声。

"怎么了？"

"阿郎，郎君，这鱼腹有一处坚硬无比，似乎……里面有东西。"

"有东西？鱼腹之中能有什么？"孟昌泰伸手摁了摁，果然感觉鱼肚子有一处坚硬无比，而且摸起来似乎是个圆圆的物体。

"取刀来！"孟昌泰吩咐道。

孟福拿了刀，孟昌泰接过，小心翼翼剖开鱼肚子。

噗，里面的鲜血、鱼肠子之类的东西喷了出来，然后咣当一声，有个东西掉在了地上。

"这是……噫，一面镜子呀！"孟福捡起来，十分惊奇。

的确是一面青铜镜。手掌大小，通体漆黑，灯火之下隐隐泛红，圆如满月，圆形钮座，镜钮为半球形，内区为八曲连弧纹，每一曲的中心有一短线与钮座垂直，外围有一圈八字铭文："见日之光，天下大明。"

"这是日光镜呀！"孟昌泰拿着这面镜子不由得大喜。

"什么日光镜？"孟元老和孟福没听明白。

"随我来。"原本醉醺醺的孟昌泰，此刻似乎酒意全消，将二人带到书房，熄灭了房间里的蜡烛，只留下一支，然后手举着那面镜子，小心翼翼贴过去，不停调整角度。

终于，异象出现了——蜡烛的光线照射到镜子上，然后反射于墙壁，墙壁上赫然显现出来镜子背部的花纹以及那八字铭文。

孟元老和孟福都惊呆了。

"此镜乃是汉代古镜，年月久远，最为神奇的地方便是能投射光影，不仅在烛光下，在日光下也能如此。铜镜之中，此物可算是神品！"孟昌泰激动异常，"今日，我孟家得宝了！"

孟昌泰收藏古董许多年，家里的古物堆积如山，从来没见过能让他这般激动的。

"阿郎，我想不明白，为何鱼腹之中会有这东西？"孟福问道。

"那大鲤乃是神物，神物自然带有神器。"孟昌泰抚摸着这面镜子，道，"镜者，鉴也。照见人间清气，照见常人难以看到之物。传闻始皇帝有一镜，能照见人的五脏六腑；唐玄宗有一镜，可照见魑魅魍魉。此种事情，多不胜数。修道之人，必背一面铜镜，以驱除邪魔是也。此物，本是吉祥之器。"

孟昌泰捋着胡须，道："不过，也是幽冥之器。"

"幽冥之器？"孟元老有些诧异。

"然也。"孟昌泰道，"古时人死之后，用镜殉葬，取其照幽冥之意，可为死者照亮黄泉之路，也是魂魄寄存之所在。"

"阿郎，你这么说，挺吓人的。"孟福看着那面幽幽的古镜，哆嗦了一下，"感觉阴风阵阵的。"

孟昌泰朗笑一声："不过是说笑而已。不过此物的确非同寻常，虽年月古老，但并无半点儿锈损，似乎是传世之物。"

"传世之物？"孟福问道。

"就是一直被人使用，没有入过土。"

"那这么说，并不是一直在鱼的肚子里？"

"然也。应该……应该被那大鱼吞入并没多长时间吧。"孟昌泰道。

"爹，不管这些了，反正你得了一件宝物，呵呵，早点儿休息吧。"孟元老对这种东西没兴趣，见时候不早了，催促孟昌泰早些歇息。

王妈妈茶肆中，孟元老将事情一五一十说来。

当说到这里时，孟元老盯着宋青竹，沉声道："宋大哥，我们都没有想到，从那晚开始，我爹彻底变了。"

"变了？何意？"宋青竹一直都在静静倾听。

"那晚，我爹一夜未眠，抱着那面镜子嘀嘀咕咕。他实在是太喜欢了。"

"好古之人，得了这么一件宝贝，自然是珍之爱之。"

"远不止如此。"孟元老使劲摇了摇头，"得了那镜子之后，他时时刻刻都不离手，吃饭睡觉如厕都带着，还有更严重的。"

"啊？"

"书也不读了，文章也不写了，还让孟福将他的书房连同院子都封了。"

"封了？"

"把所有人都赶了出去，没有他的吩咐，任何人不得入内，还将书房改名'得镜斋'，每天门窗关得严严实实，窗户遮上，一个人在里面不出来，一日三餐让孟福送进去。"

"这个……着实有点儿过分了。"宋青竹瞠目结舌。

"原本我以为，他不过是喜欢那镜子，一时新鲜劲儿而已，时间长了就会恢复正常。可事情远远超乎我的想象。"孟元老皱了皱眉头，道，"最先发现蹊跷的，是孟福。他告诉我，听见我爹在房间里面和人有说有笑。"

"书房里不是他一人？"

"是他一人，除了他没别人。"孟元老道，"他跟谁说笑呢？"

"那到底是怎么回事？"

"我也十分纳闷，就偷偷和孟福一起打探，发现我爹在书房和人聊天聊得十分开心，虽然对方的声音很小，但我敢肯定，的确有人，而且……"

说到此处，孟元老脸微微泛红："而且，是个女人。"

宋青竹的表情也变得微妙起来。

"家里出了这种事，我简直如坐针毡。我爹的脾气你也知道，若是硬来，万万不可。有天晚上，我偷偷守在外面，三更时分，明月朗照，我爹推开门，和那女人一起出来赏月，我这才看清楚了对方的真面目。"

"对方如何？"

"端的是国色天香，倾国倾城！"

"美人？"

"何止是美人！"孟元老道，"那女子十八九岁，白衣如雪，容颜秀美，和我爹吟诗作对，才华也是没得说。宋大哥，我在汴梁城也去过不少柳巷妓馆，才女佳人也见识过不少，但从未见过如此的女子！"

"孟三叔……好福气……"宋青竹笑道。

"宋大哥，莫要取笑了！"孟元老道，"发现这女子之后，我更害怕了。"

"害怕？"

"当然了！无端凭空出现这么一位在我爹身边，我能不害怕吗？"孟元老道，"如此佳人，若是匹配皇亲贵胄、权臣显贵、状元探花之类的，倒也好说，可我爹是什么人？年纪一大把，才华也就那样，谈不上权贵，也没有什么钱财，怎么可能会跟着他呢？"

"那不一定。这人世间，佳人不一定非得配才子，你没见过嘛，绝代娇娃偏遇着庸夫村汉，风流文士偏不遇艳质芳姿。那佳人说不定就看上了你爹身上的某种优点。"

"知父莫若子，我爹身上有什么，我难道不知道吗？"孟元老说了一句大不敬的话，道，"这里面肯定有问题！"

"有何问题？"

孟元老道："这种离奇的事，我就是没见过也听得多了。第一个，我怕我爹遇到了骗子。"

"骗子？"

"你是厢巡检，这种事情定然知晓。往往有个貌美女子，说自己流落四方，孤身一人，可怜得很。那些财主权贵领回去，爱得如同心尖子，过了一段时间，家里财物皆被盗走，人财两空，更有的连自己性命都交待了。"

"这种事的确有。"宋青竹道。

"这个还不是我最怕的。"孟元老道，"我更担心的是，我爹遇到的这女子，不是人。"

"等等，不是人？这是何意？"

"宋大哥，此事我和孟福打探过多次。那女子往往是黄昏之后出现在我爹的书房中，天亮之前离开。但是，从始至终，我们从来就没见过她是如何进来、如何离去的。"

"啊？"

"就像是凭空出现又凭空离开一般！"

"这……不可能吧？！"

"的确如此！"孟元老十分肯定地点了点头，然后喝了一口茶，顿了顿，"就在我和孟福百思不得其解的时候，我爹又做了一件让人无法理解的事。"

"怎么了？"

"前几日，我爹召集亲朋好友，三四十人，满满当当挤了一院子。他那天高兴坏了，吃酒吟诗之后，突然宣布——他要续弦了！"

"续弦？"宋青竹一口茶水喷出去，"孤身几十年的孟老夫子，续弦……哈哈哈，第二春……"

孟元老羞愧得脸不知道往哪儿搁："当时的情景，我不说你也知道，满座震惊，然后哄堂大笑。我爹却不以为意，而且说要娶的乃是镜中的一位美姬。"

孟元老深吸了一口气："所有人都觉得我爹在胡扯八道。"

"然后呢？"

"我爹将那面镜子拿出来，郑重其事，那些亲朋好友中文人雅士居多，还有各色的官员，纷纷接过去赏玩，但相信的人不多，都觉得我爹肯定是喝醉了酒，就配合着说什么'一树梨花压海棠'之类的捧场话。他们越这样，我爹越高兴。酒宴结束后，我爹跟我说三天之后就举办婚礼。"孟元老道。

"这心情……理解，理解。"宋青竹乐得肚子疼，"那就成婚呗。"

"我劝我爹缓一缓，起码把那女子身份、来历搞清楚再说。可我爹不听，他已经彻底被迷住了，说如果我不答应，就和我断绝关系。没办法，我和孟福只能全力准备。那两天，我爹天天乐得跟捡到宝一般，趁着他心情好，我旁敲侧击问了起来。"

"问那女子的情况？"

"对，叫念奴的那女子。"孟元老道，"结果这么一问，我便更无法安心了。"

孟元老一张脸皱得苦瓜一般："我爹也不知道对方的来历！"

"啊？那女子不是和孟三叔朝夕相处的吗？"

"是呀。他也不知。"孟元老道，"被我问得急了，只和我说那女子非是凡人，就是来自那面古镜之中！"

"真的来自古镜？"

"然也！"孟元老道，"我爹说，得到那镜子之后，他十分喜爱，每日都抚摸赏玩，越看越喜欢。有天晚上喝多了，一边玩镜子一边写文章，忽听得有女子说，我爹那文章写得不好。我爹做了一辈子文章，最不能听这种话，就问哪里不好，结果对方三言两语就把他那文章的不足之处给指了出来，还润色了一番，果真是才高八斗！我爹佩服得五体投地，想答谢对方，这才发现屋子里根本就没有人嘛！"

"孟三叔估计当时喝了不少酒。"

"结果听见女子说什么貌丑卑微，不敢见人，只是得了我爹的厚爱，这才斗胆和我爹应和一下文章。我爹百般恳求，对方才说自己在镜子里。我爹往镜子里一看，天！果真里面有个女子，倾国倾城！"

"然后呢？"

"然后那女子就现身于室中。"孟元老见宋青竹一脸的古怪，忙解释道，"宋大哥，你别乱想，我爹怎么着也是正人君子，和这女子在一起的时候，都是吟诗作对，未有过任何不端的举动。后来二人郎情妾意，我爹才决定要娶她。"

"这是好事。"

"算什么好事呀！若是娶亲，娶就去娶吧，毕竟我娘死得早，这些年我爹一个人拉扯我不容易，晚年有个伴儿也挺好。可娶的竟然是个妖物，我如何能答应？"

"镜子里的女人……"宋青竹沉吟起来。

"结果我爹将我臭骂一顿。我爹说，自古以来，文人雅士和那些狐柳花精有情有爱，再正常不过。一般人还没这福气呢。他是铁了心了。"

"那这婚礼，"宋青竹道，"最后办了吗？"

"办什么呀！"孟元老道，"我和孟福把所有东西都准备好了，请柬也发出去了，结果婚礼的前一天，那个叫念奴的女子不见了！"

"不见了？"

"是呀，无影无踪！"孟元老长叹一声，"连那镜子也不见了！"

"家中可有什么异常？"

"没有。钱财不曾少了一文。"

"这样的结果，你岂不是得偿所愿？"

"哪能呀！这女子不见了，我爹崩溃了。躺在家里不吃不喝，说找不到这女子，他也不想活了。"孟元老眼泪都快出来了，"这几日我都快将汴梁城翻了一遍，根本就找不到关于这女子的任何线索！所以，宋大哥，你认识的人多，给找找，否则，我爹这样，愁人啊……"

说到此处，孟元老潜然泪下。看孟元老那副样子，宋青竹也不知说什么好，只能点头应了。

"我替你寻摸寻摸。不过，能不能找到，我也不能肯定。"宋青竹道，"毕竟这女子留下来的线索太少。"

"这是画像！"见宋青竹答应，孟元老赶紧取出一个画轴递给宋青竹。

宋青竹打开看了看，果然见上面画的女子国色天香，气质动人。

"小弟你的画技又进步了不少。"

"不值一提。"孟元老道，"不过相貌倒是画得一分不差。"

"有了这画像，那就好办多了。"宋青竹小心翼翼把画像收了，道，"我且让人去打探一番。"

兄弟两人，结了茶钱，出了茶肆，顺着大街往南走，刚到州桥旁边，宋青竹笑道："巧了，今日我兄弟俩运气好。"

孟元老不知何故，问道："怎么了？"

宋青竹指了指岸边的一艘客船，道："有了那两人，便有门道了。"

孟元老顺着宋青竹手指的方向望去，客船边，一个黑衣男人正扭着一个三十多岁的瘦小男子不放，旁边围了不少人。

黑衣男人年约四十岁，白面有须，高大英俊，头戴幞头，腰间插着一根玉笛，看样子像个官人。

那瘦小男子，却是一身短衣，骨相奇绝，高颧骨，饼子脸，脸上有不少麻子，手脚都长。

宋青竹走到跟前，笑道："五哥，有礼了！"

黑衣男人扭头见到宋青竹，也是一笑："原来是你小子。"

两个人似乎关系不错。

宋青竹指了指那瘦小男子，道："五哥，这'梁上虬'如何惹着你了？"

被呼作"梁上虬"的这位苦着脸："宋巡检，且救我！我可什么事都没犯！"

"没犯？若不是我留意，身上这钱袋子就被你顺去了。"黑衣男人呵呵一笑。

宋青竹闻言，对那瘦小男子喝道："侯大，好大的胆子，大名鼎鼎的'黑罗刹'苏押司 ① 的钱袋子，你也敢摘？"

侯大哀号了一嗓子："我这是瞎了狗眼！宋巡检，若是知道他便是黑罗刹，便是杀了我，我也不敢。只求饶命则个！"

宋青竹笑道："五哥，看我面子，今日饶这狗鼠辈一回，如何？"

苏押司松了手，对侯大道："也罢。若不是看在老友面上，今日定然让你小子吃不了兜着走。"

宋青竹笑道："眼见得晌午了，今日我做东，咱们去丰乐楼，如何？"

"丰乐楼？也好，听说刚上了新酒。"苏押司倒是不客气。

宋青竹看了看侯大，道："你也去吧。"

"我？"侯大受宠若惊，"这个如何使得！二位都是贵人，我……"

"让你去你就去，恁多话！"

侯大只得连连点头："便听巡检的。不过，丰乐楼倒是没光明正大去过一回，今日沾了二位的光。"

---

① 押司，宋官署名吏员职称，经办案牍等事。《宋史·职官志》所载群牧司与临安府吏员皆有押司官，其名为官而实为吏。

四个人离了州桥，往丰乐楼走。

路上，孟元老偷偷问宋青竹："这二位，谁呀？"

宋青竹道："亏你平日里自诩游遍汴梁，这二位竟然不认识？"

孟元老摇了摇头。

宋青竹道："那侯大，是汴梁城的泼皮浮浪子，别的不会，偷盗之技京师无二，人送绰号'梁上虱'。黑衣那人，甚是了不得，此人是我故交，姓苏名景宗，如今在皇城司，不仅文采好，而且办事滴水不漏、铁面无私，所以得了个绰号'黑罗刹'。"

"倒是听过名头。"孟元老道。

宋青竹道："今日碰到他，你这事情说不定就好办多了。"

四个人到了丰乐楼，早有麻利眼尖的店小二迎上来，领到一间雅座。

坐下之后，宋青竹相互引荐了一番，叫上了几样酒菜，临窗而坐。

"贤弟当年不愿意待在皇城司，去干一个小小的厢巡检，当初我还有些纳闷，如今看来，这厢巡检也挺好。"苏景宗将腰间的玉笛解下，放在桌上，笑道，"整日优哉游哉，真是羡杀我也。"

"五哥莫取笑，我终日忙得焦头烂额，不似你这般威风八面。莫说是你，便是小小一个察子①，报出皇城司的名号，在

① 皇城司为北宋的特务机关，派遣逻卒于京师伺察，民间俗呼"察子"。

这汴梁城也横着走。"

"不过是朝廷鹰犬而已。"苏景宗冷冷一笑，喝了一盏酒，道，"你我好久未见，今日当尽兴而归。"

四个人杯来盏去，酒过三巡，气氛逐渐融洽。

宋青竹又给苏景宗倒了盏酒，道："五哥，有件事想让你帮帮忙。"

"你竟然也有求人帮忙的时候，好，何事？"苏景宗倒是毫不推托，"我定当竭尽所能，当年要不是你，我这两条腿早废了。"

宋青竹笑了笑，将孟夫子的事情说了一通。

苏景宗听完，哈哈大笑："这事情我也听说过，不光我听说过，连大内都传开了。"

"大内？！"孟元老一个头两个大。

"这般好玩的事情，自然逃不过皇城司的耳目，好事之人传了开去，听说太后老人家都知道了，乐得不行。"

孟元老在旁边默默捂住了自己的脸。

宋青竹道："现在孟三叔为这女子绝了食，人命关天，还请五哥帮忙找找。你们皇城司不同，向来都是侦察耳目，京师的风吹草动你们了若指掌。"

苏景宗道："虽说如此，可这件事有些难办。太过蹊跷。有人说，那女子来自镜中，便是妖精鬼怪。"

苏景宗喝了一盏酒："子不语怪力乱神，我却不以为然。"

"哦？"

"妖精鬼怪向来虚无缥缈，听说的多，但我从未见过。"苏景宗道，"这事也算是让我开了眼，贤弟你不来找我，我也正想调查一番呢。"

"那太好了。"

"以我的经验，眼下这女子消失得无影无踪，找人，是不好找的。"

"我发愁的也是这个。"

"那就得换个法子。"苏景宗点了点桌子，"人不好找，东西倒是好找些。"

"五哥说的东西，指的是那面古镜吧。"

"贤弟和我想到一块儿去了。"苏景宗道，"那女子如果真的是镜中的妖怪，自然还会在镜子里。镜子不见了，她自然就不见了。若是找到镜子，那就能找到这女子。"

"可镜子的确丢了。"孟元老道。

"那镜子可有特殊之处？"苏景宗问道。

孟元老道："形制很特殊，不过最特殊的地方，在镜子的侧面。侧面暗藏着一行蝇头小字，乃是镌刻。"

"是何文字？"

"君心似月我似水，水月镜中两相依。"孟元老说出这行字，又道，"然后是个小小的'林'字。"

"倒是独特。"苏景宗道，"说的是情谊之词。这古镜是如何丢的？"

孟元老道："不知。我爹视若珍宝，一直随身携带，只有晚上睡觉的时候会将镜子放置在床头的木盒之中，那日起来，镜子就不翼而飞。"

"几位，依我看，如果不是那妖怪自己遁走，恐怕就只有一个解释了。"一直没说话的侯大啧了啧嘴。

"你说说。"宋青竹笑了起来。

"定然是我们行中人，手段了得，给偷走了呀。"侯大道，"我们这行当也分三六九等，其中有一种被称为雅贼，专门偷盗书画古董之类的东西。这些东西，一般体积不大分量也轻，可卖的时候银钱多多了，故而最值得。孟老夫子这古镜可值不少钱呢，若是我，见到了，想尽方法也要盗走。"

"是了。"苏景宗道，"我方才也是这么想。"

"侯大，不会是你小子偷的吧？"宋青竹道。

侯大连连摆手："宋巡检，你抬举我了。我偷的都是金银财宝，这等东西我不认得。不过……"说到此处，侯大有些吞吞吐吐起来。

"不过什么？"宋青竹道，"侯大，你若知道些什么，一发说了，定少不了你的好处。"

孟元老是个明白人，急忙从袖子里摸出一锭大银，放在侯大面前。

侯大喜笑颜开，收了银锭，道："也是巧了，我虽然不是雅贼，但我一个朋友干这个。"

"怎么回事？"

"此人姓王名万春，飞檐走壁、穿梁过屋不在话下，不光一身的好本事，还饱读诗书，平日里爱在帽角插一枝红牡丹，所以人送外号'一枝花'。"

"这'一枝花'我听说过，乃是一个雅贼。"苏景宗点了点头。

"这人怎么了？"宋青竹道。

侯大压低声音，卷起袖子道："我们这帮人，若是得了好东西，一般都会去一个地方脱手。至于是什么地方，二位，抱歉，实在是不能跟你们说，否则江湖上我也待不下去了。"

"这个倒是情有可原。"

"几日前，我得手了两件金盏，便去那地方，换了银钱后出来，刚好碰到王万春。这家伙进去之后，和掌柜的吵闹了几句，似是很气愤，然后一脸怒气出来。我和他关系还行，便问了几句，王万春说：'直娘贼，一双招子竟然认不得好货！那东西值百两银子不为过，竟然只给我二十两！老子才不便宜你！'"侯大道，"我听了，觉得稀罕——一件东西百两银子，肯定是贵重玩意儿，所以就想看一看。"

"你看了吗？"

"那王万春磨不开脸，只得让我看看，可也只是匆匆看了一眼。"侯大道，"是个圆圆的小小的黑漆漆的东西，看起来像面镜子。"

宋青竹等三人全都直起了身子。

"是我爹丢的那面镜子？"孟元老最关心。

侯大摇了摇头："我当时就看了一眼，不甚真切，尺寸大小和你说的很像，是不是，我不知道。"

宋青竹道："那'一枝花'在何处？"

"此人平素无固定藏身之地，有时喜欢在四圣观落脚。"

四圣观在皇城东南角，是一座小小的道观，却是好找。

宋青竹和苏景宗相互看了看，不约而同笑了起来。

日头西斜，寒鸦暮鼓。

忙碌了一天的汴梁人到了歇业的时候，纷纷收拾东西回家。

四圣观外，人迹寥落。

这地方虽是道观，可并无香火，也无当家的道长，住在里头的都是乞丐、浮浪子之徒，三三两两回来，有的倒头便睡，有的在院中生火，支起一个砂罐，煮着讨要来的残羹冷炙。

啪啪啪！

突然，门外传来一阵脚步声，接着大队披甲的禁军冲了进来，里头顿时鸡飞狗跳。

这伙禁军一个个凶神恶煞，见人就抓，见屋子就进，嘴里还嚷着："莫走了'一枝花'！"

四圣观后院偏房，一人听到动静，从里头走出来。

此人年纪三十岁左右，面目白净，身形弱小，出了屋子，抬脚噌噌噌上了墙，一路小跑，来到后殿房顶。

后殿外就是街巷，只要进了街巷，那就脱身了。

哪料想他刚到殿顶，脚还不曾踩着瓦片，从顶上鸱吻后面出来一人，手中铁铜狠狠砸在了他的腿上。

那人站立未稳，一声惨叫，从房顶上滚下来掉在院中，被禁军抓个正着。

"贤弟好手段。"下面看热闹的苏景宗呵呵大笑。

宋青竹从顶上一跃而下，道："五哥好心思，知道这货定然闻风而逃，让我在房顶埋伏，不然，真走了他。"

"你便是'一枝花'？"苏景宗看了看那人。

"正是。"那人耷拉着脑袋，"栽到你们察子手里，真晦气。要杀要剐，赶紧的吧。"

"我可没说要杀你剐你。"苏景宗笑道，"来人，给他松绑，我请他喝酒。"

四圣观外一家小酒铺，苏景宗、宋青竹、孟元老和王万春，四个人坐在一起。

店铺不大，就这么一桌人，门窗也都关了。

"王万春，今日抓你，不为别的事，想跟你问个东西。"苏景宗道，"你若是好说，啥事没有，放你便是；若是不说，那可就别怪我了。"

"知道你们察子狠。问吧。"王万春倒是识时务。

"前几日，你盗得一面古镜，是也不是？"

王万春一愣，道："你如何知道？"

"你且回答便是。"苏景宗道。

"这个……"王万春点了点头，"的确是我所为。"

"那镜子呢？卖出去了？"

"没有。"王万春冷哼了一声，"这么好的东西，汴梁城竟然没人识货，真是气杀我也。"

"镜子在哪儿？"

"在我房中包裹里。"

苏景宗对外面喊了一声，早有禁军出去，时候不大，取来了王万春的包裹。

王万春打开包裹，从里面取出来个小布包，一层层打开，露出了一面黑黝黝的镜子。

"正是此物！"孟元老激动得双手颤抖。

"如此便好了。"宋青竹呵呵一笑，"此镜到手，藏在镜中的那位佳人定然也会再次出现，孟三叔有救了。"

"这镜子里藏着一位佳人？"王万春一愣，像看怪物一样看着宋青竹，"巡检莫不是在说笑？"

"谁有工夫跟你说笑？"宋青竹指着镜子道，"这镜子里端的藏着一位倾国倾城的佳人。"

王万春鼻子里哼了一声，道："胡扯八道，这镜子我得手好几天，也把玩过好多次，从未见过什么佳人。再说，区区手掌大的一面镜子，如何藏得了人？"

"谁告诉你里面藏的是个人了？"孟元老白了王万春一眼。

"不是人，那难道是……"王万春似乎听明白了，惊叫道，"怪不得那人让我得手之后一定要砸了这镜子！"

宋青竹和苏景宗听了这话，不由得相互看了一眼。

"王万春，你是说这镜子是有人让你去偷的？"宋青竹道。

"这个……是。"王万春一看说漏了嘴，只得老实承认，"否则我也不知道孟家会有这么一面镜子。"

"谁指使你的？"

"我答应过对方，不能说。再说，他虽然原先落魄不堪，但现在可是飞黄腾达，我惹不起。"

"对方你惹不起，难道我皇城司你惹得起？"苏景宗冷笑一声，那双明亮的眼睛微微一眯。

"我若招了，你们不能说是我说的。"

"那是自然。"

"指使我的……是探花郎。"

"探花郎？"苏景宗不由得微微愣了一下。

"哪个探花郎？"宋青竹问道。

"便是新科的那个探花郎呀！"王万春冷哼道。

"莫不是朱子衡？"宋青竹沉声道。

"不是他，还能有谁？"王万春道。

"想不到竟然是他！"孟元老听了，甚是气愤。

这个朱子衡，如今在汴梁城也算是家喻户晓。

大宋开科取士，不管是高门子弟还是寒门贫生，只要中了进士，那便是鲤鱼跳龙门，前途无量。不仅如此，一旦榜上有名，达官显贵便从新科进士行列中"捉"女婿，富商大贾也闻风而动，称之为"榜下捉婿"，可谓功名富贵、婚姻佳缘一起到手。

朱子衡这人，便是这一科惹得无数人羡慕的。

这人不是汴梁人，一年多前出现在汴梁，是个落魄书生。此人生得俊俏，可寒酸得要命，一边待考一边在街头摆摊，卖些字画或者代人写信，以此糊口，至于底细，没人关心。哪料想考后放榜，这家伙竟然位列第三，成了名副其实的探花郎。再加上人长得实在是俊俏，这朱子衡一下子在汴梁城出了名。

后来也是运气好，竟然被蔡相公①看上了，招为门生，还将亲侄女许配于他，真是一步登天。

"这家伙，我爹对他很好，甚至有知遇之恩，他竟然做出如此卑劣之事！"孟元老气得够呛。

"孟三叔认识这位探花郎？"宋青竹听得奇怪。

"何止认识！"孟元老道，"他落魄时，我爹发现他文采很好，时不时接济他。后来他中了探花郎，还专门到我家致谢，我爹很高兴。二人聊得来，虽年岁相差甚大，但相互视为知己。我爹每次办酒宴都会邀请他来。哦，还有，那次我爹办酒宴宣布要娶妻，他也在场，的确上手过这面铜镜！"

孟元老越说越气："这混账东西，定然是嫉妒，听说念奴乃是镜中美姬，便生了坏心，让人盗镜！"

苏景宗道："贤弟，这般说似有不妥之处。若是探花郎看中镜中女子的姿色，让人盗镜想据为己有，为何还要叮嘱王万春将这镜子打碎呢？"

---

① 指蔡京，宋人称宰相为相公。

王万春在旁接话道："是了！他给了我一百五十两银子，让我务必盗来此镜，然后打碎了扔入汴河。我当时还纳闷，这镜子乃是奇珍，为何还要打碎？"

"这里头，似乎不简单。"宋青竹道。

"管它简单不简单呢，如今镜子失而复得，你也可回去向你父亲有个交代。"苏景宗道，"至于那位探花郎，现在可是惹不起的人，还是不要追究下去为妙。"

"虽心有不甘，但也只能如此了。"宋青竹点了点头，道，"五哥，这王万春也是条汉子，卖我个面子，放了则个。"

"便听贤弟的。"苏景宗一口答应下来。

王万春千恩万谢，出门脚底抹油一溜烟去了。

三个人又吃了一会儿酒，出门辞别。苏景宗自回皇城司，宋青竹陪着孟元老行了一段路，便作别了。

天色已晚，宋青竹公事繁忙，没有回家，在厢里的公事所凑合了一晚。第二天一早起来，穿戴洗漱完了，将铁锏别在腰间，刚走出门口，远远地见孟元老走了过来。

"贤弟，大清早的，又有何事？"见孟元老面带喜色，宋青竹急忙迎上去。

"宋大哥今日可有公事？"孟元老直问了一句。

"有，不过都是些小事。"

"那就好！"孟元老笑道，"昨日回去，将镜子交给我爹，我爹欢喜一场，从床上蹦起来，一连吃了三碗羹外加五个馒头！"

"孟三叔真是……"宋青竹忍不住笑，道，"那念奴……"

"虽然未见，但听得书房传来嬉笑之声，应该是回来了。"孟元老道，"我爹感念你和苏押司的恩情，又重得佳人，故而今晚在家里略备薄酒以示谢意，还请务必赏光。"

"这都是应该的，我是个粗人，去了怕搅了三叔雅兴。"

"非也非也，除了你和苏押司，我爹的那帮朋友都请了。"

宋青竹眉头微皱："那探花郎也请了？"

"请了！"孟元老脸色一沉，"这混账东西，实在不该请，不过我没把盗镜这件事跟我爹讲，所以我爹就请了。"

"倒是有趣。"

"不说这么多了，宋大哥，你今晚务必要来，我还要去给苏押司送请柬，告辞了。"孟元老施了一礼，急匆匆走了。

日暮。

日头坠入地平线下，城中灯光次第亮起，热热闹闹。

忙了一天的宋青竹骑着一匹高头大马，晃晃悠悠来到了孟宅。

这大宅不难找，今晚更是张灯结彩，门头上特意挂了两盏红色灯笼，瞧着就喜庆。

进门，孟福上前，将他迎入后院。

这院子拾掇得雅，亭台楼阁自不必说，中间有假山鱼池，种着牡丹、芭蕉，翠竹环绕，是个聚会的好去处。

靠着假山鱼池，早就摆上了七八张桌子，来了不少人，有的人宋青竹认识，有的是生面孔，但也免不了相互寒暄。

苏景宗来得早，正坐在一张桌子边喝茶，宋青竹挨着坐下。

"你也来了。"苏景宗笑。

"你来了，我能不来？"宋青竹看了看不远处的书房。

那是孟昌泰的房间，里头亮着灯，静寂无声。

"客人都来了，主人却躲着不见，不是待客之礼。"苏景宗淡淡道。

"佳人在旁，红袖添香，自然比和我们这帮家伙待在一起有滋味。喝茶。"宋青竹给苏景宗斟了一盏茶，二人对饮。

客人陆陆续续前来，眼见得差不多来齐了，就听见门外孟福扯了一嗓子："探花郎到！"

院子里的人顿时纷纷起身，迎了上去。

"这家伙也来了？"苏景宗眯起了眼睛。

"咱去看看？"宋青竹笑道。

二人站起，跟了上去。

只见这探花郎，带着两个小厮，踱进院子。

宋青竹上下仔细看了看，不由得点了点头——不愧是官家钦点的探花郎，年纪二十五六岁，面如美玉，目似朗星，英俊潇洒，翘为人杰。

他一出现，自然就成了焦点，一帮文人权贵迎上去，将他迎到主位。

这探花郎假意推让了几次，大马金刀地坐了，看了看周围，向孟元老问道："元老，既然是夫子设宴，为何不见他？"

孟元老道："探花郎稍待片刻，我爹正在书房和镜中美姬说话，我这就去通报一声。"

"念奴？！"周围的人一下子炸了锅，"前不久不是听说消失了吗？连镜子都没了，怎么……"

"实不相瞒，不仅镜子找回来了，人也回来了。"孟元老道。

"真是可喜可贺！既然如此，能不能请出来一见？"

"孟夫子艳福不浅！哈哈，就怕镜子里根本就没什么。"

"哈哈哈哈！"

众人纷纷大笑起来。

"着实是……可喜可贺。"朱子衡笑了笑，站起来身体晃了两晃，道，"元老，我突然有些不舒服，怕是头风的老毛病犯了，先回去歇着，改日再来拜见。"说罢，他起身就要走。

"子衡，刚来如何又要走？这便不好了！"书房两扇房门被推开，从里头走出来一个老头，正是孟元老他爹孟昌泰。

孟昌泰满脸是笑，看起来精神很好，大步流星走到朱子衡跟前，道："莫不是当了探花郎，成了蔡相公的侄女婿，看不起我这老酸儒？"

"自然不是！夫子，我的确是头风……"

"喝几盏酒便好了！今日你若是走，别怪我发飙！"孟昌泰板着脸。

朱子衡站也不是走也不是，迟疑片刻，只得又坐下。

"这位探花郎，有点儿意思。"苏景宗一只手抚摸着手中的玉笛，一只手端起茶盏，冷冷一笑。

孟昌泰性格倒是直爽，落了座，大声道："老夫今日高兴，重新得了佳人，故而设下酒宴，诸位不要客气。过几日，都来看我披红挂彩。"

哈哈哈哈。一帮人大笑。

都是文人雅士，杯来盏去，免不了做些诗文，也有弹琴鼓瑟助兴的，好不热闹。

酒过三巡，有好事的人喊："孟夫子，上次不过是看了看铜镜，佳人倒是没看到。如今酒都喝了，赶紧请你家小娘子出来给我们瞧瞧。"

"是呀。风清月白，诗文俱佳，若有佳人一会，便是无限乐趣！"

"有请小娘子！"

一帮人全都起哄。

孟昌泰架不住这般阵仗，道："好好好，待我叫我家娘子出来一见。"言罢，他从怀中小心翼翼拿出来一样东西，正是那面黑漆漆的古镜。

"贤弟，你瞅瞅那朱子衡。"苏景宗暗中踢了宋青竹一脚。

宋青竹早瞅得真切了——朱子衡看着孟昌泰手中的铜镜，双目圆睁，脸色灰白，唇角微微颤抖。

孟昌泰举着那面镜子，对着月光，不停变化角度。

院子里一片寂静，所有人都盯着镜子，连眼睛都不敢眨。

佳人，这帮人都见过一些，但从来没见过从镜子里出来的。

皎洁的月光照在镜子上，闪烁不已。

孟昌泰缓缓移动镜子，斑驳的光影投射到书房的墙上。古镜上的纹饰看得清清楚楚。

"竟然还有字。"有人低呼起来。

"君心似月我似水，水月镜中两相依。"是镜子侧面的那行铭文。

噗！

陡然之间，光影中一片白色烟雾升腾起来。

众人都吓了一跳。

随后，有歌声传出来。

"君心似月我似水，水月镜中两相依……"

幽怨的、低低的、如笑如泣的歌声。

歌音未落，那薄雾之中现出一个红色的身影。

一个女子，穿着一身血红色的衣裳，身段婀娜，只是浓如海藻般的头发遮住了脸。

"君十八来我十五，结为连理恩爱浓；君苦读来我纺纱，执手白头山海盟……"女子的歌声虽优美，但听起来让人觉得无比哀怨。

"来人！来人！"探花郎朱子衡尖叫起来。

"郎君！"两个小厮急忙走到跟前。

朱子衡指着那红衣女子，双目圆睁："赶走！去！赶走！"

这家伙声嘶力竭，身体如同筛糠一般，让众人觉得莫名其妙。

两个小厮听得命令，卷起袖子就要往前走。

"朱子衡！"那红衣女子厉喝一声，缓步径直朝朱子衡走过来。

"朱子衡，你好狠的心呀！"红衣女子咯咯咯笑起来，笑声如同铁锯一般，冰冷而锐利，"为你考取功名，我既要服侍孝敬公婆，还要操持家务。你出门读书，我将陪嫁的所有东西当了给你凑盘缠。家乡大旱，为了公婆不挨饿，我剪掉自己的头发卖了换米。公婆病故，我披麻戴孝给二老送终，千里寻夫到书院，你说此生定不负我！"

朱子衡连连后退，面目扭曲。

"朱子衡，你说来汴梁应举，两人一起花销大，让我在黄河边渔村等你。你说考了功名，就会来接我，到时苦尽甘来，八抬大轿将我接回家！你做了什么?！"红衣女子咆哮着，如同一只被伏击后的母兽。

"我独守空房，身无财物，靠给别人补洗衣裳过活，千盼万盼，却盼来了你指使的两个手下！"红衣女子咬牙切齿，"骗我上船，说是你考取了探花郎，接我去共享荣华富贵！结果呢，船到黄河中，将我装入竹笼丢进滚滚波涛！朱子衡！为了攀龙附凤，为了成为蔡相公的侄女婿，你不惜杀了结发妻子！"

红衣女子步步紧逼，那朱子衡一连后退，撞倒桌椅，早吓得站立不住。

"便是成了孤魂野鬼，此恨我也难消！天可怜见，将我这冤魂寄居于古镜之内，来到孟府。你得了风声，竟让人盗镜，想破了镜子，让我魂飞魄散！你好狠的心！"

"念奴……念奴，我……我也是被逼无奈呀！"朱子衡瘫坐在椅子上，喃喃道，"我是……我对不起你……"

院子里其他人全都目瞪口呆。

谁也没料到原本欢欢喜喜的酒宴，转瞬之间便成了这般模样。

"我倒要看看，你那颗心到底是何模样！"红衣女子走到朱子衡跟前，猛然抬起头。

那浓密的秀发之下，是一张被水浸泡得变形的脸！

一双圆目，布满血丝，赤红无比！

"你还我命来！"红衣女子伸出尖利的手，插入朱子衡的心窝，掏出一颗血淋淋的心来。

"我的妈！杀人啦！"院子里有人喊了一声，顿时鸡飞狗跳！

"杀人啦！"

"镜姬杀人啦！"

遥遥听到鸡鸣。

天快亮了。

四娘鱼羹店后院厢房里，宋青竹打了个大大的哈欠："这件事，总算是完了。"

"四娘这番控诉着实不错，真真切切的。"幻术师庄助喝着酒，呵呵一笑。

一身红衣的风四娘正用玉梳梳理头发，美艳如花。

"要说，还是孟夫子配合。"风四娘莞尔一笑。

"我不知说了多少好话，孟三叔这才不惜拿他几十年的清誉冒险，配合我等。这件事，他是第一等大功臣。"宋青竹笑了笑，又看着旁边的孙蛤蟆，"多亏了十五爷这些日子四处奔走，暗地里将那负心郎的罪证收集齐全。"

"老夫生平最痛恨的便是此种狼心狗肺之人！"孙蛤蟆拍了拍大肚子，"那朱子衡有如此下场，大快人心！"

"是呀，想必汴梁城很快就会传开了。"宋青竹道。

四个人你一言我一语，说得热闹，唯独坐在下首的张小满一脸糊涂。

"宋大哥，这到底是怎么回事，你们别云里雾里的。先前让我装作卖鱼的，将那尾大鲤卖给孟家，接着就没我的事情了。"小满道，"后面这些事，我可是一头雾水。"

"有些事情，还是不知道为妙，这也是为你好。"庄助道。

"那是怕你小子毛手毛脚坏了事情。"孙蛤蟆道，"这事情牵扯到探花郎，牵扯到蔡家，对方有权有势，我等平民，若露了马脚，全都吃不了兜着走。"

"既然事情办完了，我总该有知晓的道理吧。"小满道。

宋青竹呵呵一笑，冲孙蛤蟆点了点头。

"也罢，一发说与你听。"孙蛤蟆清了清嗓子，道，"一个月前，老狸祠来了一个女子，献上几吊钱的供奉，哭哭啼啼地说了一个请求，请求狸妖惩罚新科探花郎。当时负责值守的是老夫。听完她的诉说，老夫气得差点儿没从梁上跳下来。那个女子，便是念奴。"

"念奴不是被朱子衡指使手下沉到黄河里面去了吗？"小满道。

"她也是命大，沉入黄河后，水流湍急，下游有艘渔船，船夫救了她。不过她的脸撞到礁石，已经毁了容，面目全非。"孙蛤蟆叹了一口气，"捡得一条性命，一路来到汴梁城，结果得知朱子衡那畜生成了蔡相公的侄女婿。她一个弱女子，纵有万般冤屈也无处申诉，只能找些烧火做饭、浆洗衣裳的活儿，辛辛苦苦赚了几吊钱，来咱们老狸祠求助。"

听到这里，小满点了点头。

"我们几个一合计，这忙得帮。官府管不了的老天管，老天管不了的，那咱们就管，千思万想，这才定下了此计。"孙蛤蟆道，"先是将念奴那面铜镜放入鱼腹，让你卖入孟府。那面铜镜，乃是念奴的家传之物，也是她和朱子衡的定情信物，朱子衡是认识的。"

"孟三叔那边，我打了招呼，他也气得够呛。"宋青竹道，"为什么选孟三叔，就是因为他不但跟朱子衡认识，而且接济过朱子衡。"

孙蛤蟆呵呵一笑，继续道："接下来就好办了，四娘每晚盛装打扮，进入孟夫子的书房，配合孟夫子表演。"

"怎么进去的？"小满道。

"我们在孟夫子的书房里掘了一条地道，从里头出入，神不知鬼不觉。"庄助道。

"那天孟三叔召集亲朋好友宣布要娶亲，把事情说得清楚，尤其是念奴的名字，还特意把那镜子给朱子衡看了。"宋青竹道，"做了亏心事的人最怕的就是东窗事发，那朱子衡回去之后，私底下找有能耐的术士，要除掉'女鬼'念奴。"

"这种事儿，自然是我来了。"孙蛤蟆大笑，"我一番说辞，唬住了朱子衡，说要除掉'女鬼'，必须盗走那面镜子，打碎，扔入河中，顺手推荐了'一枝花'王万春。"

宋青竹道："王万春那厮受过我恩惠，很爽快就答应了。接下来，孟元老来找我寻人，我带着苏景宗，从侯大那里找到了王万春这里。"

"侯大和苏景宗也是你的同伙？"小满道。

"什么同伙呀！"宋青竹笑道，"侯大那狗鼠辈，纯属巧合，本来是想让王万春去偷苏景宗的东西，结果他撞上去了。不过也倒是巧了，他看过王万春的镜子，这才勉强哄过苏景宗。"

"为什么要扯上苏景宗呢？"小满问道。

"说你是个生瓜蛋子吧。"孙蛤蟆道，"这件事，即便办得好，可也得有人处理那朱子衡，我们是没办法的，要想让这负心郎受到严惩，必须有上头的人才行。"

宋青竹点头道："苏景宗是皇城司的押司，皇城司的人原本就是官家的耳目，本领通天。更何况，苏景宗和太后关系很好，这事情他要是知道了，太后老人家就知道了，太后老人家知道了，官家也就知道了。"

"原来如此。"小满恍然大悟。

"接下来就好办了。"宋青竹道，"昨晚的一场热闹，全是演戏。孟三叔演得好，四娘演的'女鬼'念奴更好。当然了，少不了庄助的奇妙幻术。"

"是了。当时真是吓人！"小满点了点头，"朱子衡吓得直接昏死过去。我还以为他那颗狼心真的被掏了出来，等一阵烟雾之后，'女鬼'消失不见，众人来到跟前，才发现那家伙好好的。"

"直接杀了他，实在是便宜他了。"风四娘笑道，"也不知道苏押司那边，现在怎么样了。"

"依我对五哥的了解，朱子衡这狗鼠辈栽到他手里，嘿嘿，怕是翻不了身了。"宋青竹道，"五哥这个人，风流倜傥，学识比我强多了，而且向来疾恶如仇，痛恨作奸犯科、忘恩负义之人。朱子衡到了他手中，罪行定然会被挖得清清楚楚。"

"是呀，更何况我把这一个月从朱子衡老家、书院、黄河渡口等处搜罗的证据，全都放到了他桌子上。"孙蛤蟆笑了一声，"青竹，这么做，咱们不会暴露吧？"

"五哥是聪明人，你以为他看不出这里头我们耍的把戏吗？他只不过睁一只眼闭一只眼而已。"宋青竹呵呵一笑。

"那就好。"风四娘拍了拍手，"下回来，我请他喝酒。这男人，我喜欢。"

"真不愧是四娘，见一个爱一个。"庄助打趣。

"老娘喜欢的，那可是顶天立地的真男儿，比那狗屁探花郎强多了。"

"宋大哥，那朱子衡会死吗？"小满问了一个自己关心的问题。

"应该……会吧。"宋青竹喝了口茶，道，"本朝以仁孝治天下，官家也痛恨这种事，朱子衡定然是先被夺去所有功名，然后发开封府和大理寺审理，他为富贵杀妻，按律当斩。"

"那蔡相公会不会祖护他？"

"蔡相公招他做乘龙快婿，无非是培植党羽，朱子衡如此，蔡相公躲都来不及呢，怎么可能祖护。"宋青竹道，"所谓功名富贵，其实更是权术争斗，朝堂之中，远比你想的要复杂、黑暗。"

"当初你从大内到皇城司，又从皇城司出来做了这小小的厢巡检，恐怕也是厌恶这争斗吧。"风四娘给宋青竹倒了盏茶。

"大内也罢，皇城司也罢，固然风光无限，但远不如这个小小的厢巡检快活。"宋青竹微微一笑，"起码，我等还能装神弄鬼，为了一个小小女子，把探花郎都给拉下马。"

"哈哈哈哈。"

几个人同时都笑了起来。

"哦，小满，等会儿你出去办件事。"风四娘把钱袋扔到桌上。

咣当一声，很沉。

小满拿到手里，掂了掂。

"里面是银五十两，给念奴吧。"风四娘道。

"啊？念奴……"

"这女子实在命苦，汴梁城不适合她待。我给她寻了个安稳去处，有了这笔钱，起码可以安生讨生活了。唉，天可怜见，一片真心喂了朱子衡这条狗。"风四娘连连叹气，"天底下的男人就没几个好的。"

"四娘，可不能这么说，我等起码还不坏！"

"是呢，你看小满，就挺好的。"

"好什么呀，一个刀客连刀都不敢拔！"

"喂！骂人不揭短！"

"本来就是嘛！"

小小的厢房里，一片欢闹声。

天，终于亮了。

（火）
（殃）

唐开元二年，衡州五月频有火灾。其时
人尽皆见物大如瓮，赤如灯笼。所指之处，
寻而火起。百姓咸谓之"火殃"。

——唐·张鷟《耳目记》

第五话

清白之焰

　　每坊巷三百步许，有军巡铺屋一所，铺兵五人，夜间巡警，收领公事。又于高处砖砌望火楼，楼上有人卓望。下有官屋数间，屯驻军兵百余人，及有救火家事，谓如大小桶、洒子、麻搭、斧锯、梯子、火叉、大索、铁猫儿之类。每遇有遗火去处，则有马军奔报军、厢主。马步军、殿前三衙、开封府，各领军级扑灭，不劳百姓。

——宋·孟元老《东京梦华录》

　　大内前，州桥之东，临汴河大街，曰相国寺。有桥平正如州桥，与保康门相对。……街西保康门瓦子，东去沿城皆客店，南方官员、商贾、兵级，皆于此安泊。

——宋·孟元老《东京梦华录》

"烧吧，烧吧，拜托，让一切化为火焰吧！"

供桌下跪着的黑衣男子，双手合十。

"我想看看那东西！火焰里的那东西！"男子的声音似笑还哭，听起来令人毛骨悚然。

男子裹着宽大的黑色袍子，看不清容貌。

偏僻、荒废的祠堂外，只能听到大风的呜咽之声。

已经过了三更，起了雾，夜空阴沉，怕又要变天。

"小满，这次你去帮帮忙吧。"黄昏时，风四娘把张小满叫到厢房中，如此吩咐。

"所谓帮忙，指的是……"

"去做一次'狸妖团五郎'。"一身红裙的风四娘妖艳如花，"每晚都需要人去老狸祠值守，藏身在土偶上方横梁之上，因为大殿倒塌了半边，那里形成了一个隐蔽的空间，不会被人发现，又能将供桌前的情况看得清清楚楚。本来今晚轮到我的，但我恰好有事情。庄助去了桑家瓦子，十五爷还没回来，宋青竹已经两三天没看到人影了。"

小满深吸了一口气，犹豫起来。

虽说阴差阳错成了这帮人中的一员，偶尔也做了几场戏，可也不过是敲敲边鼓，老狸祠那地方更是一次没去过。

"要不要试试？很好玩的。"风四娘道。

"关键是……我……不知道做什么。"小满还是有些犹豫不定。

风四娘咯咯笑起来："很简单。我们平时都是坐在上面，该干吗干吗，一旦有人来了，不发出任何声响便好。"

"我说的不是这个。"小满道，"那些人提出的愿望，如何处理？"

风四娘微微皱起了眉头："这个的确有些复杂。需要仔细倾听对方的愿望，分辨此人是善良之辈还是作奸犯科之徒。"

"明白了，善良人的愿望就答应，坏人的请求就拒绝。"小满道。

"也对也不对。"风四娘摇摇头，"即便是善良人的愿望，若是无法实现，也不能答应，若是能实现却又寻常的，也不能轻易答应。丢鸡寻针这类事，若是应承了，岂不是要忙死？"

风四娘从桌子上取了个干果，嘎嘣一声咬开："对于坏人的愿望，也是需要甄别的，有些会答应。"

"答应坏人的请求？那岂不是助纣为虐？"

"当然不是。"风四娘摇头道，"所以要甄别呀，坏人的愿望答应下来，也可以反其道而行之，既满足了他，又能让他受到应有的惩罚。"

小满的脑袋一下子迷糊起来。

的确很复杂。干不来，完全干不来。

见小满为难的样子，风四娘笑道："这样，今晚你便在梁上坐着，将来人的愿望、底细听清楚了，回来告诉我便可，不要做那件事情。"

所谓那件事情，指的是如果答应了对方的请求，就从梁上将石子抛下来。

雪白的石子，上面用朱砂印着狸猫爪印。这是狸妖做出承诺的标志。

"如此便好。"小满毫不犹豫地点了点头。

不过是熬夜坐一晚而已。

于是，天还没完全黑下来，小满就穿上厚厚的黑袄出发了。

袄子是风四娘给准备的，又厚又软，暖暖和和的。手里的食盒中，装着肉饼、果子、酒水之类的夜宵。

只需要坐在那里什么都不干，有吃有喝，这样的工作很不错呢！

梁上的那个空间并不狭小，甚至可以斜躺下来。

小满靠着梁柱，吃着肉饼喝着酒，耐心等待前来祈求的人。

可能是因为天气不好，今晚并没人来。

一直等到三更时分，进来了一个奇怪的黑衣人。

"这个愿望，绝对绝对不能答应！"听完对方的祈求，小满心中如此判断。

作奸犯科之徒！绝对是作奸犯科之徒。

不，应该说，实在是太变态了！

"赶紧走吧，混账东西！"小满心中已经咆哮起来。

啪。

昏暗中发出响声。

怎么回事？

一颗雪白的印有朱砂狸猫爪印的石子，从高处落下，骨碌碌滚到黑衣人面前。

　　黑衣人捡起来，大喜，继而跪拜在地："谢团五郎丈！"

　　言罢，黑衣人起身，飞也似的离开了。

　　"浑蛋呀！"小满呆呆地看着自己的脚——白色石子就堆在脚边，方才自己一不小心，踹下去一颗。

　　哎呀，完蛋了！竟然答应了黑衣人那么混账的请求！

　　可如何是好？

　　小满昂着脸，欲哭无泪。

　　热腾腾的鱼羹端上来，银勺搅了搅，送入口中。鱼的鲜，肉粒的弹，还有那彻夜熬煮的浓浓汤汁，化在舌尖上，不仅四肢都暖和起来，连全身的毛孔都舒畅了。

　　"好喝呀！百喝不厌。"宋青竹发出如此的感慨。

　　天刚刚亮，鱼羹店里坐满了人。

　　"再来一碗。"宋青竹三下五除二喝完了，将碗放在桌上，喊道。

　　小满盛上一碗，看着宋青竹，不由得想笑。

　　这位宋巡检平日里无论碰到什么人都和颜悦色，说话如同和煦春风，还有个优点，认识的人都竖起大拇指——爱干净！

　　这家伙估计有洁癖，无论何时，身上的衣服总是干干净净、整整齐齐，连一丝尘土、一处褶子都没有。

可今天却是太阳从西边出来了。

原本一张白净的脸，满是烟灰，官帽歪在一边，衣服上更是黑一道、灰一道，满是大大小小的洞，鞋子更是污泥处处，右脚鞋面崩开，连大脚趾都露了出来。

这副容貌太狼狈，好似刚爬了一遭污水沟。

"巡检，昨晚那边没事吧？"有人问了起来。

"怎么可能没事呢！那么厉害，估计南城都能看到。"

"听说忙活了几个时辰才消停。"

"萧家算是完了。"

……

店铺里议论纷纷，热闹起来。

"什么事情呀？"小满有些迷糊，来到一张桌子跟前，拍了拍大腹便便的胖子孙蛤蟆。

"火呀！"

"火？"

"昨晚那么大的火，那么大的动静，你没瞧见没听见？"孙蛤蟆白了小满一眼。

"我昨晚不在店里。"

"哦。"孙蛤蟆指了指外头，"离咱们这儿不远，大录事巷萧家走水了，冲天火光烧得天都红了半边，一直闹腾到天快亮。"

"宋大哥也去了？"

"当然了！"孙蛤蟆喝完了鱼羹，将碗舔干净了，道，"咱们汴梁，晚间巡逻稽查防火防盗，那也是厢里军巡铺分内之事。"

见小满有些听不懂，孙蛤蟆继续道："咱这汴梁城，人口百万，屋舍鳞次栉比，都是木头柴火，沾一点儿火星就着，而且一烧一大片。所以为了防止走水，也为了一旦有火情能够迅速扑灭，每条巷子，每三百步就有军巡铺屋一所、铺兵五人。此外，高处还有砖砌的望火楼，日夜观望。并有专门救火灭火的，称之为潜火队。一旦发现走水，飞奔报厢里，然后官府派人来救。"

孙蛤蟆啧了啧嘴，道："昨晚那火太大了，估计除了潜火队、厢里、马步军司、开封府都来人了。"

"不止如此，连殿前司的人都来了。"宋青竹喝完了第二碗鱼羹，抹了抹嘴，长出了一口气。

"结果如何？"有人问。

"别提了。"宋青竹皱起眉头，"这火烧得怪，自库房燃起，噗啦一下便着了，接着火借风势，风凭火威，席卷而去，整个萧家烧得一片狼藉，偌大的一座宅院，点得干干净净。"

"人伤了没？"

"萧家当家的、公子并家丁、奴仆，烧死二十多人，十几个伤的，萧家主母、儿媳和孙子，因为外出烧香还愿未回，算是捡了性命。"宋青竹顿了顿，道，"不光如此，为救这场大火，我们这边也损失惨重，死了四人，伤了七八个，其中两个重伤。大录事巷军巡铺屋，五个人的配置，仅剩下一人。"

"如此……也未免太惨了。"孙蛤蟆道,"起火原因呢?是家中诸人不小心所致,还是有人放火?"

"似乎都不是。"宋青竹摇了摇头,"萧家那库房我去过多次,占地广,只有一扇大门可供出入,库房窗户常年紧闭。因为里头放置的都是贵重东西,所以一向特别注意防火,不仅没有任何的火源,而且禁止家中任何人携带蜡烛、火镰之类的进去,不太可能不小心走水。"

风四娘端了盆热水放在宋青竹跟前,又递给他毛巾。

宋青竹摘下官帽,洗了把脸,道:"至于放火,似乎也不太可能。萧家的情况你们都清楚,大户人家,一二丈高的院墙,不仅有看家护院的家丁,还养着一二十条大狗,进去放火,那是极难。"

"也是,论家底、手段,相国寺以南、保康门以北,这一带没一个比得上萧骆驼的。"有人轻笑了一声。

"要我说,这是天火。"有人接道,"萧骆驼一辈子干的那些事,还有他那儿子,这也算是报应吧。"

"是了,是了。"

"可惜,自此之后没了萧家,保康门瓦子里少了许多乐趣。"

"然也,然也。"

……

小满听得糊涂,问孙蛤蟆道:"十五爷,这萧家到底什么来头?一把火烧得家破人亡的,为何这些人这样说。"

孙蛤蟆呵呵一笑："这你可就不知道了。这萧家，可谓是汴梁瓦子第一大家。"

"汴梁瓦子第一大家？"

"嗯。"孙蛤蟆吃饱喝足，清了清嗓子，"咱汴梁城，乃是世间第一繁华去处，举袖成云，挥汗如雨，摩肩接踵，三教九流汇聚。人多，乐呵的地方就多。想乐呵，去哪里？自然是瓦子。汴梁城大瓦子二三十处，中小的就不知道多少了。东角楼街巷那边，街南边的桑家瓦子、中瓦、里瓦，皆是大瓦子，大小勾栏①五十余座。什么莲花棚、牡丹棚、夜叉棚，各式各样，最大的象棚，可容纳千人！这瓦子之中，令曲、杂耍、戏法、货药、卖卦、探搏等，一句话——吃喝玩乐，应有尽有！"

孙蛤蟆这么一说，小满听得带劲。

"这些瓦子，捧出了各等绝技，也成就了许多人的名头。若是能在汴梁城的瓦子里闯出天地、家喻户晓，那也算是一等一的人物！"孙蛤蟆道，"瓦子技艺中，最受欢迎也是最有门道的，乃是令曲。这里头一颦一笑、一词一曲、一唱一和，皆有讲究。若是能唱出彩，嘿嘿，达官权贵趋之若鹜，便是在当今官家那里，也能留个名声。"

"李师师便是如此！"有人叫道。

---

① 勾栏是宋元戏曲在城市中的主要表演场所，相当于现在的戏院。宋时勾栏，似方形木箱，四周围以板壁。勾栏的一面有门，供观众出入。

哈哈哈哈。铺子里欢呼雷动。

"汴梁城中，有世代以瓦子为生者，萧家便是。"孙蛤蟆道，"他家专门买来那些容貌娇美、唱腔好的女娃娃，收入宅中，往往从几岁开始，一直练到十六七岁，其中辛苦，一点儿都不比读书人十年寒窗少。一朝台上亮相，真是一曲一唱惊动天下，可能成了'曲魁'！"

孙蛤蟆说得唾沫飞扬："靠着这个，萧家不仅在保康门瓦子里有一二十座勾栏，挣得万贯家业，还抱上了王公贵胄的大腿，成了汴梁城的一号人物，风光无限。"

"结果，一把火给点了。"有人轻笑道。

"是呀，可惜了，可惜了。"孙蛤蟆摇了摇头，"恐怕再也听不到萧家拿手的嘌唱①了。他家嘌唱和别家不同，韵味独到，可谓余音绕梁三日不绝！"

铺子里唏嘘声一片。

宋青竹也是连连叹气，站起身，来到柜台前，与风四娘嘀嘀咕咕说笑了一番，讨了一双靴子换上，道："四娘，小满借几日与我，可好？"

风四娘顿时不乐意了："他是我店里的伙计，工钱我来发，你倒是会讨便宜，三天两头借去用，如何使得！"

宋青竹笑道："就几日，权当帮我个忙。"

风四娘这边同意了，小满那边嚷了起来。

---

① 宋时民间一种音调曲折柔曼的唱法，亦指以此唱法演唱的时调、小曲。

"宋大哥，我可不跟你去。每次跟你出去绝对不会有什么好事。"

"放心，这次肯定不会。"宋青竹揽着小满的肩膀，道，"方才你也听到了，昨晚那一场火，大录事巷军巡铺屋里五个人死了四个，这四个人皆是潜火队中的好手，实在是损失惨重。"

"你不会让我去干潜火队吧？"

"非也，非也。剩下的这个，名字叫毛团，虽说是个刚加入潜火队一年多的生瓜蛋子，但是胆大心细，救起火来奋不顾身。昨晚的大火，他一人在火海里冲进冲出，来回三次，真如同长坂坡上的赵子龙，救了六条人命，自己也伤着了。"

"哦？"

"身上烧伤了几处，烟熏火燎的，昏迷了好几个时辰，我过来的时候才醒。这家伙现在孤身一人躺在铺屋里，无人照顾。这般英雄，怎能眼看落得如此下场？你帮我去照顾几天。他这伤，倒没什么大碍。"

小满听了，也暗自佩服那毛团，又见宋青竹在乎得很，也只得答应了。

宋青竹拍了拍衣上的烟灰，带着小满出门。

两个人兜兜转转，一顿饭的工夫，到了大录事巷的军巡铺屋。

其实就是个稍微大一点儿的院子，灰秃秃的。

进去之后，小满见院子里放着各种防火救火用具，一片狼藉。

宋青竹将小满领到了一间厢房中，一抬头，愣道："噫？毛团，你怎么起来了？"

面前是个年轻人，年纪二十岁不到，虽然头发、眉毛烧得焦曲，脸上好多血泡，但仍能看出长得秀气好看，特别是那双眸子，和一般人不同，不是黑色的，而是微微泛着一点点蓝色，高鼻梁，卷头发，似乎有些胡人血统。

"巡检……不过是些小伤……不碍事。"毛团笑了笑，说话声音有些沙哑，说一句便要使劲深吸一口气。

他上半身光着膀子，手臂上、胸膛上都用白布裹着，上面渗出血来。

"五个人，就剩你自己了，还是好好养着。"宋青竹指了指小满，"这是我请来照顾你的，这几日，你二人好生相处。"

小满和毛团客气了一番。

"小满，这铺屋很重要，临时我也招录不来人手补缺，你除了照顾毛团之外，能不能充个数？"宋青竹站在门边，看着满院子乱七八糟的东西。

"何意？你让我在这里当铺兵？"小满实在是有些火了。

这家伙太过分了！

"帮忙帮到底，送佛送到西嘛！你在这里也多点儿乐趣。再说，这铺兵白天晚上都有事情做，尤其是晚上，巡逻稽查防火防盗，要是碰上蟊贼，也能练练你的胆子。"

"可是你这得寸进尺的样子，我实在是太不爽了！"

"哎呀呀，小满呀，我这都是为你好，就这么定了。"

言罢，宋青竹将旁边放置的一套衣服丢给小满："既是铺兵，也是潜火队的，这几天，尤其是晚上，巷子里的事情便拜托你了。"

　　小满瞠目结舌，眼睁睁看着宋青竹大摇大摆地出去了。

　　好过分，这家伙！

　　回到屋里，看着满身是伤的毛团，小满问他吃饭了没，毛团摇头。

　　小满从旁边陶罐里取出米，淘洗一番，给他熬粥。

　　两个年轻人，年纪相仿，没一会儿便熟络了起来。

　　听说小满老家在秦州，毛团更是来了兴趣。

　　"我老家离你那儿很近，瓜州。"毛团盘腿坐在床上，道，"小时候，我跟着我爹的驼队，经常去你们那里做生意。"

　　"那你怎么跑到汴梁来了？"小满顿时有了他乡遇故知的感觉。

　　没想到毛团叹了一口气，说出一番凄苦身世来。

　　毛团老爹毛野那，是粟特人，娶了一个当地的汉人女子，便扎根下来。虽说粟特人天生就是做生意的好手，可毛团老爹为人老实巴交，只不过拥有一支一二十只骆驼的驼队，帮商队运货，顺便也捎带着卖点儿布匹、茶叶之类的商品，一年到头在外奔波，赚的钱也只能勉强支撑家里开销。

　　毛团上面还有一个大一岁的姐姐，名唤薜荔。

　　一家人生活虽然过得辛苦，但也还算和和美美。

　　毛团四五岁时，瓜州闹起了兵乱，遍地狼烟。毛团老爹毛野那的驼队被抢，他带着妻儿外逃，逃出城十几里。眼见得乱军杀到，毛团娘怕拖了后腿，自己跳了井。

毛野那含泪抱着一对儿女躲入山中，这才捡回性命。

家破人亡，毛野那绝望之际，碰到之前做生意的商队雇主，对方邀请毛野那一起去汴梁。那里毕竟是大宋的国都，好讨生活。

思来想去，毛野那觉得不错，便加入了商队。

这雇主，便是萧骆驼。

萧骆驼每年都会走一趟西域，不是做货物生意，而是买卖人口。尤其喜欢买那些模样不错的小姑娘，回来好生调教，将来捧成名角儿，名利双收。

一家三口来到汴梁后，寄居在萧家。毛野那成了萧家商队的领队，每年跟着萧骆驼去贩卖人口。刚开始两年还不错，可第三年，商队遭遇了抢劫，毛野那腿上挨了一刀，等恢复之后再也无法跑远路了。

毛野那觉得自己没了用处，主动跟萧骆驼请辞，领着儿女从萧家搬出来，租了一间小屋寄身。毛野那一辈子只会赶骆驼，别的不会，为了维持生活，省吃俭用买了两匹马，置办了一辆大车，帮人运货送货，日子清苦。

再后来，萧骆驼见毛野那又当爹又当妈，拉扯着孩子着实不容易，就牵线搭桥，将宅子里的一个奴仆送给毛野那当继室。

这女子名唤徐婆惜，比毛野那小十岁，嫁过来时刚过二十岁，长得颇有几分姿色，所以这桩婚事，很多人说一朵鲜花插在牛粪上。

据毛团说，这徐婆惜当初也是萧家买的，从小培养，模样好，令曲也唱得好，十八岁就在瓦子里登台献艺，有些名气，可后来不知道什么原因，突然就下了勾栏，收起了戏装，成了宅子里的奴仆。

毛野那要人没人，要钱没钱，能娶得这么个如花似玉的女子回来，自然是高兴万分，也就特别疼爱这徐婆惜。

二人婚后不久，徐婆惜产下一女，取名怜儿。可惜天公不作美，怜儿满月之后，毛野那得了急症身死。徐婆惜除了令曲，别的皆不会，一家人吃喝拉撒，全指着毛野那。毛野那一死，家里没了顶梁柱，徐婆惜不得已，只能做些牵线说媒的事儿。再后来，更将薛荔卖入萧家。那时，薛荔才不过十二岁。

有道是祸不单行，三年后，先是怜儿被人拐走，接着一把大火将毛家烧得干干净净，徐婆惜火中殒命，只有毛团活了下来。

十四岁的少年，孤苦伶仃，四处谋生，车马行、酒楼、大车店、画馆，什么差事都干过，最后当了铺兵。

小满听了毛团的身世，唏嘘不已。两个人都是苦命人，所以惺惺相惜。

说话间，粥也熬好了，小满将瓦罐从炉子上取下，盛了一碗与毛团。

毛团道了声谢，端着碗喝了几口，两眼直勾勾盯着炉子。

"看什么呢？"小满顺着毛团的视线望过去，见炉中的火焰升腾、变幻。

汴梁人家，除了一些穷苦人烧的是柴，大部分都烧石炭①。这东西不仅耐烧，而且没什么烟气，火头也足。

"无他。"毛团将视线收回来，低头喝了一口粥，继而又道，"小满，你仔细观察过火焰吗？"

"观察火焰？"小满一愣，"火焰有什么好看的？"

"若是仔细看着，很有趣呢。"毛团笑了笑。

他笑起来会露出两颗小虎牙，很好看。

"我不觉得有趣。火而已。"

"你仔细看。"毛团指了指炉子。

小满转过脸去。

"盯着火焰，从下往上，看着它如何产生、升腾、变幻……"毛团喃喃道。

小满按照他的说法，直勾勾盯着。

不知为何，长时间的注视之下，小满竟然真的发现了平日里忽略的东西。

火焰……竟然有些美呢！

"火焰并不是一团的，更不是浑然一体的。一团火，其实

---

① 指煤。煤炭在我国很早就被发现并使用，称之为石炭、石墨，宋时汴梁绝大部分人家用作燃料。宋代庄绰编写的《鸡肋编》中有："昔汴都数百万家，尽仰石炭，无一家燃薪者。"

是一簇一簇的火焰组成，每一簇都有萌发、升腾、绽放、寂灭的过程，就像是瀑布，远远看上去我们觉得是一匹白绢，其实仔细看，是由一滴滴落下的水汇聚而成的。火焰也是如此，就像是大雨，接连而下，又像是山中的花开，一朵接着一朵，此起彼伏。"

毛团盯着火焰，声音很低。

"火焰并无形状，更没有实体，想想真奇怪，如此捉摸不定的东西，竟然会带来光明和温暖。"

"是燃烧形成的吧。"小满插话道。

毛团点了点头："从木头、石炭这种看得见摸得着的冷冰冰的东西，变成如此温暖的存在，中间到底发生了什么呢？我想，肯定是发生了截然不同的变化，然后又变成了截然不同的东西。"

毛团笑了笑："木头也罢，石炭也罢，在火焰的根部发生这种变化，然后开始迅速转变，沿着火焰往上，发出光和热，将自己彻底燃烧，接着在火焰的最上头完成使命，随之寂灭。这个过程，极其短暂，眨眼之间。"

"小满，你知道吗？对火焰这东西，我很痴迷。我专门试过，好像火焰的最上方最炙热，那是一簇火焰最猛烈的迸发，就像……就像黎明前的黑暗，就像……人将死时的那种呼吸。"

"呼吸？"小满听不明白。

"你听过人死前的呼吸吗？"

"听过，但……没太留意。"

"人死前的呼吸，和以往是不同的，很深，很足，好像是用尽了全身的气力，就像是大海大江里的浪涛。一簇火焰的最后时刻，也是如此。"

小满盯着火焰，好像的确是这样。

"而且，火焰，是有颜色的。"毛团道，"各种各样的颜色。"

"不会吧。"小满挠了挠头，"人们不都说是红彤彤的火焰吗？"

"完全不是。"毛团使劲摇了摇头，"木头燃烧的火焰，有的发黑，有的赤黄；丝绸也是，紫红、靛青，皆有；你到过铁匠铺没有，打铁用的炉火的颜色湛蓝、淡绿，不一而足……"

"那可能是因为这些东西材质不同吧。"

"言之有理。"毛团兴奋地点了点头，"的确如此，不同东西燃烧，会产生不同的颜色。那你知道，火焰本身应该是什么颜色吗？"

"这个……"小满不知道如何回答。

"单一的东西燃烧，产生的颜色也单一，并不能说明问题，但若是不同的东西混在一起燃烧，我想，应该容易看出来火焰的底色吧。"

"有道理。"小满点头，"但是让很多的东西混在一起燃烧，这个……"

"人呀。"

"什么？"

"人呀。"毛团淡淡地道。

"人……"

"人吃五谷杂粮，穿绫罗绸缎，用金属器皿……人身上，就集合着所有的材质吧。"

"似乎……是这个道理。但是……"小满想了想，"你的意思是鬼火吧？鬼火我看过，蓝色的，而且并没什么热量。"

"非也。所谓鬼火，不过是骨头以及腐烂的气体燃烧而已。我说的，是人，血肉丰满的人。"

"这个我还真没仔细看过，人……的颜色。"小满惊愕。

"我看过。"毛团盯着炉子里的火焰，"我仔仔细细看过人燃烧到最后一刻的整个过程。"

"那火焰的底色，到底如何呢？"小满好奇道。

"可惜，差了最后一步，就差那么一点点儿。"

"何意？"

"那是我爹被烧的情景。"

"令尊是得了急症吧，你刚才说过。"

"是呀，急症。"毛团冷冷一笑，"上吊而死，应该算是急症吧。"

"上吊？"

"他当初就不应该娶那个女人！"

那个女人……

徐婆惜吧。

毛团将手里的碗放在桌子上，抬头看着外面的天空，脸上表情冰冷。

　　"我爹呀……"毛团感慨了一声，顿了顿，道，"是个闷葫芦，性格内敛，不喜言谈，不懂得风花雪月，更不会甜言蜜语，一辈子为了家四处奔波，辛辛苦苦，勤勤恳恳，就像泥土一样，不起眼，甚至卑微，可正是这样的泥土，养活了我们一家子。"

　　"来到汴梁之后，我爹带着我和姐姐讨生活。他奔波在外，不管走得多远、有没有赚到钱，回来的时候，总会从怀里掏出精心准备的礼物给我们。晚上，不论多晚，总会搂着我们，唱着歌，哄我们睡觉。那时候我觉得，即便是娘去了，我们三人生活得也很幸福。直到他娶了徐婆惜。"

　　"我爹为什么会娶徐婆惜，我一直搞不清楚。反正有一天，他领了这个漂亮又有风情的女人回来，告诉我们这就是继母了。为此，我和姐姐暗地里偷偷哭过不知道多少回。"毛团又叹了口气，道，"徐婆惜这个人，刚开始的确挺好，对我爹体贴入微，对我和姐姐也还算善待，但时间长了就暴露了本性。"

　　"她出身萧家，又曾是瓦子里的令曲伎人，寻常讨生活的本事并没多少，除了令曲，别的不懂。吃的喝的玩的，都很讲究。她嫁进来之后，家里开销陡然变大。那时我爹腿受伤，已经不能跑商队了，买辆大车拉货送货，披星戴月，日晒雨淋，赚的钱并不多，只能勉强维持生活。徐婆惜经常骂我爹，骂我爹没本事，赚不来银钱，更说我爹不懂得风情，木头疙瘩一个，模样难看，配不得她。"

毛团的眼眶红了起来："我爹从来不回应。骂完了，我经常看到我爹一个人蹲在院子里，笼着袖子，抬头看天，有时还会落下泪来。他不过三十多岁，头发已经快要全白了。再后来，她骂我爹的次数越来越多，每次骂完她就收拾东西离开家，往往过了好多日才回来。"

"再后来，徐婆惜生下了怜儿，我爹很高兴。那些年，从来没有见过他那般高兴。生活很辛苦，小生命的降临，起码会给生活添些颜色。更或者……我想，当时我爹可能觉得因为怜儿的降生，徐婆惜会对他对这个家更上心。

"但是……没有。徐婆惜变本加厉，不但对我爹动辄训斥、吵骂，对我和姐姐也是棍棒交加，暴虐对待。"毛团道，"怜儿满月那日，我爹特意摆了酒宴，请了些朋友，萧骆驼也来了，还送了不少礼物。那天，我爹很高兴，喝了不少酒。"

"晚上，三更时分，我和姐姐躺下睡了，我爹进了我们的房间。他虽然动作轻微，但我醒了。他在黑暗中站着，看着我们，然后摸了摸我俩的头，转身出去了。当时我觉得我爹有些奇怪，可并没有放在心上。"毛团哽咽了起来，"结果第二天早起，发现我爹吊死在院中的柳树上。"

毛团说到这里，小满张大了嘴巴。

"为何如此？"小满问。

毛团并没回答，道："我爹的尸体被放下来，照理说应该入殓埋葬。徐婆惜说家中无钱，买坟地又要不少花费，人死了就死了，不若一把火烧了了事。就这样，寻了辆牛车，将我爹用麻席裹了，拉到南城外一片空地，架起火堆，点着了。"

"我和姐姐都在。姐姐哭得快晕厥，我就站在火堆旁，睁大眼睛看着火焰升腾。"毛团抬起头，望着小满，"你知道吗？小满，大火点起来的时候，我的心在颤抖。我爹，这个一直以来照顾陪伴我的人，迅速被大火吞没，气味、响声、热气，将我包裹，几乎不能呼吸。可我依然死死地盯着他，眼睛都不眨一下。人燃烧的时候，其实和木头没啥区别……"

"然后，我爹突然坐了起来。"毛团道，"我当时吓了一跳，以为我爹活了，可想一想，不可能。那是因为人的筋皮收缩所致。我爹坐在火中，成了一团火焰，他昂着头，向着天空。那些火焰席卷翻滚，越来越大，越来越高。接着，我爹突然张开了嘴巴。"

毛团的眼睛不由得睁大："从他的口里，散发出一团气息，还没等我看清，便融入火焰之中，游鱼一般向上，迅速在火焰的顶端扩散、消失，无影无踪。"

"那是……灵魂吗？"小满听得入神，问道。

"或许吧。"毛团道，"那团气息的颜色，那火焰的颜色，都转瞬即逝，令我着迷。是的，小满，自那以后，我便迷恋上了火焰。我觉得，当时那颜色，便是火焰的本色，可惜，它消失得太快，无法看清。"

"可是，即便是看清了，又有什么意义呢？"小满问。

"小满，你不觉得人生和火焰很相似吗？转瞬即逝，消逝得无影无踪。"毛团笑了笑，"我想看看火焰的本色，就如同我想看看这人生的真相到底是什么。"

"人生的真相？"

"人为何要活着？活着，又是为何？"毛团喃喃自语，一时之间，有些痴了。

小满也被毛团说的这些事搞得有些想入非非。两个人相对坐着，竟一时无语。

此时，门外走进来一个人。

一身斑斓的袍子，背着巨大的包裹，包裹上露出杖头傀儡的巨大骷髅头。

汴梁城幻术第一的幻术师庄助。

庄助进来，见小满在此，有些惊讶，随即点了点头，将手中拎着的几服药放在桌子上。

"庄大哥，你怎么来了？"毛团急忙站起。

"听说昨晚你救火受伤，我从赵太丞那里讨来些药，来看看你，没事吧？"庄助坐下来，看了看毛团。

"无甚大碍。"

"那就好。"

小满问道："你们俩认识？"

"何止认识，庄大哥是我和我姐的救命恩人。"毛团道。

"救命恩人？"小满疑惑了起来。

"说是熟人，也不为过。"庄助依然是那副吊儿郎当的样子，将包裹放下，嘻嘻笑了一声，道："小满，我的来历，你清楚多少？"

"这个，不曾听说过。"小满道。

"狸猫家族"的这几个人，宋青竹、风四娘、孙蛤蟆的底细，小满多多少少知道一些，唯独庄助的身世，是个谜团。他自己不肯说，宋青竹等人也是守口如瓶。

这个汴梁城数一数二的风流人物，来历简直就像一团迷雾。今日不知为何庄助竟然主动提起，小满自然十分在意。

"我生下来便被扔在桑家瓦子的勾栏下，想一想，或许是私生子，母亲应该是瓦肆之中的伎女吧，带着孩子，诸多不便，故而便抛弃了。"庄助道，"幸而被一个西域的杂耍艺人收养，那人名摩诃多，年约六旬，幻术了得。他给我取名庄助，不仅将我带在身边，视如己出，而且将一身的本事教给了我。我十岁那年，摩诃多病逝，我在汴梁瓦子里流窜，像狗一样苟活着。后来，萧骆驼看中了我的本事，将我带进萧家。"

"萧家擅长的不是令曲吗？为何会看中你的幻术？"小满道。

"锦上添花吧。"庄助解释道，"萧家令曲固然有名，但若是一成不变，时间长了看客也会厌倦。若是掺杂些幻术配合着演出，效果独特，看客便会觉得新奇。实际上，效果确实很好。自从有了我的幻术，萧家的勾栏常常爆满。萧骆驼赚了不少钱，我呢，也有了个栖身之所。后来，除了我表演，萧骆驼也让我教那些女子一些简单的幻术。令曲唱得好，还能一边唱一边表演幻术，也算是一大特色。"

"我在萧家待了许多年，渐渐不太喜欢那大宅子里的风气，便脱离出来，自己找事情做。不过念在萧骆驼对我有过帮助，所以教习那些女子的事，一直都在帮着他做。算是萧家的幻术教师吧。"

"原来如此。"小满点了点头，又道，"这救命恩人，又如何说起？"

毛团插话道："我爹死后，徐婆惜将我姐卖入萧家，我姐就成了庄大哥的徒弟。"

"薜荔是我教过的最好的徒弟。"庄助的神情变得温柔起来，"不仅心灵手巧，而且人好。人……真是太好了。"

身为汴梁第一幻术师，长得又英俊潇洒，洒脱不羁，庄助令无数汴梁女子倾心不已。他呢，则是万花丛中过，片叶不沾身，说起女子竟然能有如此表情，小满第一次见。

"可惜……"庄助垂下了头，"我若是上点儿心，她不会那样……"

"庄大哥，那不怪你。是我姐……自己下的决心……"毛团的眼睛湿润了起来，深深吸了一口气，"十几岁的年纪，孤身一人，在萧家那般的魔窟，日日忍受着鞭打和斥责，关小黑屋，不给饭吃，唱错词曲用竹尺打嘴，若是敢逃走，抓回来沉河……若不是庄大哥，我姐估计早就死了。至于我，徐婆惜死后，孤身一人流落汴梁，若不是庄大哥帮衬，早就成了路边尸骨。"

"事情都过去了，说这些无济于事。"庄助站起身道，"毛团，莫忘了你姐对你说的那句话。"

"我明白。"

"如此就好。"庄助背起包裹，迈出门槛，又回头道，"哦，这几日天干物燥，毛团，还是注意些。若是再有火灾，你就别去了。记住，无论如何，须得珍惜自己的性命。"

毛团呆了呆，道："知道了。"

庄助笑了笑走了。

"这家伙……和你姐……"小满挠了挠头。

"我姐一直喜欢庄大哥呢。"

小满笑道："果然不出我所料。"

"庄大哥对我姐也很有情意。"

"啊？"这下小满倒是惊了。

庄助这样一个浪子，竟然还有喜欢的人。

"可惜，我姐死了。"毛团道，"两情相悦，就快要得到幸福的时候，死了。"

这里头，怕是有故事。但小满不好问出口。

毛团站起来，走到窗边，看着天空。

"小满，我姐很美的，很美，很美。"良久，毛团淡淡道，"今天，是她的忌日。"

……

不知不觉，夜幕四合。

虽然早已过了立春，但春寒料峭。

小满做好了晚饭，与毛团一起吃了。洗锅刷碗之后，出来准备交代几句回鱼羹店，却见毛团穿戴整齐从屋里走了出来。

"你这是要做甚？"看着一身黑色铺兵衣装的毛团，小满大声道。

"自然是出公差啦。"

"公差？你伤了……"

"无大碍。"毛团道，"大录事巷军巡铺屋现在就剩我一个了，若我不去，今日便无人值守，出了事情，那可不妙。"

"自有宋大哥处置。"

"也不能劳烦了他。"毛团道，"不过是巡街而已，不碍事。"

见他一脸苍白的样子，小满不放心，道："如此，我只能陪你走一趟了。"

"大可不必，你操劳一天，早点儿回去歇息。"

"宋大哥让我照料你，你若是有差池，我好没面子。再说，他先前也让我做些铺兵的活儿。"小满坚持不走。

毛团也只得答应了。

两个人收拾一番，出了门，顺着大录事巷往东走。

大录事巷临近相国寺，街道宽阔，两边都是商铺、民居，即便是晚上，也是人声嘈杂。

铺兵的差事，说简单也简单——顺着街巷，来回巡视，发现可疑之人上前盘问，同时注意火事、贼盗，说白了，便是家长里短鸡毛蒜皮的，都管一管。

两个人沿着大录事巷来回巡了三次，眼见得半夜了。

回到铺屋，毛团道："今日劳烦你了，你且回去，明日不用来，我能自己照顾自己。"

小满见他态度坚决，点了点头。

二人告了别。

小满往鱼羹店走，走到一半，忽然发现自己那把随身携带的刀落在铺屋了，顿时急得冒汗，急忙回去找。

一溜烟到了铺屋，进了院子，推开房门，小满见里头空空荡荡，取了横刀挂在腰间，四处看了看，不见毛团身影。

小满心中疑惑——三更半夜的，又受了伤，不在屋里歇着，做甚去了？莫非又去巡街了？

越想越担心，院中找了一圈，见毛团不在，小满赶紧出了门，顺着大录事巷往东。

一直走到巷子尽头，到了马道街的十字路口，依然不见毛团。

"这家伙跑什么地方去了？"小满嘀咕几句，东西南北看了看。

这十字路口，往北是相国寺，南边正对着保康门，附近就是保康门瓦子，里头吹拉弹唱，一片灯火辉煌。

小满走到瓦子跟前，随便拉人，问有没有见到毛团。

一连问了十几个人，皆摇头。

"我来的时候看到好像是他。"有个上了年纪的卖货郎主动搭话。

"哦，去何处了？"

"在观音院附近。"对方答道。

小满顿时皱起眉头。

大录事巷往东，也是一条大街，直通着皇城的一座大门，名为丽景门，又叫旧宋门。观音院便在街中。那条大街上，住的多是官宦人家。

那条街并不是毛团的巡查范围，他跑去那里干吗？

小满顾不得多想，赶紧掉头去观音院。

他走得很快，几乎是一路小跑，一炷香的工夫便到了观音院的门口。

夜深人静，哪里有人影？

就在小满四处观望的时候，隐约听得有人在喊："走水啦！走水啦！……"

抬起头来，见东边不远处，火光冲天而起。

小满迅速往那边去，来到近前，发现是一座大宅，甚是华丽，里头火龙翻滚！

只听得宅子里奴仆往来嘈杂，喊着救火，也有女子的惨叫声。接着铜锣声遥遥响起，估计是附近的军巡铺屋也瞧见了，敲锣报官。

小满昂着头——啧，这火烧得太大了，而且极为迅猛，宅子前后同时烧起来，等潜火队来，恐怕早烧得没法收拾了。

唉，恐怕这户人家要损失惨重。

正想着呢，突然从身边的小巷里蹿出一个黑影，跑得又急又快，一头撞到小满身上。

小满虽然反应快，可也摔得四仰八叉。

爬起来想问怎么回事，发现倒在地上的那人面目似是熟悉，再仔细一看——天，可不就是毛团嘛！

"怎么回事？"小满伸手想把毛团拽起来，就听得脚步声响。前后左右各奔出人来，一个个动作麻利，来到近前，将毛团抹肩头拢二臂，捆得结结实实。

"为何捆我？"毛团挣扎着大叫。

"你做的好事，难道自己不清楚吗？"巷子中，走出一人，身穿黑衣，头戴幞头，腰里横着一根玉笛，目似朗星，面如冠玉。

小满一看，认识！

这人名唤苏景宗，皇城司的押司，宋青竹的好朋友。

"见过苏押司。"小满急忙行礼。

苏景宗看了看小满："你不是四娘鱼羹店里的伙计吗？为何在此？"

小满指了指毛团："我和他一起的……"

"原来还有同伙。来人，一同捆了！"

……

不知身在何处，只知道此处乃是状元楼附近的一处宅子，外表看起来和民房没什么不同，但走进去发现里头戒备森严，别有洞天。

应该是皇城司这帮察子的秘密据点。

四壁无窗的房子里，满是刑具，小满和毛团被捆在椅子上，面前坐着苏景宗。

"说吧。"苏景宗喝了口茶，微微一笑。

"说甚？"毛团冷声道。

苏景宗倒是不恼，道："你知道我是谁吧？"

"知道。"

"皇城司的手段，想必你也是清楚的，凡是进来的人，便是铁骨铜皮，我等也能给揉化了。你小子人很聪明，还是老老实实将如何纵火伤人性命的事都招来，免得受皮肉之苦。"

"我没纵火。"

"那我冤枉你了？"苏景宗呵呵一笑，"萧骆驼宅子的那把大火，不是你放的？"

"不是。"

小满听到这里，急忙插话："苏押司，这其中怕是有误会。萧家走水，毛团可是前去营救的，他所在铺屋死了四个铺兵，他自己也被烧伤了。"

"苦肉计而已。"苏景宗盯着毛团，"你与萧家的恩怨，我们一清二楚。萧家失火现场，你是第一个赶到的。自此之后，我的人跟着你。今晚，马御史宅子起火，你同样在现场。如果我猜得没错的话，接下来，家中起火的，应该还有郑侍郎家、柴大官人家吧？"

苏景宗冷笑道："萧骆驼儿子萧行躬、马御史公子马远、郑侍郎公子郑经纬、柴官人儿子柴俊，这四个人，是导致你姐姐自焚而死的凶手，我说的没错吧？"

毛团闻听此言，顿时咬牙切齿。

"你怀恨在心，借着自己在军巡铺屋又在潜火队的身份，暗中放火以报私仇。"苏景宗道，"你姐姐的死，固然有冤屈，但你断不该如此行事。虽然萧家、马家你找准时机等那些无辜人不在宅中才放火，可牵连死伤太多，事情闹得太大。此地乃是汴梁，寻常人家失火都不是小事，更何况还是豪门富户、朝廷大员家中？"

毛团闭上眼，冷冷道："我没有纵火！"

"看来，你还是条汉子。"苏景宗点了点头，身后几个察子走过来，开始用刑。

一番拷打，打得毛团接连昏厥了几次，全身皮开肉绽，面目全非。

即便如此，毛团也是一口咬定自己没有纵火。

至于小满，苏景宗在问清楚情况之后，倒也没为难，将他和毛团关押在地牢中，等明日再审。

地牢又黑又冷，地上的稻草潮湿发霉，老鼠成群。

小满找来水盆，给毛团擦洗血迹，又悉心照顾一番，见毛团喘息粗重，不由得担心起来。

"今日，连累你了。"见小满忙前忙后，毛团有些过意不去。

"莫要如此客气。"小满靠着墙坐下，沉默了一会儿，道，"刚才苏押司说的，是真的？"

昏暗中，毛团沉默不语。

"你姐姐的事，到底……"

"一把火烧了自己，就在我面前。"毛团的声音很冰冷。

"为何？"

"说来话长。"毛团挣扎着坐起来，双目炯炯，"我姐自小就特别疼我，有一口好吃的先让我吃，有一匹好布让爹娘先给我做衣裳。我娘死后，我爹四处奔波，是我姐拉扯我长大。家中无米，她便出去讨饭，被狗咬得遍体鳞伤，手里还死死攥着给我带回来的半块炊饼，那时，她也不过十来岁……"

毛团哽咽了："我爹吊死后，家里时常揭不开锅，徐婆惜对我姐弟二人不好，将我们当成奴婢一般呼来喝去，让我们出去讨钱要饭，她自己则花枝招展、好吃懒做。不管是酷暑严寒还是风吹雨打，我二人每日都要带回钱粮，若是不够，棍棒相加。再后来，徐婆惜起了歹心思……"

毛团垂下头来，双肩抽动着："她将我姐卖入萧家。我当时不同意，但我姐答应了。"

"为何？"小满问道。

"我姐知道那萧家是魔窟，一旦卖入，变成了奴仆，性命都被人攥在手里。我姐说，她与徐婆惜讲好了条件，卖身钱的一半归我，有了这笔钱，起码我长大成人不成问题。徐婆惜也答应了，请人写了文书，签字画押。"毛团道，"我一辈子都记得我姐离开家的情景，隆冬大雪，萧家管家赶着马车前来，将钱丢下，把我姐抱入车中。那大大的车子，黑压压的车子，吞没了我弱不禁风的姐姐！"

小满听得沉默不语。

"我姐被卖入萧家后便没了音信。我去找过不少次，恳求能够见一面，每次都被奴仆棍棒赶出。至于那笔钱……"毛团道，"我姐的卖身钱，全被徐婆惜收入囊中，我根本就没见过一文。我的生活，和以前没什么不同，甚至远不如以前，牛马一样替她干活。她呢，用那笔钱吃喝玩乐，逍遥快活。"

毛团抬起头："不久之后，怜儿被拐。说实话，怜儿那孩子挺好的，年纪小，不懂得人心阴险，见她娘虐待我，常常私底下送我些吃的。她被拐走，我也挺伤心。徐婆惜也很难过，急得四处托人寻找，刚开始我还觉得她有些良心，眷顾我爹留下的骨血，可后来才发现……"

毛团咬牙切齿："这个女人，是毒蛇！是骗子！是凶手！"

"为何？"小满问道。

"怜儿，根本就不是我爹的骨肉！"毛团无比愤怒，"那是徐婆惜和萧骆驼的！萧骆驼和徐婆惜鬼混，被他夫人发现，他夫人乃是集英殿修撰赵英的女儿，萧骆驼惹不起。徐婆惜怀有身孕，萧府又不能待，萧骆驼和她商议，将她嫁给了我爹！"

"啊？"小满着实吃了一惊。

"我到那时才知道我爹心中的屈辱。不仅要日日忍受她的冷嘲热讽，还要忍受她肆无忌惮出去和萧骆驼鬼混！"毛团双拳紧攥，"小满，我爹为何吊死，你知道吗？"

小满不知如何回答。

"他辛辛苦苦操持这家，将心都掏给了徐婆惜，万万想不到，原本以为是自己的女儿，竟然是个……野种！"毛团双目喷火，"他接受不了这个结果，便选择了自尽。是萧骆驼、徐婆惜害死了我爹！"

小满看着毛团那张扭曲的脸，心中也是气愤。

"我要报仇。"毛团冷冷一笑，"我不能放过这两个混账东西！"

"所以……"小满似乎明白了。

"那晚，徐婆惜吃醉了酒回来，应该是又去和萧骆驼鬼混了。她躺在床上，呼呼大睡。我将门窗关死，浇上油，放了一把火。"毛团冷笑着，"那火好大！瞬间就升腾起来，如同一只咆哮的愤怒的火龙，火焰好美！我听到徐婆惜的叫声，听到她捶打门窗的哭喊声，然后看着她被美丽的火焰吞没，看着这个女人变成了火焰的一部分，冲天而上！"

"多么美的火焰！复仇之焰！我站在大火前，无比惬意！"毛团呵呵呵大笑起来。

"苏押司说的你姐的事，又是怎么回事？"小满问道。

毛团的笑声戛然而止："那是一帮魔鬼！"

"谁？"

"萧骆驼儿子萧行躬、马御史儿子马远、郑侍郎儿子郑经纬、柴官人儿子柴俊！"毛团道，"这四个狗鼠辈，平日里欺男霸女，无恶不作，是汴梁有名的四害！那一晚，他四人于萧家吃酒，吃得大醉，见到我姐，这四个畜生，竟然……"

毛团深吸一口气："竟然将我姐拖入房中……侮辱了……"

嘭！小满一拳打在墙上！

"那天，雪下得很大，铺天盖地。"毛团昂着头，小满看不清他的眼睛，"我姐半夜里回了家。我很高兴，因为平时我们很少见面。那晚，她做了一桌子酒菜，我二人说笑喝酒，欢乐得如同小时候一样。我喝醉了，趴在桌边睡着了，迷迷糊糊听见姐姐跟我说：'你要好好照顾自己。'有什么东西落在我的脸上，冰凉，那应该是姐姐的泪水吧。"

毛团转脸看着小满："我听见声响，爬起来，发现姐姐不见了。走到院子里，看到姐姐站在树下，全身满是油，手里拿着火把。我扑过去，她对我笑了笑，那笑容灿烂得像一朵盛开的牡丹。在我眼前，我姐……燃烧了……"

牢房里安静了下来。

"小满，那火焰和一般的火焰不同。猛烈，纯粹。我站在跟前，看着火焰的上端，看着颜色变幻，看着我姐的灵魂化为一缕青烟。我盯着火焰的最上端，想看清楚那里到底有什么。可惜，和我爹那次一样，在最后的时刻，倏然而没。"

"所以，萧家和马家的火，都是你放的？为了复仇？"小满问。

毛团没有回答。他慢慢地躺下去，翻过身。

这一晚，小满几乎彻夜未眠，凌晨时分被人拎了出去。

"你可以回去了。没你什么事。"苏景宗道。

"苏押司，毛团……"

"定是他做的，若是不招，今天继续用刑。"苏景宗脸上露出一丝怜悯，但很快消失得无影无踪，"两把火，死的人太多。马御史那位公子，昨晚烧成了一堆焦炭。今天一早马御史就到了开封府，闹得鸡飞狗跳，那可是他唯一的儿子，自小骄纵。"

"难道权贵子弟的命是命，平头百姓的命，便不是命吗？他们自作孽……"

"这些我管不着，我只知道按照上面的吩咐行事。"

"那你可真是……"小满冷哼一声，"公正！"

言罢，小满转身便走。

回到四娘鱼羹店，里面人声喧闹，正是早晨大家来喝鱼羹的时候。这帮人，七嘴八舌都在议论马御史家的大火。

小满垂头丧气迈进店内，一抬头，见宋青竹坐在窗边。

"宋大哥……"小满有些惭愧，不知说什么好。

"我都知道了。"宋青竹点了点头，道："辛苦你了，且去休息。"

"毛团他……"

"唉，只能看造化了，我去打点打点。"

"惹出这么大乱子，连皇城司都搅和进来，毛团恐怕凶多吉少。"

"你觉得这两把火都是毛团放的？"

"他嫌疑最大，起码作案动机是有的。另外，现场被抓，也很关键。只能……"宋青竹看着外面的天空，淡淡道，"只能听天由命了。"

小满没有想到，三天后，毛团出事了！

当宋青竹带人将毛团的尸体从马车上抬下来，安置在鱼羹店后院的厢房中时，小满正端着一锅鱼羹从伙房出来。

"宋大哥，这怎么……"小满惊讶得差点儿将锅给扔出去。

"眼见得就要洗脱嫌疑了。"宋青竹看上去很疲惫。

"怎么回事？"小满把宋青竹请到房中，给他端上吃食。

"昨晚一晚上，汴梁城起了两场大火。"宋青竹沉声道，"郑侍郎宅子、柴大官人宅子，一个二更，一个三更，和萧家、马家几乎一模一样，烧得蹊跷。郑侍郎公子郑经纬、柴官人儿子柴俊，二人活活烧死，家里更是成了一片焦土。"

宋青竹顿了顿，又道："唯一没烧的，是大门。大门之上，自动浮现一行篆文——萧、马、郑、柴，恶报自来。"

"自动浮现？"小满觉得不可思议。

"是。潜火队出动，几百人救火，好不容易灭了火，站在门前歇息，那大门上自动出现了这样的字，然后又慢慢消失，赤红如血，几百人都看到了。"

"啊？这也太怪异了！"

"还有更怪异的。"宋青竹道，"先说郑家，郑家起火之前，有个打更人，看到一物，大如陶瓮，赤如灯笼，遥遥来到郑侍郎宅子上方，一隐而没，很快大火就烧了起来。再说柴家，柴家仆人在大火之前，也看到了这么个怪东西，破空而来，带着咯咯咯的笑声，穿墙进入宅子里，顿时火光四射！"

"这听起来……乃是非人之物！"

"这事情太怪异，不像是一般人所为，开封府束手无策，皇城司也搞不清楚，倒是大理寺那边有高人说上了话。"

"谁？"

"一个原本任职翰林院的老儒，说此物乃是妖怪，唐朝开元年间曾经在衡州出现过，便是如此模样，引发大火，当时百姓称之为'火殃'。"

"妖怪？"

"然也。"

"之后呢？"

"此事闹得沸沸扬扬，说什么的都有。最终苏景宗将事情亲自报于官家。"

"官家也知道了？"

"自然。"宋青竹道，"官家此人最信道法神仙，详细询问，尤其是听闻那大门上浮现诡异文字，觉得必有文章，便命苏景宗将那四人的底细道出。苏景宗将这四个混账以及萧骆驼等人干的混账事一一禀明，官家龙颜大怒，当即下旨，四人死有余辜，萧、柴两家家产充公，郑侍郎、马御史二人夺官，对无辜烧死者给予抚恤，同时命景灵宫及大相国寺举办法事超度冤灵，并让太常寺派人前往烧毁宅地烧符念咒，抚慰那名为'火殃'的妖怪。"

"官家倒是……不失为明君。"

宋青竹低声道："平日里糊涂，这件事倒是做得漂亮。"

小满道："不管怎的，毛团算是洗脱了嫌疑，可为何……"

"也是昨晚，皇城司那地方火起。"宋青竹眼睛有点儿红，

"大火很快就蔓延开去。牢狱全部打开，众人都往外逃命，毛团顺利逃出火海，却又冲了进去。"

"为何？"

"皇城司隔壁有一家绸缎庄，绸缎庄有个孩子被困。他冲进去把孩子救了出来，自己……没了。"

二人正在房间里说着话，听得门外有人道："呀，苏押司怎么有空来了？"

"四娘今日气色不错。我闻青竹将毛团带到这里，是不是？"

"刚到，在屋里呢。随我来。"

门帘声响，见风四娘引着苏景宗进了屋。

宋青竹和小满急忙起身。

宋青竹看了看毛团的棺木，对苏景宗道："五哥，莫非事情有了变化？"

苏景宗摇了摇头："官家金口玉言，如何改得了？"

"哦，那便放心了。"

"虽然罪名被除去，可他不知道了。可惜。"苏景宗在棺木前上了三炷香，看了看宋青竹又看了看风四娘和小满，道："庄助不在？"

"不知。怎么了？"风四娘一愣。

"你们……不是很熟嘛？"苏景宗表情复杂。

"熟倒是熟，不过脚长在他身上，老娘如何晓得他去哪里了？"风四娘道。

苏景宗道："听闻四娘这里有上等的老酒，可否赏碗尝尝？"

"苏押司你也太客气了，早就想请你喝酒，你一直推托说忙。"风四娘急忙命人在厢房里置办了一番，与宋青竹、小满一起作陪。

喝了几碗，苏景宗笑笑："果真滋味很足。"

"苏押司，你这般说话我是不习惯，有什么直说，搞得神神秘秘的，奴家这全身不得劲。"风四娘道。

苏景宗倒是没搭茬儿，倒了一碗酒，端起来，看着宋青竹："你们这事情，做得……妙。"

"五哥此话何意？"

"呵呵，明人不说暗话。有些事情，你们知，我知，便好。说透了，反而没意思。"苏景宗道，"那毛团，我也并非有意折腾，不过是走个过场，若真是下手，早死在皇城司了。他家的冤屈，我是一清二楚，那几家混账，也是活该。"

宋青竹等人无语。

"不过，庄助这回，倒是好手段。"苏景宗哈哈大笑，"知道这事情肯定会捅到官家那里，更知道官家最信蹊跷之事，果不其然。"

"那还有赖五哥牵线搭桥。"宋青竹起身给苏景宗又倒了一碗酒。

"我不过是成人之美，有道是自作孽不可活。那几家混账，我也是看不惯，早就想收拾了，可惜一直没机会。"苏景宗满饮了碗中酒，站起身，道，"好酒！酒尝了，话也说了，走了。"

宋青竹等人急忙站起身。

"莫送。哦，有件事，得告诉你们。你们知道毛团救的绸缎庄的那孩子，是谁吗？"苏景宗背着手来到门口，蓦地停下来，看着宋青竹。

"是谁？"

"人们都说冥冥中自有天注定，我原先不以为然，这回，倒是信了。"苏景宗顿了顿，道，"那孩子，是绸缎庄掌柜多年前在闹市抱回来的走丢的孩子。毛团曾经跟我说过怜儿……"

"怜儿？"小满忙道，"徐婆惜和萧骆驼的那个私生子？"

"那两个家伙虽然是混账货，但孩子是无辜的。这孩子当年和毛团关系不错。毛团说怜儿双脚皆有六趾……"苏景宗道，"绸缎庄的那个孩子，正是怜儿。"

"啊？！"

"时也，命也。毛团虽然犯过错事，但这一回，也是让人敬佩，是条汉子。"苏景宗唏嘘一番，看着宋青竹道，"贤弟，这等事，以后还得千万小心。汴梁城藏龙卧虎，我能看出你们的底细，恐怕有人也能。"

"五哥提醒得对。"宋青竹急忙点头。

"不过，你们这些作为，我佩服！以后若是有我能帮忙的，说一声便可。"

"多谢五哥！"宋青竹和风四娘施礼相送。

直到苏景宗的背影消失了，宋青竹才直起身来。

"人长得好看，肚子里的学问也有，关键是还这么聪明，真是……惹得我喜欢！"风四娘倚着门，喃喃道。

"这回，也多亏了苏押司。"

"他知道我们的底细，还能如此帮忙，也算是仗义。"

"那是，汴梁城谁不知道五哥的心胸？"宋青竹直竖大拇指。

小满在旁边听得丈二金刚摸不着头脑。

"宋大哥，这到底是怎么回事？"小满问道。

风四娘回头狠狠敲了小满头一下："你还好意思问？"

"这……如何了？"

"那日老娘让你替我去老狸祠值班，交代得好好的，只管坐在上面做个木头人便好。你呢，竟然答应了人家的请求！"

"不小心将石子踹下去了而已。"小满摸着头，猛然道，"难道那祈求的黑衣人……"

"正是毛团。"宋青竹捋了捋胡须，道，"他的事，我们一直犹豫要不要帮忙。你这算是狠狠推了我们一把。"

"那是你们犹豫，若是依我，早就出手了。庄助和薛荔那小妮子关系那么好，唉……"

"我们以为你会吃醋呢。"

"吃你娘的洗脚水！一码归一码，薛荔无辜殒命，谁能气得过？！"

"宋大哥，难道这些火是你们……"小满似乎明白了。

"萧家和马家的火，的确是毛团放的。这孩子自打两月前薛荔死后，就已经下定决心了。后两场，是庄助放的。"宋青竹道。

"庄大哥？"

"嗯。毛团被抓，带进皇城司，那就是入了鬼门关。凡是进去的人，就没有出来的。苏景宗暗中找到我，没有把事情说透，而是委婉地提点几句，我便和庄助动手了。"宋青竹道，"瞅准机会，一夜连放了两把火，让剩下的那两个混账王八羔子受到了惩罚。"

"那妖怪？"

"幻术啦。"宋青竹笑道，"也是亏了十五爷出谋划策，他博闻广记，知道典籍里有这么个妖怪。只有如此，才能让朝廷那帮人信服。至于门上自动显现又自动消失的篆文，则是用一种特制的药水写成，大火高温下显现文字，火头一灭，自然消失。"

"果真是好手段。解气。"小满道。

三个人坐下来继续喝酒。

喝了几碗，小满突然愣愣地看着外面。

一切都似乎很好。

可毛团不在了。

院子中，炉上正熬着鱼羹，底下烧着柴火，火焰升腾。

"怎么了？"宋青竹问小满。

"宋大哥，你仔细观察过火焰吗？"

"啊？"

"火焰本身应该是什么颜色？"

"火焰本身？"

"嗯。衣物、炭、木材诸如此类的东西烧了，会有不同的颜色，但最终都会化而为一，火焰本身应该是什么颜色？"

"这个……"宋青竹想了想，道，"应该没有颜色。"

"没有颜色？"

"嗯。万事万物，最终不过是大梦一场，道生一，一生二，二生三，三生万物。万物涅槃，归根结底，也不过是个空而已。所以，火焰本身，化为虚空，应该没有颜色。"

"有道理。"

"不过，也可以说有颜色。"

"啊？"

"世间万物，火这东西最纯粹，烧除一切污秽！所以，火焰本身应该是清白之色。"

"清白之色？"

"然也。清清白白，是谓清白之焰！"

小满心悦诚服地点了点头。

清白之焰。

如此说，真是好！

　　金陵钞库街某氏子，世业儒，因读书不能致富，弃而为贾。偶独宿肆中，闻床头叹息声，叱之始止。嗣后每夜必闻，某亦置之。

　　一夕，有方巾朱履者，自床后徐步而出，颦眉蹙额，意似不乐。某问为谁，应曰："予书神也。自流寓汝家，蒙尔祖尔父颇加青盼，不意留传至汝，罔修旧好，竟尔见绝。犹幸两无仇德，乃今为钱奴束缚，使予意气不扬。若不早脱腰缠，则铜臭逼人，斯文沦丧。祸将及汝，莫悔莫悔！"言毕而逝。某急起，秉烛四照，见有破书数卷，以钱串捆缚，弃置床头，盖十数年矣。某恨是书为祟，取火焚之，一时灰飞焰起，延烧庐舍，室中物靡有孑遗，后竟以贫死。

　　　　　　　　——清·沈起凤《谐铎》

第六话

司书之神

　　潘楼东去十字街，谓之"土市子"，又谓之"竹竿市"。又东十字大街，曰从行裹角茶坊。每五更点灯博易，买卖衣物、图画、花环、领抹之类，至晓即散，谓之"鬼市子"。

——宋·孟元老《东京梦华录》

　　正月一日年节，开封府放关扑^①三日。士庶自早互相庆贺，坊巷以食物、动使、果实、柴炭之类，歌叫关扑。如马行、潘楼街、州东宋门外、州西梁门外踊路、州北封丘门外及州南一带，皆结彩棚，铺陈冠梳、珠翠、头面、衣着、花

---

① 以商品为诱饵赌掷财物的博戏。关扑双方约定好价格，用铜钱在瓦罐内或地下掷，根据铜钱正反面的多少来判定输赢。赢可折钱取走所扑物品，输则付钱。

朵、领抹、靴鞋、玩好之类。间列舞场歌馆，车马交驰。向晚，贵家妇女纵赏关赌，入场观看，入市店饮宴，惯习成风，不相笑讶。至寒食、冬至三日，亦如此。

——宋·孟元老《东京梦华录》

小满已经出离愤怒了！

的确，不敢拔刀的他，现在已经将手放在了刀柄上。

怎么会有如此混账的家伙呢！

小满自认不是一个斤斤计较之人，男人嘛，尤其是刀客，能用刀解决的就用刀。男人要讲涵养，但是到忍无可忍的时候，无须再忍，直接动手便是。发火，完全可以省略。而且，决定动手前，若是发火，定然提醒了对方，让人家有了准备。

天底下最好的刀客，就是突然发难攻其不备。这一点，小满深信不疑。

但是，他现在气得浑身发抖，眼睛瞪得简直眼珠子都要掉下来。

小满发出拉风箱一样的喘息，盯着对面坐着的这个人。

冬瓜一样的身材，即便是春寒料峭，依然袒胸露乳，即便是些许小动作，肚子上的五花肉也如同波浪一般晃动！圆圆的脑袋，圆圆的眼睛，圆圆的酒糟鼻头，一手抠完臭脚放在鼻下闻，一手捏着棋子哼着小曲。

那是手吗？完全是一个馒头上插着五根白萝卜！

没错，惹得小满如此的，正是闻名汴梁城的说书人、绰号"孙蛤蟆"的孙十五。

"哎，小满，你觉得我是下这里好，还是那里好？"胖子呼出一口气。

小满刚想回答，对方拍了拍肚子："不过也无所谓，不管我下在哪里，你都输定了。小满呀，作为一个刀客，你的棋艺实在是太烂了，哎呀呀……"

"谁说刀客就一定要棋艺高超？"

"难道不是吗？难道棋艺高超的刀客不会更受欢迎吗？"

"可能是这样，但是没人规定刀客一定要棋艺高超呀！"

"哦，但是你棋艺实在是太烂了，惨不忍睹！不光象戏①下得烂，围棋也是。啧啧啧，我用脚跟你下都没问题。"

胖子抬起了那只臭脚。

"不要太过分！"小满脑门上的血管突突跳，"是谁不要脸耍诈！"

"耍诈？我堂堂孙十五会耍诈？"

"那象戏时为何分明被我吃掉的棋子，又重新出现在了棋盘上？"

"我怎么知道？我又没动。可能它自己觉得厮杀得不过

---

① 指象棋。象棋在我国历史悠久，唐朝出现，北宋末南宋初时定型，称为象戏。宋代象棋下法和如今略有不同。

瘾，又赤膊上阵了吧。"

"哈？棋子这玩意儿也会自己跑吗？"

"那盘象戏已经有七八十年了，说不定成了妖怪。"

"妖怪？"

"是呀！跟人朝夕相处的旧物，因为沾染人气，年头久了，就会变成妖怪，所谓器物妖是也。"

小满翻着白眼："这个算了。那我问你，是谁的'辀车'竟然可以拐弯走？"

"唉，这个你就过分了！小满，难道大街上你没看到车子可以拐弯吗？你也可以拐弯呀，谁让你自己不拐呢？我又没不让你拐，是不是？"

小满肺都要炸了："好，咱们不说象戏，咱们说说这个！"

小满指着围棋的棋盘："之前你的这枚棋子为何偷偷移动了一格？"

"那可能……是我手指头太粗，不小心的吧。没办法呀。而且，你发现了为何不说，都下了十来手了再说，不算了呀。"

"哎呀呀，你这简直无赖呀！"

"一般般啦。不过小满，你可是输了不少钱了呢。"

差点儿把这事忘了！小满深吸一口气，脸色变得无比惨淡起来。

自己为什么答应这个糟老头子下棋呀！

分明在后院干活干得好好的，这家伙晃晃悠悠进来，大马金刀地坐在走廊上，挥了挥手："喂，那家伙！"

连续叫了几声之后，那只肥肥的馒头上插萝卜一样的手在小满面前晃了晃："喂，我叫你呢！"

"我有名有姓，又不叫喂！"

"反正就是你啦，陪我下棋。"

"我忙着呢。"

"忙个屁呀，哪有下棋重要！我可是你家四娘的贵客，招待好客人，应该是你们伙计的分内之事吧？"

"好吧。"

接下来，便是下棋了。

先是象戏，耍了几盘，小满被撩得气死。

对方不仅耍诈，而且气焰嚣张。

"既然你如此气愤，那我们就光明正大地厮杀一场吧！加彩头！"最后对方如此提议。

"好！"

十来盘象戏，小满输了。

"哎呀呀，太烂了，太烂了！老夫让你，咱们来围棋如何？你围棋不会也这么烂吧？"

"谁烂了！下！"

然后，十来盘围棋，小满又输了。

小满辛辛苦苦积攒下来的十几贯钱，只剩下一小半了。

数一数，还有三千钱。

"今日要把你输得裤子都脱了。"对方嘎嘎坏笑，"棋艺太臭，不如我们推牌九^①吧。"

牌九小满玩过，而且水平不错。这玩意儿基本上就是靠双方的运气和心理承受能力，不容易耍诈。

"可以！"小满挺直腰杆大声说道。

胖子从身边的包裹里取出一副油光可鉴的牌九，啪啪啪码在走廊的木板上，快速发牌。

"开了哟！"他吐了一口唾沫在手心，搓了搓。

小满一连输了十二把！

小满眼睁睁看着最后的三千钱，被那双肥手拢了过去。

好心痛……不，好气啊！

"再来！"小满大叫道。

不是因为输了钱，而是因为对方那不可一世的气焰！

可恨得牙根都痒痒！

"可是你没钱了啊。"胖子继续抠着脚，看着小满，"没钱你来什么？"

咯咯咯直笑的风四娘出现在两个人的旁边。

"光天化日的，你们俩在这里赌钱。"老板娘似乎早就看到了。

"小赌怡情嘛。喂，你还有没有钱了？"胖子冲小满抬了抬下巴。

---

① 牌九，一种古老的中国骨牌游戏，起源于宋代。基本玩法是以骨牌点数大小分胜负。

可恶的鞋拔子一样的下巴！

"那个……确实没有了。欠着……可以吗？"小满红着脸。

"老夫和人玩，从来不允许欠钱！"胖子面色郑重，"你可以借嘛。"

小满看着风四娘。

风四娘直摆手："老娘从来不外借钱！"

"那只有如此了。"胖子说，"最后来把大的，如果你赢了，先前所有的钱我都给你，如果你输了……"

"输了要怎样？"

"替我办件事。"

"不会是伤天害理、天打雷劈的混账事吧？"

"老夫就那么不堪吗？放心啦，不过是跑跑腿而已。"

"这个……可以！"小满想了想，点点头，"不过这次，咱们不推牌九。"

"那玩什么？"

"骰子！谁的点大，谁赢！"

掷骰子小满最擅长，刀客的手法一般都很好。

"成全你。"胖子从包裹里取出一对骰子。

"等等，我先检查一下！"小满把骰子拿过来，仔细查看。

骰子也容易被做手脚，出老千。

真是一对好骰子。应该是象牙磨的，包浆十足，有着漂亮的纹路，阳光一照，如同水波一般。

"没问题吧？"胖子笑道。

"没问题。"

"那就来吧！"

一把过后，小满又输了！

"怎么会呢?！"小满看着胖子掷出的骰子，"我十一点，你怎么可能恰恰就掷出了十二点？肯定出老千！"

"喂，适可而止我提醒你！一直说我耍赖，这次又说出老千。老夫运气好不行吗？愿赌服输！四娘也是证人。"

风四娘在旁边笑得花枝招展。

小满虽然心里十分怀疑对方有问题，但没办法。

"让我办什么事？"小满十分不爽地耷拉下脑袋。

真是不情愿呀！

"替我去一个地方，取一本书。"

"啊？"

"怎么了？"

"就这个？"

"当然啦，你以为干什么？让你杀人放火？"胖子拍了拍鼓鼓的肚子，"老夫已经跟对方说好了，你去跑一趟帮我拿便可。可要小心些，那本可是天底下只剩下一册、独一无二的秘本！值得珍惜之物，千万人朝思暮想求而不得。弄坏了，老夫可饶不了你！"

"知道了。什么地方？"

"相国寺东街荣六郎书铺。"

"离这里并不远呀，你为何不自己去？"小满诧异道。

"老夫不想跑腿，不行吗？赶紧去！"说完，孙蛤蟆背着手，哼着小曲出去了，"晚上我来拿！"

看着小满灰头土脸的样子，风四娘笑得直抹眼泪。

"怎么了？"小满觉得风四娘那笑，似乎深有含意。

"棒槌啊。"

"啊？"

"说你呢。"风四娘道，"象戏、围棋也就罢了。推牌九……咯咯咯，那副牌九，他玩了几十年，熟悉每一张牌，只需要看一眼，就知道真正的点数，你怎么赢他？还有，那骰子……"

"骰子我检查过了，没问题呀！"

"骰子是没问题，可他掷骰子的时候，手指在里头拨了一下，你没看到？咯咯咯，你应该是没看到，十五爷出老千的手艺，汴梁没几个人能比得上。"

"啊！果然还是耍诈呀！这个死胖子！"小满终于发出了愤怒的吼声。

日头正盛。阳光灿烂，照着房舍草木。

春天了，万物复苏，柳树已经发了芽，远远看上去一片新绿。连风都柔和起来。

小满沿着相国寺东街往前走。

人头攒动，摩肩接踵。

小满被挤得满头是汗，好不容易到了街尾，拐进巷子里，总算是松了口气。

沿着窄窄的巷子走，往前，有段小小的斜坡。斜坡旁边大都是书摊、书铺。可以看到伙计将书搬进搬出，也有雕刻师傅在雕刻印版，空气里弥漫着墨香。

大宋印刷业发达，又太平日久，所以书从来都是畅销品。

从经史子集，到各种话本、戏文，甚至是商家的宣传广告，都能印刷。

说白了，除了朝廷禁止印卖的，只要你有钱，就可以到书铺交定金，开版付印，结集成册。

这是读书人的好时代。

相国寺东街的这条小巷，别看平平无奇，在汴梁城读书人的心目中可算得上一处圣地。

为啥？

这里有荣六郎书铺！

因为风四娘喜欢看才子佳人的话本，小满来过这里许多回，算是常客，故而对荣六郎书铺很熟悉。

书铺的主人荣六郎，真正的名字估计没几个人知道了，只知道他排行第六，因此称之。此人年届七十，原本不是汴梁人，听说是逃难而来。他干过不少活计，后来进了书铺当杂事伙计。

所谓杂事伙计，是最低等的伙计，雕版、印刷这类的事情是轮不上的，干的都是搬运货物、送书之类的体力活。

当时的书铺还是个小摊子，老板没啥眼光，雇着两三个师傅和几个伙计，勉强度日而已。

荣六郎聪明伶俐，干着杂事伙计之余，经常向那些师傅问东问西，时间长了，不仅印刷的手艺高超，雕版也能来，甚至琢磨出了彩色印刷，让书铺生意越来越好，过了四五年，就成了书铺里的顶梁柱。

书铺老板妻子早亡，只有一个女儿，老板见荣六郎可靠，便招他做了上门女婿。

婚后第二年，书铺老板病逝，荣六郎成了新主人。他胆子大，有手段，又爱琢磨，放开手脚一通干，书铺越做越大，又接连收购了附近的好几家产业，不仅印书、卖书，还跟国子监、府学以及文人墨客搭上关系，预订、雕版、印刷、贩卖一条龙，书铺成了汴梁城第一大书铺。

不过，最令人称道的，还是荣六郎对书的态度。

人们都说，汴梁城估计没有比荣六郎更爱书的人了！

没人知道荣六郎书铺一年印售多少书，反正买书的人从来就没断过。铺子里售出的书，没有一本是次品，不但没有缺页破页，甚至连污损都没有。所有的书，干干净净，板板正正，还被细心地包上书皮。至于荣六郎本人，别说书了，便是地上随便的一张破纸，若是见了，也会小心捡起来收好。

引得文人墨客频频登门的，还有荣六郎那座巨大的书屋。

荣六郎将隔壁一栋三层民房买下来，一番改造，成了书屋。所谓书屋，其实是荣六郎专门藏书的地方，当然也卖书，不过要看他心情，碰到聊得来的人、真正爱书的人，他甚至可以大方赠送，若是对方令自己不满意，便是给千金也不卖。

那座书屋，无有窗户，只有一扇厚厚的大门，进去之后，便是扯天盖地的书架，上面密密麻麻全是书，估计几十万卷应该不成问题。有伙计专门负责搬着梯子取书、放书。

书屋里的书，都是荣六郎千辛万苦搜集而来的，古往今来中的各个领域，各个版本，应有尽有。这么说吧，国子监的藏书都不一定比这里的齐全，其中不乏善本、珍本、孤本。

荣六郎本人年纪大了，吃喝不愁，所以大部分时间将书铺交给手下人打理，自己则窝在书屋里，与文人墨客、知心朋友喝茶聊天，说的都是书里书外的事儿，也算是悠然自得。

人能活成这样，那也值了。小满不止一次如此想。

阳光越来越猛烈。今天天气有些反常。

走上那段斜坡，小满的汗水从额头上流下来。

周边的花都开了，大朵小朵，五彩缤纷。

走过斜坡，拐了个小小的弯道，荣六郎的书铺和书屋出现在眼前。

书铺很大，来来往往都是人。相比之下，隔壁的书屋则显得怪异得多——一栋无有窗户、墙壁被刷得雪白的房子，门前挂着一块栎木做的小小招牌，上写"书屋"二字。若不是如此，估计别人会以为是丧葬铺。

门口有伙计在洒水。这么强的阳光，花儿都蔫了。

"来啦。"伙计冲小满打了声招呼，态度自然。

"荣六丈在吗？"小满指了指书屋那扇门。

"在，不过好像在说事儿。"

"我等等再进去，省得打扰。"

"那倒不至于，拜访的客人你认识，宋巡检，也是刚刚进去。"

"宋大哥？他来买书吗？"

"应该不是为了买书。反正我也不清楚。你进去吧。"伙计道。

小满推开沉重的木门。

屋子里光线昏暗，累累的高高的书架密密麻麻排列开去，像一片生长出来的书籍森林。

空气中散发着一股纸张、松墨、灰尘、熏香等常年混在一起才有的气味。

进门有个巨大的瓷缸，里头养着两条赤色锦鲤，肥硕地摇头摆尾。

瓷缸右边，一大片空间布置成了会客厅，此时坐着两个人。

宋青竹今天并没有着官衣，而是穿一身白色袍子，手捧茶盏在喝茶。

他对面坐着一位老者，须发花白，身材高大，满面红光，穿一身黑色锦袍，盘坐在榻上，手中盘玩着一块羊脂白玉雕的瑞兽。便是这里的主人荣六郎了。

听到门响，正在谈话的两人转头齐齐看着小满。

"是小满呀。"荣六郎认得小满，道，"且来坐。"

"我替十五爷取书。取了就走。"

"哈哈哈。"

荣六郎和宋青竹同时笑起来。尤其是荣六郎，嗓门大，底气足，书屋又有回音，声音震得小满耳膜嗡嗡直响。

小满诧异起来。这有什么好笑的？

"十五爷那家伙……"宋青竹看着荣六郎，"似乎是自己没脸来取吧。"

"他的脸皮如城墙拐弯厚，何来没脸？不过是懒而已。小满，且来吃茶，书准备好了。"

小满应了声，挨着宋青竹坐了。

茶是好茶，茶具也好。

荣六郎给小满倒了一盏，对宋青竹道："青竹，你觉得我现在如何？"

"过了七十，身体康健，生意很好，铺面很大，家庭和睦，吃穿不愁，还有闲情雅趣坐在这里喝茶观书，六叔，很多人羡慕你呢。"

"哈哈哈。是呀，照理说，应该很幸福。"荣六郎放下了手中的白玉瑞兽，拿起鱼食来到缸边喂锦鲤。

"或许是老了，总会想起当年的许多事。"荣六郎道，"想起当年孤身一人流落汴梁，接连好几天都吃不上饭，又冷又饿，差点儿死在路边。"

"这境遇，我深有体会。"小满附和道。

"是了。那时候，想着能有口吃的便知足了，怎敢想到有如今这般日子？"荣六郎转过身，道，"人人都说我好福气，的确是这般。这一生，辛苦也有，欢乐也有，锦衣玉食享受过，风花雪月也看过，七十了还能咬碎核桃，哈哈哈，真是感谢上天眷顾。"

荣六郎重新坐下，道："若是让我眼下便咽气，于我自身也无甚遗憾。"

"这就叫幸福。"

"是啊，我很幸福。"荣六郎直点头。

"不过，这般日子六叔你还有心事，恐怕就有些贪得无厌了。"宋青竹开起玩笑。

"哎呀，你小子眼睛毒辣。"荣六郎呵呵一笑，然后将那白玉瑞兽重新拿起，"我现在放不下的，只有一件事。"

"何事？"

"只有小女的婚事了。"

荣六郎妻子早亡，无有子嗣，后来两次续弦，都无生产，纳了一妾，生下一个女儿，名叫可心。

荣六郎年逾五十得女，只此一个，视若掌上明珠。

荣可心今年十八，天生丽质，琴棋书画样样精通，是汴梁城有名的才女。

"六叔家的门槛，恐怕都要被提亲的人踏破了吧？"宋青竹笑起来。

这般出众的女子，加上荣家偌大的产业，前来提亲的人自然络绎不绝。

但不知为何，荣六郎都一一婉拒了。

"我愁的就是她的婚事。"荣六郎眉头微皱，"我已经老了，虽说身体还行，但说不准哪天会眼睛一闭腿儿一蹬。剩下这孩子，无有亲人，孤苦伶仃，一想到这个，便怎么也放心不了。"

"正因如此，才更需要为她找个如意郎君，找个可靠之人托付终身。"宋青竹道。

"是呀，可这和我做生意不同。生意赔了，下次还可以再赚，女儿的婚事就这一次，人一旦选错了，我女儿下半辈子就完了。"

"我听说前来提亲的人中，倒也有不少条件不错的。"

"我都没看中。"荣六郎道，"官宦子弟有，富家子弟也有，可靠的太少了。这些人，要么家境优裕养得一身臭毛病，要么游手好闲不务正业，看中的无非是我女儿的才貌还有我的这些家业。"

"一旦入赘成了你的女婿，美人有了，钱财也有了，我若年轻十来岁，也定然会心动的。"宋青竹哈哈大笑。

"除了人可靠、心肠好之外，还得有能力继承我的家业，把我一辈子干的这件事情发扬光大。"荣六郎道，"我活了一辈子，始终觉得权势也罢，钱财也罢，终究不过是浮云。即便你身居高位，即便你家财万贯、奴仆成群，时候一到，什么都带不走。"

荣六郎看着面前的一排排书架："十几年、几十年后，或许还有人记得你，但百年后呢？当所有认识你的人都不在了，还有谁知道你曾经存在过？没有人。那时候，你就如同根本没来到过这世界一般。这，多可怕！"

"人生，最可怕的就是被遗忘了。"荣六郎笑笑，道，"书不一样。即便你死了，多年之后，一个和你素昧平生的人拿起书来，还能跟你隔着纸页交流，知道你的想法，知道你的名字。那时候，你又活了过来。这就是书的好！"

"这么一琢磨，的确是这个道理。"宋青竹点头道。

"这座书屋，藏书三十多万卷。"荣六郎看着面前的累累书籍，道，"是我用一生的时间收集起来的。有的是我买的，有的是我印的，更多的，是我求来的！有时候，为了一本书，我三番两次去拜访人家，人家觉得我烦，让我吃闭门羹，我站在院子里，恭恭敬敬，即便全身淋得落汤鸡一般也在所不惜。'拜托！拜托将这本书给我带回去吧！这书世上只有一本了。若是没了，那就永远没了！'很多次，我说这样的话，这样恳求着，靠着诚意，得到了书，带了回来。这里面的每一本书都有故事。每一本书，其实都是一个曾经存在的可贵的灵魂呀！"

荣六郎激动起来："于我而言，书铺、钱财都不重要，最重要的，便是这些书！"

果然是汴梁第一爱书之人呢。

"我若死了，希望这些书能留下来。"荣六郎道，"所以成为我女婿的人，必须有这等能力才行。"

"想一想，若得成为你的女婿，要求的确挺高的。"宋青竹道，"六叔，这样的女婿的确不好找。"

恐怕打着灯笼也难寻吧！一直没插话的小满心中暗道。

"老天保佑，找到啦。"接下来荣六郎的话，让宋青竹和小满皆好奇起来。

"不知道是哪家的公子？"宋青竹问道。

"洛阳的骆家书铺，不知你听过没？"

"有所耳闻。这骆家书铺是洛阳第一大书铺，听说还和朝廷有联系，连大内的书籍有的也由他们供应呢。"

"的确。前来求婚者，便是骆家书铺的三公子，名唤骆敬。"荣六郎道，"此人年二十，生得倒也不错，写得一手好字，也刚刚得了功名，可谓青年才俊。前些日子，托媒人前来，亲自修书一封，言辞诚恳。我特意找个机会见了见，颇有才华和气度，问些经营之道，回答得也是头头是道，深得我意。"

"如此说，的确是天作之合了。"宋青竹道。

"是呀，珠联璧合。人不错，能力也有，若他继承了我的事业，与骆家书铺那边也能相互帮衬，毕竟都是同行。"

"那你还有什么不满意的？"宋青竹道。

荣六郎长叹了一口气："其实我请你来，是遇到了难事。"

"哦？能让六叔你为难的事，恐怕非同小可。"宋青竹顿了顿，道，"难道是这骆敬？"

"是伙计。"

"伙计？"

"对。"荣六郎道，"我这些年之所以能将一个小书摊经营成汴梁第一大书铺，靠的便是一直跟随我的这些人。掌柜、二柜、工头、前台伙计头……，差不多一二十人吧。这些人是书铺的脊梁，有他们一起努力，才会有今日的书铺。我一直把他们看成家人，所给的酬劳也足够丰厚。他们也一直忠心耿耿，但不知为何，最近发生了一些蹊跷事。"

"何事？"

说到这里，荣六郎有些烦躁地揉起了太阳穴："这些人都住在书铺里，已经是多年的习惯了，若是说以书铺为家，一点儿也不过分。可最近，我老觉得他们有什么事情瞒着我，或者说，背着我在谋划着什么。"

"能说得再详尽些吗？"

"平时，忙完了一天的工作，大家都会在一起喝酒聊天，除了放松解乏之外，也能群策群力一起商量书铺的事。可最近十来天，几乎没人聚会了。"荣六郎低声道，"到了晚上，尤其是三更半夜，他们一个个偷偷溜出去，有时一个人，有时三三两两，嘀嘀咕咕，手里拿着包裹，一直到天快亮了才回来，几乎夜夜如此。"

"你没问？"

"问了，但不肯说。见我生气，便说出各种不靠谱的理由来，听起来就好笑。"荣六郎又道，"更可气的是，四天前，我半夜醒了，发现这帮人偷偷聚在书铺里。"

"他们在商量什么？"

"我可没听到，这帮家伙竟然在外面专门安排守卫。"荣六郎苦笑一声，"几十年来，还从来没发生过这等事情。不光是伙计，连掌柜、二柜、伙计头全都在，也就是说，我完全被蒙在鼓里。"

"或许有什么难言之隐呢？"宋青竹道。

"那也应该跟我说，不至于如此吧？"荣六郎有些生气，道，"将我排除在外，着实……过分了！"

"你让我调查清楚这帮人到底在做甚，是不是？"

"正是如此。我觉得，可能和这门婚事有关系。你门路广，脑袋也灵活，一定帮我仔细探听一下。"荣六郎道，"下个月可心的大婚就要办了，可不能出什么乱子。等骆家那小子入了赘，铺子交给他们夫妻俩，我便彻底甩手，好好享受我为数不多的时日了。"

"那我帮忙查一查，不过也不敢说一定能查出什么。"

"你尽力而为吧。"

"好。"

两个人说完，喝了茶，宋青竹起身告辞。

小满跟着宋青竹要走，荣六郎笑道："小满，你的书不要了？"

小满道了一声谢。

荣六郎从抽屉里取出一本书，递过去："交给孙蛤蟆，不过，你可不能偷看哟。"

"有什么不能看的。"小满嘟囔着，翻了一页，脸唰的一下变红了。

这糟老头子，竟然要自己来取一本工本春宫图！

两个人出了书屋，晃晃悠悠来到四娘鱼羹店，小满将那本春宫图交给孙蛤蟆，免不了发了一通脾气。

"哎呀呀，这种东西宝贝着呢。"孙蛤蟆咽着口水将春宫图揣进怀里，指了指二人道，"你们两个怎么会碰到一起？"

"荣六郎让我办的那件事，小满，今晚你陪我走一遭吧。"宋青竹道。

"又拉我当苦力？我可不去！"

"这事情办好了，荣六郎那里肯定有重赏。我听四娘说，你今天裤子都快输没了。"

"别哪壶不开提哪壶！糟老头子出老千！"

"你这么说，老夫可就不乐意了！我那是光明正大……出老千！"孙蛤蟆义正词严，"青竹，荣六郎那里，我跟你一起去吧。"

"你去做甚？老不正经，难道给那帮伙计讲春宫图不成。"小满道。

"喂，你这样跟老夫讲话，很没礼貌！"

"行啦你们俩，我看，你们不如一起去。"风四娘眯起眼睛，"我也想知道那帮家伙到底在做甚。"

事情就这么定了下来。

新月如钩。微风乍起，吹舞满树柳絮。

"春天了还是这么冷，实在是受不了。没办法，年纪大了。"孙蛤蟆蹲在地上，嘀嘀咕咕，"当年老夫混无忧洞的时候，大冬天光着膀子。"

"那在地底下，当然暖和。"小满讽刺道，"你满身肥膘，照理说不怕冷才对。"

"满身肥膘就不能冷吗？满身肥膘的人需要吃的东西更多，散热更多，所以更怕冷！"

"怎么说都是你有道理！糟老头子！"

"死胆小鬼！"

"你们俩能不能闭上一会儿嘴！"宋青竹冷哼一声。

"那个……咱们三个人为何要鬼鬼祟祟撅着屁股蹲在这花丛里呢？"孙蛤蟆打了个喷嚏，"老夫实在想不通呀！你想了解清楚，直接问便是。"

"你觉得他们会一五一十告诉你吗？"

"我觉得会。"孙蛤蟆不耐烦道，"若是不说，打一顿便好。"

"暴力变态糟老头子！"小满道。

"不敢拔刀的胆小鬼刀客！"

"哎呀，烦死了！"宋青竹五官扭曲地捂上耳朵，忽然嘘声道，"出来了！"

三更时分，万籁俱静，周围的灯都已熄灭，只有淡淡的月光。

荣六郎书铺的小门吱嘎响了一声，一个身材瘦小、年纪在六十多岁的家伙，一手抱着包裹，一手提着灯笼出来了。

"一个……两个……三个……"孙蛤蟆鼓着嘴小声数着。

"六十多岁那家伙，名唤潘阳，是书铺的掌柜，一直跟着荣六郎，可以说除了荣六郎之外，书铺就他说了算。此人对荣六郎忠心耿耿，而且将书铺打理得井井有条，为人也很是正直，深得伙计们拥戴，就是喜欢喝酒，每顿都要喝，喝醉了就哭，鬼哭狼嚎的那种。"宋青竹靠着柳树，继续道，"后面跟着的那个四十多岁苦瓜脸的汉子，名唤曹二蛮，乃是书铺的二柜，是潘阳的助手。别看貌不惊人，此人可是汴梁雕版的第一高手。最后那个跛子，胡子拉碴三十多岁的那个，名唤薛大个，原先是个混混，打架斗殴不怕死，凶狠无比，后来被打断了腿丢在街上，荣六郎给救了回去，自此洗心革面跟着鞍前马后，是伙计头，管着伙计的吃喝拉撒。这三个人，是书铺的三根顶梁柱。"

说话间，那三个人鬼鬼祟祟离开了书铺，薛大个从巷子里赶来了一辆事先准备好的牛车，潘阳和曹二蛮上了车，薛大个扯了扯缰绳，牛车缓缓离开。

"十五爷，你先盯着牛车，我和小满继续蹲守，估计一会儿还有一帮家伙要出来。"宋青竹吩咐道。

孙蛤蟆点了点头，离开了。

又过了一顿饭的工夫，果然见小门里头或孤身一人，或三三两两，一二十个伙计，男女老少都有，拿着各样的包裹离开了书铺。

"也难怪荣六郎疑心，三更半夜的这帮家伙大包小包的到底要干吗？不会是私底下偷书铺的东西去卖吧？"小满看得疑惑不已。

"偷东西倒是不至于，但去干什么光凭眼下判断不出。不过我觉得荣六郎说的没错——这帮家伙肯定是私底下集体在谋划什么，否则不会如此行事。行了，咱们跟上去吧。你动作轻点儿，别被发现了。"

宋青竹和小满从花丛里起身，一声不响地跟在后面。

热闹了一天的汴梁城终于安静下来，街道上人很少，不过这帮家伙似乎没有料到会有人跟踪，故而宋青竹和小满倒也轻松。

顺着相国寺东街往北，过了寺桥，又行了大约两顿饭的工夫，来到了潘楼街的十字路口。

这里临近大内，是汴梁一等一的繁华地带，周围商铺林立，繁华异常。

"怎么不走了？"小满和宋青竹躲在一家正店①门前的杈子后，低声道。

"肯定是在此聚头呢。"身后冷不丁有人说了句话，吓了小满一跳。

回头，发现孙蛤蟆打着哈欠躺在正店门口的市招②下。

"你看，不是出来了吗？"孙蛤蟆指了指。

果然，先前那三个家伙从黑暗中出来，一帮人聚在一起嘀嘀咕咕了一番，似乎在商议什么，然后往东去了。

---

① 宋代时酿酒、售酒都需要官方许可，并要缴纳高额酒税。正店指的是取得官方酿酒许可的酒楼，规模大，品牌好。

② 一般酒楼用来招揽生意、标示名号的招牌或标志。

宋青竹三人跟在后面，走了一炷香的时间，在街尽头拐了个弯，来到一片空阔地带。

这一带建筑低矮，大部分都是茶坊，道路两边白日设置的摊位都已经收了起来，故而有很多的空地。

小满第一次来这里，不由得呆了——

不少茶坊点亮了灯，那些空地上有很多临时摊位，一眼望过去，全是人头。

不过，和白日不同的是，这些人基本上都穿着黑色的衣服，竭力遮盖自己的面容，很少说话，即便是开口，也是嘀嘀咕咕。

黑暗中，他们像鬼魅一样游荡，相互之间买卖物品，一手交钱一手交货。

"为何大晚上在这里做生意？白日不行吗？"小满道。

"所以说你是棒槌呢！"孙蛤蟆冷笑一声，道，"这里乃是汴梁有名的鬼市子。"

"鬼市子？"

"嗯。五更开始做买卖，天亮之前散去，一切都在黑暗中无声无息进行，所以称为鬼市子。"

"为什么这么做？"

"原因很简单呀。"孙蛤蟆道，"这里买卖的东西，相当一部分都来路不明，比如偷的、抢的、捡的，还有一部分是平日里没法公开卖的，比如有些大户人家，家道衰落，或者因为什么原因急等着用钱，只能变卖家私，又不能让熟人碰到以免尴尬，就会来此地。在这里，什么东西都卖，什么东西都有，很多人特别喜欢这种偷偷摸摸的感觉。听说以前官家都来过。"

"原来如此。"小满算是开了眼界。

"咱们也进去吧。"宋青竹催促了一声，三个人混进了人群里。

小满很是好奇，东看看西看看，只见那些摊位上果真是琳琅满目，贵重的如金银玉器，便宜的如针头线脑，什么都有，而且价格的确比正规店铺里要便宜得多。

书铺那一二十个人来到鬼市子一下子便分散了，宋青竹三人只能分头跟踪。

小满跟踪的是书铺的掌柜潘阳。这老头抱着包裹走了不少摊位，不买也不卖，好像是在货比三家，后来选择一个摊位，打开包裹，里头是三五个瓷器，不过是瓶子、盏子，但看起来成色很好。

潘阳和对方嘀嘀咕咕，讨价还价，最后将瓷器递给人家，接过来几两碎银子，叹了口气，背着手走了。

小满一直跟着，走了一会儿，见潘阳穿过鬼市子的摊位区，来到了一个小院前。

这小院看起来并不起眼，门口有几个看上去流里流气的家伙守着。

潘阳在门口等了一会儿，书铺那一二十个人陆陆续续都来了。

一帮人聚在一起，每个人从怀里摸出钱来，有的多有的少，都交到了潘阳手中。

潘阳和众人嘀嘀咕咕一番，带着薛大个、曹二蛮两个，和守门的几个人说了几句，进了院子。

"这是要做甚呀？"小满道。

"我看，十有八九应该是关扑。"孙蛤蟆指了指门口的那几个浮浪子，"这几个混混我认识，是无忧洞的人。奶奶的，真是世风日下，当年我在无忧洞当头子的时候，从来不允许他们沾染上赌，现在倒好，竟然开起赌档来了！"

"赌档？"

"那院子中应该设了赌局。你看，又有人进去了！"孙蛤蟆指了指。

果然，说话间又有几个人下了牛车进去了，看样子身份还不低。

"那咱们也进去？"小满道。

"这种赌档一般都有人维持。十五爷说的没错，十有八九是无忧洞的，这帮人都是亡命之徒，发现你有问题，毫不犹豫便会拔刀，杀了人，就丢进下水道中。"宋青竹道。

"这么厉害？"

"当然了！想当年，我们无忧洞可是连开封府都管不住的！"孙蛤蟆语气里充满了自豪。

"所以等会儿我们进去，看我脸色行事，万不可鲁莽。"宋青竹叮嘱道。

"不过是帮混账东西，没什么大不了的。"孙蛤蟆却毫不在意。

三个人取出黑巾，蒙了面，来到门前，早被那混混看到，伸手拦住。

"你们干什么的？"对方目露凶光。

"来你们这地方，还能干什么？当然是耍钱了！"还没等宋青竹回话，孙蛤蟆火了，一边说一边取出钱袋，晃了晃。

"可有介绍人？"

"耍钱还需要甚介绍人？"

"无有介绍人，不能进！"

"狗鼠辈！让张黑煞出来见我！"孙蛤蟆气鼓鼓地道。

张兴张黑煞是无忧洞的老大，甚是有名。

见孙蛤蟆这般气势，又报出了张黑煞的名号，几个混混一时被镇住，态度好了许多。

"这位爷，我们老大不在这里，此处不过是个小买卖……"

"那老子现在找张黑煞去，就说老子想快活两把，你们几个混账东西不让老子进去！奶奶的，张黑煞当年给老子当徒弟给老子洗脚的时候，你们几个兔崽子还不知道在哪里撒尿和泥玩呢！"

听到这儿，几个混混更忐忑了，相互看了看，放了行。

"看到了吧，对付这帮混账东西，就不能好好跟他们说话。"孙蛤蟆趾高气扬。

三人跨过门槛进了院子，发现里头果真是热闹得很——

东西两边厢房灯火通明，里头吆五喝六；北面正房显得有些安静，但进去的都是些有钱的家伙。院子中人最多，起码有一两百人，摆了很多的桌子，骰子、牌九……各类赌局一应俱全。

宋青竹看了看，见潘阳三人站在一个骰子赌局前，已经押上了赌注。

"这三个家伙真是棒槌。"孙蛤蟆低声道。

"怎么了？"宋青竹问。

"掷骰子那家伙，看到了没？"孙蛤蟆指了指。

桌子另一侧，坐着个矮子，脑袋大脖子细，光着上半身，文了一身的阎罗王文身，面相不善，年纪有四十多岁。

"那家伙绰号'藏着手'，是有名的老千，他的赌局，嘿嘿，这三个棒槌的钱估计是要完蛋。"孙蛤蟆道。

宋青竹倒是没搭话，来到近前，静声看潘阳三人玩的赌局。

藏着手玩的是猜单双，这是最简单的——庄家掷骰，赌客猜，若是猜中，庄家便赔钱，若是猜不中，钱归庄家。

"单！"潘阳咬了咬牙，放上了十两银子。

开了，单！

"赢啦！"薛大个笑道。

又开了三把，都是潘阳赢。

"这藏着手似乎没你说的那么厉害吧？"小满对孙蛤蟆道。

"你懂个屁！这叫喂饵，跟钓鱼一个道理，先让他们尝点儿甜头。"

果不其然，接下来，连开十五把，潘阳一把也没猜中，赢来的几十两银子连同一帮人凑的五六十两输了个精光。

"喂，还开吗？"藏着手冷笑着对潘阳道。

潘阳面色如土，气喘吁吁："李爷，能不能……借点儿银子？"

"借银子？你跟我借银子？哈哈哈，真是混账东西！"藏着手勃然大怒，"没钱便滚！"

一口唾沫喷在潘阳脸上。潘阳嘴唇颤抖，眼眶发红，低着头离开了。

薛大个、曹二蛮两个也是垂头丧气，跟在后头。

宋青竹对小满和孙蛤蟆点了点头，跟着离开。

潘阳三人出了小院，一直等在外面的那一二十个伙计围上来，嘀咕了一番，个个唉声叹气，有人当场哭出声来。

一众人闹腾了一会儿，这才相互搀扶，有气无力地往回走。照着原路，兜兜转转又回到了书铺。

宋青竹道："这回算是摸清楚了这帮家伙到底做了甚，趁热打铁，我进去问问。"

"你俩进去，我有点儿事。"孙蛤蟆突然道。

"怎么了？"

"你忙你的，我去去就来。"说完，孙蛤蟆大步流星离开了。

宋青竹带着小满来到书铺门前，敲了敲门。有个伙计给开了，脸上还挂着泪，见了宋青竹，忙道："原来是宋巡检，这么晚了，找我们阿郎有事？"

"不是找你家阿郎，我找你们掌柜。"

"潘掌柜？早就睡下了，明日再说，如何？"

"混账东西！这是公事，耽误了，你负责？"

"那个……请。"伙计不敢怠慢，领着宋青竹进去，来到书铺后面的一间大屋前。

应该是平时印刷的作坊，十分阔大，容纳三五十人不在话下。

前面是作坊，后面是一些隔间，用来安置伙计。身为掌柜的，潘阳有一间最大的单独房间。

进了房间，见潘阳披着衣服坐在被子上，装出一副睡眼惺忪的样子，眼角还有泪痕。

"见过宋巡检！"潘阳急忙行礼。

"别客气了。"宋青竹一屁股坐下，看着潘阳。

潘阳被他看得心慌，道："宋巡检这么晚找我有事？"

"当然有事。"宋青竹冷哼一声，"潘掌柜，你是这书铺中资格最老的一人了，对书铺忠心耿耿，是也不是？"

"那当然了。"

"可为何你家阿郎如今对你甚是困惑？"

"困惑？此话何意？"潘阳愣道。

"你家阿郎说，你们这伙人最近一段日子经常三更半夜拿着大包小包出去，鬼鬼祟祟的，却是为何？"

"阿郎看花眼了吧。无有此事。"潘阳颤声道。

话音未落，有个伙计惊慌失措地跑进来："掌柜的，不好了，二柜上吊了！"

"什么？！"潘阳噌的一下站了起来。

拐角隔间，四五个人七手八脚将二柜曹二蛮从绳子上放下来。

这家伙被勒得面色青紫，屎尿齐出，若发现晚了，吊死鬼算是多他一个。

"潘掌柜，都这样了，你还说无事？"宋青竹指着缓缓醒过来的曹二蛮，对潘阳道，"你们今晚所作所为，我看得一清二楚，藏着手那里，你们输了不少银子吧？"

此话一出，潘阳一屁股坐在地上，放声大哭："本想着今晚我上吊，想不到二蛮抢了先！也罢，事已至此，我们一帮人皆没了活路，也只能跟宋巡检你实话实说了。我们难呀！"

"是呀，难呀！"旁边几个伙计包括伙计头薛大个，全都哭了起来。

宽阔的工坊里，密密麻麻坐满了人。一二十个人挨个坐着，便是今晚出去的那些人。潘阳、薛大个以及刚被救醒的曹二蛮坐在最前头。

宋青竹和小满坐在对面。

"说吧，到底怎么回事？"宋青竹面色凝重。

潘阳三人相互看了看，最终还是潘阳叹了一口气，抹了抹眼泪。

"宋巡检，你看的没错，我们的确是凑钱去赌了。"

"我看你不像是赌徒，而且凑钱去赌这种事，我还是第一次听说，到底怎么回事？"

"唉，说来话长，这都是因为……因为家里的婚事！"潘阳垂着脑袋道。

"荣可心和那骆敬的婚事？"

潘阳点了点头。

"这我倒是不明白了。荣六郎就这么一个女儿，他年纪也大了，他找个好女婿，对书铺和你们都有好处。再说，骆敬是骆家书铺的儿子，和骆家书铺做了亲家，你们岂不是更蒸蒸日上？那小子我也听说了，长得俊，有功名，经营也有手段，天作之合，你们难道不同意？"

潘阳连连长叹，道："宋巡检，你是只知其一不知其二。我们这些人都是书铺的老人，把自己身家性命都托给了书铺，这里就是我们的家，我们怎么能不希望书铺好呢？若是小姐真的寻到一位如意郎君，我等自然欢天喜地，可事实上，老爷和小姐都被蒙蔽了！"

"哦？"

"骆敬这人，刚开始我等也觉得甚好，直到前不久，我们发现了一件事。"潘阳看了看薛大个，"大个，还是你说吧。"

薛大个冷哼了一声，道："宋巡检，我这个人无甚爱好，就是喜欢小赌两把。前段时间，我去鬼市子那边的赌档，就是今晚去的那个，赌了一会儿，在那里看到了个熟人。"

"便是那骆敬？"

"正是。"薛大个道，"刚开始我还不以为意，男人嘛，偶尔赌一下很正常，但很快我就发现不对劲了。那骆敬完全就是个赌徒，声名在外，赌档里的很多赌客都认识他。当年在洛阳的时候，就是因为这家伙滥赌，一晚上输掉了骆家三个店面，被骆老爷子赶了出来，不得已，这才来到了汴梁。"

薛大个顿了顿，道："到了汴梁之后，这厮招摇撞骗，表面上正人君子一个，实际私底下乱得很，凭着模样、手段，哄得一干妓馆女子甘心情愿倒贴钱给他去赌，后来也不知怎么的，知道了我家小姐的事，前来提亲。"

"你们阿郎说，提亲这事，骆家那边骆老爷子都知晓同意了。"宋青竹打断道。

"知道个屁！那不过是他找人来糊弄我家阿郎的，骆家根本不知道。"薛大个道，"这厮凭借着花言巧语，将我家阿郎哄得团团转，更是赢得了我家小姐的芳心。我家小姐也是善良，唉，做了件大错特错的事……"

"何事？"

"人人都说十赌九输，此是天理。那骆敬在赌档里玩的可不是掷骰子这等的小把戏，而是置产关扑！"

"何谓置产关扑？"小满道。

"赌资巨大，不是以银子当赌注，而是以房屋、商铺甚至妻儿老小。"

"啊……"小满愣了。

"骆敬不仅把他所有的东西都输光了，而且还欠下一屁股债。这家伙之所以来提亲，就是为了娶了小姐之后，将荣家的家产霸占了还赌债。"薛大个道，"这狗鼠辈花言巧语，也不知道给小姐灌了什么迷魂汤，竟然从小姐手中将书屋的地契以及那几十万卷书的凭据要了去，当了赌注。结果，一把输了！"

"啊？"这回轮到宋青竹吃惊了。

"我等听了这件事，真是心如刀绞！书铺便是我等的家，家业若是让这狗鼠辈霸占了，不光书铺完了，我家阿郎和小姐恐怕也完了！"

"那你们为何不将此事告知荣六郎？"

"不能呀，起码现在不能！"潘阳道，"我家阿郎年纪大了，他是爱书之人，那书屋是他花了一辈子才建起来的，若是知道此事，岂不会被活活气死！"

"那你们打算怎么办？"

"我等商量了一番，觉得先不告诉阿郎。既然地契和凭据输给了赌档，那我们赢回来之后，再跟阿郎说，如此最好。"

宋青竹不置可否。

"可是，我们没想到……"潘阳捶胸顿足，"没想到我们的这个想法，实在是太幼稚了！"

曹二蛮接话道："先是我等三人，拿出了毕生的积蓄去赌，结果一晚上输了个精光。然后这件事大伙都知道了，大家便都拿出积蓄，结果接连三天，也都输光了！"

曹二蛮放声大哭："接下来，我们只能四处借钱，借来的钱又都输光了。没办法，只能将身边能卖的都卖了，凑钱去赌……"

"结果，又输光了。"宋青竹道。

"不光如此……"曹二蛮道，"我……我还借了高利贷，根本还不起，只能一死了之。"

他如此说，一群人哭声震天。有的说自己棺材本都拿出来了，有的说已经把家里的宅子卖了，有的说打算明天就去投河……

"今天的这笔钱，是大家最后凑的一点儿钱了。唉，前两天，我还专门去老狸祠祈祷了一番，求团五丈让我们马到成功，团五丈也答应了，落下了朱砂猫爪石子。有团五丈保佑，我等激动万分，今晚满怀信心去赌，结果……唉！"

"你们去了老狸祠？"小满听了这个，急忙看了看宋青竹。

宋青竹脸上毫无变化，对潘阳道："十赌九输，这个道理你们应该懂呀。那帮家伙个个都是出老千的高手，你们如何能赢得了？"

"现在想想，的确后悔！可大错已经铸成，悔之晚矣！"潘阳跪倒在地，道，"如今我等实在是没有办法了。宋巡检，事情便是如此，我等实在是不忍心看到铺子被毁。"

潘阳捂脸而泣，剩下的一二十个伙计也哭成一片。

小满看着宋青竹。到了这种地步，他真想看看这家伙会如何做。

"你们的确够苦的。不过……"宋青竹挠了挠头，"若是大名鼎鼎的老狸祠团五丈答应了你们，那应该不成问题的。"

"哦？"一帮伙计的哭声戛然而止。

"据我所知，凡是团五丈答应的事儿，最后总会如愿以偿。"宋青竹道。

"我们正是听了这般的说法，才去祈祷的。"潘阳道。

"那就行了。尔等静候佳音便是。"

"这样……就行了？"

"当然了。团五丈都答应你们了，你们还有什么不相信的。再说你们也没有其他办法不是。"宋青竹道，"只管等着便是。"

潘阳等人半信半疑地点了点头。

"今日的事情就到这里了。"宋青竹站起身，想了想，"这件事还是暂时保密吧，还是不让荣六郎知道为好。至于接下来，还是那句话……"

"静候佳音！"伙计们齐声说道。

"你打算怎么办？"出了书铺，小满看着宋青竹。

"什么怎么办？"

"人家去过老狸祠了呀！你们肯定有什么盘算吧。"小满兴奋起来，"肯定已经有对策了，是不是？"

"这个……那天在老狸祠里值守的不是我，是四娘。"宋青竹道，"我也只是提前知道了一点儿。"

"也就是说，这一次唯一被蒙在鼓里的，又是只有我啦？"小满变得愤怒起来，"既然把我也拉了进来，口口声声说我是'狸猫家族'的一员，为何次次都如此！你们太过分啦！"

"哎呀呀，竟然还生气了。"宋青竹笑起来，"我也只是有一个大概的想法……"

"喂，你们俩这么快就办完事了？"宋青竹和小满正在说话，孙蛤蟆从不远处大摇大摆晃了过来。

"你也忙完了？"宋青竹笑了笑。

孙蛤蟆来到跟前，擦了擦额头的汗，掏出东西递给宋青竹："在这里了。"

"什么东西？"宋青竹接过那个小包裹，解开。

"书屋的地契还有藏书的凭据，哦，里面还有一封文书，拿着这封文书，书铺里面那帮混账家伙可以去赌档将他们先前输掉的所有钱财都拿回来。累死老夫了。"孙蛤蟆说。

"这……"宋青竹看着这些东西，哭笑不得。

"事情我都明白了，果然骆家那小子有问题。"孙蛤蟆道，"老夫生平最痛恨的便是这种人，竟然敢对荣家下手，这一次，老夫饶他不得！哦，刚才我跟庄助说了，他让我们去榆林巷会合。"

"想到法子了吗？"宋青竹捋着胡须道。

"我和庄助合计了一下。"孙蛤蟆伏在宋青竹耳边嘀咕了一番。

宋青竹哈哈大笑："如此，甚妙！"

"咱们坐车子去吧。再这么奔波，老夫身子骨都要散架了。"孙蛤蟆指了指身后。

巷子口，停着一辆牛车。

三个人上了车子，晃晃悠悠而行。

"糟老头子，你用了什么办法把这些东西取了回来？"小满指了指宋青竹手中的包裹。

"自然是赌啦。老夫手段天下无二，赢那些小子，易如反掌，三下五除二就把所有东西赢回来了。"

"出老千吧！"

"那也是光明正大出老千！"

"得了！"宋青竹笑个不停，对小满道，"他是无忧洞先前的头子，如今的头子张兴张黑煞是他徒弟，那帮混混在他面前都是小字辈，哪个敢不给他面子？什么出老千，我估计是进去连打带骂，就把事情办了。"

"哈哈哈哈。"孙蛤蟆开心地笑起来。

小满道："糟老头子，有件事我一直想问你。"

"讲。"

"原先你身为无忧洞的头子，手下一帮小弟，连开封府都奈何不了你，大口吃肉大碗喝酒，日子岂不是过得很好？为何退隐，成了个说话人了呢？"

"这个嘛……"孙蛤蟆收敛了笑容，道，"我呀，混账了一辈子。原先，我家还是很好的。自咱大宋立国，我们家就是功臣，世代下来，虽说不是高门权贵，可也是衣食不愁。后来我爹惹上了奸臣被害，我娘上吊，家产充公，只有我一人逃脱，浪迹天涯，来到汴梁，成了浮浪子一个，进入了无忧洞。我这人，脑子好，又心狠手辣，所以很快就脱颖而出，成了头子。然后带领一帮小弟，打下了一片江山，直到有一天碰到了荣六郎那家伙……"

"如何了？"

"那时候他的书铺刚起步，他被我手底下的伙计绑架了，要赎金。"回忆往事，孙蛤蟆倒是挺开心，"怎料想这家伙倒好，直接跟我说——你把我杀了吧，我家里有钱，但是那笔钱是专门为印刷一本书准备的，我宁愿死，也不能不印那本书！"

"这混账东西，当时把我气得要死。我从来没碰到过这样的，凡是被绑架的人，都吓得要死，要什么给什么，竟然还有如此不要命的。我也很好奇，就问到底是什么书，竟然可以让他连性命都不要。他说，是《临川先生文集》①。"

"印王荆公的书，真是功德无量！"宋青竹拍掌而赞。

"接下来几天，他拉着我跟我说王安石的那些诗文，说王安石的人生，滔滔不绝，老夫听得也挺过瘾，觉得王安石的确了不起，就把他给放了。"孙蛤蟆道，"结果这混账东西，竟然赖着不走，说还缺一点儿钱，让我支援一点儿。我当时差点儿气死。没见过这样的！"

小满和宋青竹都笑起来。

"他说，文章者，经国之大业，不朽之盛事！人活一辈子，能留名的全靠这个。我这个人，是不可能像王安石那样青史留名了，可若是支援一下，把书印出来，那也算是沾了光，起码和书一起存留于世。"

---

① 北宋时期著名政治家和学者王安石的著作。

"怎么沾光？"小满问。

"那混账东西说，只要我支援他三千两银子，他就把我的名字印在书的后面。"孙蛤蟆道，"三千两银子对老夫来说不算什么，就答应了。结果这本书印出来之后，哎呀，卖得真好，无数读书人登门去买，老夫特意站在旁边观察他们的反应。这些酸儒一边读一边评论，有人翻到最后，看着书说——哎呀，这孙宽，高风亮节，竟然出银三千两资助此书，实在是令人敬佩！"

孙蛤蟆得意道："那一刻，老子突然飘飘然起来。想一想先前干的那些混账事，都是见不得光的事，从来没听人夸奖过我。这份满足，比干一票大的，抢个千两黄金都过瘾。"

孙蛤蟆啧啧了两下，道："再后来，那混账东西三天两头找我，不是喝茶就是聊天，说的都是书里书外的事，慢慢地我也喜欢看书，乱七八糟啥都看，看着看着，便觉得以前的人生实在是无有意义了，索性将位子让给徒弟，自己退隐，每日看看书，看得多了，说给别人听。那混账东西说我有几分口才，让我去当个说话人，结果一来二去，老夫就成了现在这副模样。虽说日子不像在无忧洞那般逍遥自在，可没了烦心事，看书说话，也是不错。"

孙蛤蟆呵呵笑道："若不是荣六郎，老夫有两个下场，一个就是死于官府之手，一个便是死于浮浪子的钩心斗角。所以，他算是我的恩人吧。他让老夫明白，最好的人生如同天上流云，随意而动，想怎么舒展就怎么舒展，想什么时候下雨便什么时候下雨。他也让老夫明白，这世上最好的东西，不是金银，而是那些书。"

如此，小满便理解孙蛤蟆要帮助荣六郎的心情了。

谈笑之间，牛车停了下来。

三人下了车，来到榆林巷，孙蛤蟆头前领路，将二人带到了一家铺子门前。

这铺子不甚大，门前招牌上写着"骆家书铺"四个字。

"这是骆家开在汴梁的分号，骆敬那小子便住在这里。"孙蛤蟆介绍道，"原先有个掌柜还不错，这小子来了之后，将掌柜给排挤出去，又将伙计们都遣散，这里成了他的栖身之地，整日招一帮狐朋狗友在这里鬼混。"

"你们也来了？"这时，墙头上跳下一人。

一身斑驳的彩衣，背着巨大的包裹，正是庄助。

"如何了？"

"倒是巧，今晚只有那小子一个人在，已经布置好了。不过，倒是少个装神弄鬼的人。"庄助道。

"什么装神弄鬼？"宋青竹道。

"书神呀。"孙蛤蟆道，"方才不是跟你说了嘛。"

"这个，我装不来。"宋青竹道。

"我更装不来了。我这体形……"孙蛤蟆冲自己比画了一下。

"我倒是可以，不过我得负责幻术。"庄助道。

三个人同时看着小满。

"怎么？让我来？"

"除了你没别人了。赶驴上磨，你不干也得干！"孙蛤蟆不由分说将小满推到庄助面前，"赶紧易容吧！"

躺在床上，骆敬很得意。这些日子，顺风顺水。

虽说被赶出家门，如同丧家之犬般在汴梁城鬼混，又欠下了一屁股债，但眼见得时来运转。

荣家父女被自己哄得团团转，大婚之后，自己便是荣家书铺的新主人，到时候那万贯家产便是自己的。这可真是否极泰来！

"到时候且看我的手段！"骆敬跷着二郎腿，越想越得意。

正憧憬着未来如何春风得意，忽然听得床头传来几声叹息。

骆敬陡然坐了起来。

这房中只有自己一人，哪来的叹息声？

他爬起来，点了烛火，走到床那边，四处看了看。

那里不过有张桌子，还有个空空荡荡的书橱而已。

原先倒是有些摆设，书橱里还有些善本、孤本，皆被他卖了，剩下的都是不值钱的东西。

寻摸了一遍，没发现异常，骆敬觉得刚才可能是自己听错了，吹灭蜡烛，回到床上。

刚想睡觉，又听见叹息声传来。

"谁？！"骆敬慌忙坐起，将枕头下的佩剑取出。

脚步声响。

借着外面皎洁的月光，骆敬见从床头处走出一人。

此人方巾朱履，模样看上去有六七十岁，皱着眉头，一副闷闷不乐的样子。

此人，自己从未见过！

"你是谁？"骆敬拔出佩剑，心中慌作一团。

三更半夜的，凭空出现这么个家伙，莫不是鬼怪不成！

"莫慌，我是书神。"对方朗声道。

"书神？"骆敬心中咯噔一声——真的碰到了鬼怪！

"自从来到你家，承蒙你祖父、你爹的厚爱，对我倍加珍惜，不想到了你这里，竟然被你糟蹋，弃之如敝屣！"对方恨恨的样子，"年轻人呀，书乃世间最值得珍惜之物，你家世代印书为业，积累功德，到了你这里，竟然为钱所役，整日里沉迷于博耍关扑，斯文扫地！如今竟然还要做出那般亏心事，实在是不应该！我劝你还是悬崖勒马，否则大祸将至，到时后悔莫及！"

言罢，那书神连连叹息，后退几步，消失在黑暗中。

骆敬急忙起身，重新点上蜡烛，来到书橱跟前，见周围空空荡荡，根本没什么人影。再低头一看，见书橱中有本旧书，纸张泛黄。

"书神？"骆敬冷笑一声，"原来是你这老书作祟！着实可恨！"

他将那书拿起来，用蜡烛点了，扔在地上："烧了你，看你还作祟否！"言罢，翻身上床，恨恨躺下。

骆敬刚躺了一会儿，觉得呛人，抬头一看，见书橱火光冲天，接连顶棚、栋梁，一起都烧了！

"来人呀！走水啦！"骆敬捂着口鼻，跑到门前，使劲想拉开房门，却发现不知何故，那房门紧闭，根本就打不开！

"唉！"黑暗中发出了一声叹息，"好言相劝，竟然死不悔改，此子，不可救药。"

那书神端坐于火焰之上，摇头叹气，倏忽而灭。

"救命呀！救命呀！"大火之中，骆敬发出了凄惨绝望的叫声。

几日后。

阳光灿烂。四娘鱼羹店后院的走廊上，小满和孙蛤蟆掷着骰子。

"喂，糟老头子，你又出老千了！"

"你哪只眼睛见我出老千了？"孙蛤蟆一身的肥肉乱颤，"分明是输不起！"

"我输不起？荣六郎赠的银子，我可分了五十两呢！"

"那就来把大的，一把定输赢！"

"赢了钱归你，输了，我问你点儿事。"

"好！"

"单还是双？"

"双！"

开了，是双。

"哈哈哈，我赢了。"小满笑道。

"怎么可能呢！刚才我分明……"

"你那把戏，庄助都告诉我了。"

"叛徒！"孙蛤蟆十分生气。

"愿赌服输。"小满道，"我要问你的，你老实回答。"

"有屁快放！"

"我那天装书神，烟熏火燎，差点儿被火烧死，在床上躺到现在，后面事情如何了？"

"解决了呀，不然你怎么可能得到赏钱。"

"说得详细些。"

"官府那边去调查了一番，结论是不小心所致，白死。"

"当时门窗是你从外面锁上的吧？"小满道，"你们也太过分了，我还藏在床底下呢！"

"后来庄助不是把你救了嘛！又没被烧死。"孙蛤蟆白了小满一眼，继续道，"青竹引着潘阳、薛大个、曹二蛮那帮伙计，将事情一五一十给荣六郎说了，荣六郎听了，痛哭流涕。能遇到这般的掌柜和伙计，真是他的福气。好在地契和凭据都在，欠的钱也要回来了，书铺重回正轨。"

孙蛤蟆端过来围棋盘，落了一子："经过这件事，荣六郎也看开了，当即宣布退隐，将书铺完全交给了潘阳等人，自己真的成了闲云野鹤，专心在书屋里消磨时光了。至于可心姑娘，很受打击，不过过段时间应该就好了。哦，宋青竹给介绍了一位，是北城王家书铺的二公子，人长得还行，忠厚老实，也有功名，最重要的是爱书，跟荣六郎一个德行。第一次见面，两个人就在书屋里畅谈了三天三夜，荣六郎很喜欢，伙计们也赞同，估计很快就能成为他的好女婿。"

"听起来，皆大欢喜。"小满笑了笑，陪孙蛤蟆下围棋。

"皆大欢喜个屁呀！"孙蛤蟆长吁短叹。

"怎么了？"

"老夫那本世间无二的书，当时掉在了火中，付之一炬！唉，一想到这个，老夫心中滴血呀！太可惜了！"孙蛤蟆哭丧着脸。

"哈哈哈，这叫报应吧。一把年纪了，还如此不正经！"

"你懂个屁呀！多看看，有益身心！"

"哎！你怎么又擅自移动棋子位置！"

"早跟你说了，老夫指头肥，无意为之的嘛！"

"你分明就是耍赖！这什么手呀，一个馒头插上五根萝卜！"

"张小满，你莫惹老夫！老夫可是无忧洞前头子！"

"我还是刀客呢！"

"狗屁的刀客，刀都不敢拔！"

"谁说的！"

"我说的！你拔个我看看！"

"我……我就拔！"

"你拔呀！"

"拔怎么着了！我……"

噌！

推搡之间，那把许久未拔出的刀，出鞘了！

"张小满拔刀啦！快来看呀，哈哈哈，张小满竟然拔刀啦！"

院子里，响起了孙蛤蟆兴奋的声音。

"真的假的？我看看！"

"哎哟喂，竟然真拔出来啦！"

"小满，可喜可贺呀！"

凤四娘、宋青竹、庄助从不同方向跑到跟前。

"拔什么呀！是这糟老头子推着我……不小心拔出来的！"小满看着那刀，呜呜哭了起来——

"爹呀，我终于把这玩意儿拔出来了！"

落头民

　　秦时，南方有落头民，其头能飞。其种人部有祭祀，号曰"虫落"，故因取名焉。吴时，将军朱桓得一婢，每夜卧后，头辄飞去。或从狗窦，或从天窗中出入，以耳为翼。将晓复还，数数如此。傍人怪之，夜中照视，唯有身无头，其体微冷，气息裁属，乃蒙之以被。至晓头还，碍被不得安，两三度堕地，噫咤甚愁。而其体气急，状若将死。乃去被，头复起傅颈，有顷和平，复瞑如常人。桓以为巨怪，畏不敢畜，乃放遣之。既而详之，乃知天性也。时南征大将亦往往得之。又尝有覆以铜盘者，头不得进，遂死。

——晋·干宝《搜神记》

南方有落头民，其头能飞，以耳为翼，将晓还，复著体。吴时往往得此人也。

——晋·张华《博物志》

鄯善之东，龙城之西南，地广千里，皆为盐田。行人所经，牛马皆布毡卧焉。岭南溪洞中，往往有飞头者，故有飞头獠子之号。头将飞一日前，颈有痕，匝项如红缕，妻子遂看守之。其人及夜，状如病，头忽生翼，脱身而去，乃于岸泥寻蟹蚓之类食之。将晓飞还，如梦觉，其腹实矣。梵僧菩萨胜又言：阇婆国中有飞头者，其人无目瞳子。

——唐·段成式《酉阳杂俎》

落头之民

马行北去，乃小货行、时楼、大骨传药铺，直抵正系旧封丘门。两行金紫医官药铺，如杜金钩家、曹家独胜元、山水李家口齿咽喉药、石鱼儿班防御、银孩儿柏郎中家医小儿、大鞋任家产科。其余香药铺席、官员宅舍，不欲遍记。

——宋·孟元老《东京梦华录》

"我有时想，所谓人头，到底是什么呢？"

男子茶色的眸子，深沉如水，凝望着天上的云。

春日了，暖风和煦，柳树发出了新芽。

黄昏时刻，阳光照在庭院里，光影飞去。

院子收拾得干干净净，青砖作墙，刷上白粉，种上翠竹，营造假山，鱼池虽不大，但里面的游鱼甚是可爱。

隔壁院中，有棵年头久远的松树。

应该是黑松吧，足可两人合抱，盘龙一般遒劲，枝繁叶茂，以至从隔壁探过来，一半树冠伸到这个院子里。

廊上摆放好了茶桌，几株水仙长在精致的白色石盆里，绽放出些许花朵，幽香沁人心脾。

男人年约四十岁，一袭麻布白衣，头戴黑色幞头，面如冠玉，微微有须，气质朴拙，一看便是文人书生，可能因为长期伏案，背有些微驼。

"说的什么混账话？人头便是人头嘛！你有一个，我有一个，大家肩膀上都有一个！"对面的老家伙开始聒噪起来。

老头的打扮普通，不过头上东坡巾的拐角插上了一朵粉红色的小小茶花，甚是好看。

若是以样貌看，不过寻常的一个老儿，但若是提起赵太丞，恐怕汴梁无人不知无人不晓。

这老头姓赵名光，虽说出身宗室，但和当今官家支脉疏远，自幼精通医术，进了太医局，干了一辈子，五十岁那年退休，在州桥老宅开了个医馆，可医各种疑难杂症，尤其擅长妇科、小儿，不仅医术高超，心肠也好，故而声名远扬。

就是……脾气暴躁得很。

"其实仔细琢磨起来，也很复杂呢。"旁边的人见他们两个如此，笑起来。

"青竹，怎么你这家伙也变得神经起来？"赵太丞翻了个白眼。

宋青竹将滚水注入茶盏，道："正道兄说的人头，其实有很多的说法。所谓人头，其实有不同的讲究。其一，也是最简单直接的，指的是人的头，《墨子·鲁问》曰：'今有刀于此，试之人头，倅然断之，可谓利乎？'指的就是我们肩膀上的这玩意儿。其二，指的是人数，我们经常听到'人太多了，清点一下人头！'。再则，一群人或者一个组织的领袖，也称之为'人头'。"宋青竹将茶盏放在愁眉不展的男人面前，笑道："正道，你说的人头，指的是哪个？"

"当然指的是……人的头了。"叫正道的男人喝了一口茶，叹了一口气。

这人姓张，名择端，字正道，早年游学汴梁，后来学习绘画，因为画技精湛，尤其擅画街道、屋宇、市肆、舟车，被召入翰林图画院，任翰林待诏。

赵太丞暴脾气上来，双目圆睁，攥着拳头，说："我乔迁之喜，邀请你们两个混账过来做客，原想着喝茶聊天，快活一番，你们竟然扯什么人的头，简直岂有此理！"

"分明挺值得琢磨的呀。"张择端有些激动，口齿也变得不甚灵活起来，"这是……标识呀！"

"标识？何意？"赵太丞问。

"世间芸芸众生，凭什么分出你、我、他？"张择端道。

"自然是名字了。"赵太丞脱口而出，"我们三人，姓名不一。"

"若是细究，你这说法便不成立了。"张择端道，"所谓名字，不过是个代号而已。"

"正道这说法，我同意。"宋青竹笑道，"莫说人名了，便是这世间万物的名称，也不过是个代号。比如这水，当初先人为之命名，称之为'水'，后来便都称这东西为水了，若当时名之为'火'，这玩意现在则叫火。人名也是如此，择端也罢，正道也罢，不过是随口取了。正道当初若是叫青竹，我当初若是叫正道，那太丞你呼正道，便是指我了。"

"歪理邪说！"赵太丞冷哼了一声。

"其实所谓名字，便是咒呀。"宋青竹道，"原本有无数的可能性，'青竹'这两个字，便把我一生都禁锢了。别人叫青竹，我便本能地答应，别人提起青竹，就会自然想到我这个人，但是这名字，这两个字，其实和我有什么关系呢？"宋青竹道。

"所言甚是！"张择端连连点头，"人的头，不一样。"

"没完了简直！"赵太丞道。

"人有千万，但每个人的头不一样……"张择端想了想道，"即便是双胞胎，也有细微的差别。望见一人的头，便知道此人是谁，如此一来，人头，便是一个人的标识了。人的其他部位，比如手脚、腹背之类，便无有此等辨识度。"

宋青竹笑起来："哈哈哈。言之有理，我们做巡检的，碰到凶案，若是死者的人头被割了去，光凭身体判断对方的身份，非常困难，有人头就好办多了。"

"恐怕也是因为这个，战场厮杀之后统计战果，往往都是'斩首多少级'。"张择端补充道。

"人头称之为首级，自秦而始。商君变法，立下军功爵制，前八级规定，士兵每杀一人拎回来一个人头，便能晋升一级，因此称之为首级。"宋青竹道，"为何以人头来计算，我想应该有两个原因吧，一个是正道说的标识，第二个，便是一个人若是头被砍掉了，自然活不成了，手脚、耳朵这类部位，有时失去了，人也不会死的。"

"话不能这么说！"赵太丞道，"刑天，脑袋被砍了，不照样活着嘛，还'以乳为目，以脐为口，操干戚以舞'呢。还有，干将、莫邪的那个儿子，名字叫赤鼻的家伙吧，父亲被晋君杀了，为报仇，他将自己的脑袋砍了让人捧去给晋君，在锅里煮三天都不烂，晋君前往观看，帮助赤鼻的那家伙趁机把晋君脑袋砍了，自己的也砍了，三个脑袋在镬中还相互撕咬！ ①"

宋青竹哭笑不得："太丞，别人如此说也就罢了，你可是一位郎中！"

---

① 赤鼻的故事，见西汉刘向《列士传》：干将、莫邪为晋君作剑，三年而成，剑有雌雄，天下名器也。乃以雌剑献君，留其雄者。谓其妻曰："吾藏剑在南山之阴，北山之阳，松生石上，剑在其中矣。君若觉，杀我。尔生男以告之。"及至君觉，杀干将，妻后生男名赤鼻，具以告之。赤鼻斫南山之松不得剑，思于屋柱中得之。晋君梦一人，眉广三寸，辞欲报仇，购求甚急。乃逃朱兴山中。遇客欲为之报，乃刎首。将以奉晋君。客令镬煮之头三日，三日跳不烂，君往观之，客以雄剑倚拟君，君头堕镬中，客又自刎，三头悉烂，不可分别，分葬之。名曰三王冢。

"郎中怎么了？郎中就不能信口雌黄吗？"

"这个……"宋青竹无可奈何，道，"总觉得似你这般的郎中，有些不正经。"

"只要治好病就行，正不正经有什么关系？老子还喜欢喝花酒呢，这难道有问题吗？"赵太丞冷哼一声，看着张择端道，"说到人头，老子不光听说过头被砍掉还能活着的故事，还听过即便是变成骷髅，也能作怪呢！"

"何意？"

"死人头喽！"赵太丞道，"不知道何时何地发生的事，有个人在野地里溜达，看到一个死人头，就是骷髅头啦，一时玩心大发，往人家嘴巴里塞了枣子和大蒜，就走了。结果晚上村子里怪事频发，看到一个玩意儿在空中飞，嘴里喊：'枣子好吃，可大蒜太辣啦！'诸如此类的故事，实在太多了，难道你们没听过？"

"听过。和人头有关的怪谈，层出不穷。"宋青竹道，"这恐怕也是有原因的。"

"什么原因？"张择端问道。

赵太丞喝了一口茶，"面对这番良辰美景，谈死人头，你们觉得合适吗？"

张择端和宋青竹相互看了一眼。

"喂，正道呀，你小子为何琢磨起人头了呢？"赵太丞道，"难道犯病了？"

"我可没犯病。"张择端急忙摇头，"就是……就是因为最近的一些事，心中烦闷得很。"

"烦闷？"赵太丞又睁大了眼睛，"老子天天看病人，累死累活，青竹到处缉拿作奸犯科之徒，昼夜不息，你小子不过陪着官家画画，风吹不到雨淋不到，只需动动笔杆子，有什么烦闷的？喂，做人可不能太过分啊！"

"喂，喂什么喂呀！我画画也挺累的。"张择端皱起眉头，"可不是轻松活儿！"

"怎么不轻松了？"

"说起来是什么翰林待诏，其实就是官家的笔杆子，说白了，和官家养的阿猫阿狗没什么区别，供消遣用的废物而已。整日里画些歌功颂德、没有任何实际内容的画，山呀水呀鸟呀花呀草呀的，烦死了。更可气的是，便是如此，一帮画师之间还钩心斗角，为了挣得官家的一点儿好感，什么坏事都做得出来。所以，我便不干了。"

"不干了？！"赵太丞和宋青竹听到这里，很是吃惊。

"正道呀，翰林待诏，那可是全天下画师梦寐以求的职位，你竟然不干了？"赵太丞嘴巴张得老大。

"或者，是我失望了吧。"张择端那双眼睛不由自主地眯了起来。

他叹息了一声，原本微驼的背，更佝偻了起来。

"怪不得这些天你闷在屋子里，叫你不应，一个人呆呆地对着画案。"赵太丞说。

张择端在汴梁并没有固定住处，经常四处搬家，因和赵太丞关系甚好，所以赵太丞迁了新居之后，专门留了一个房间给他。便在眼前的这小小院子里。

院子位于整个住宅的右后方，虽不大，但是和主院以围墙隔开，清静。

"我画了一幅画。"张择端抬起头，"一幅前无古人后无来者的画，一幅我自己从来没画过的，要将我所有的技巧、所知、所感都融进去的画！"

"那好极了。"宋青竹道，"正道的技法，汴梁无二。画的是何物？"

张择端指了指外面："便是这汴梁！"

"汴梁有什么好画的，熙熙攘攘，吵吵闹闹，鸡毛蒜皮。"赵太丞道，"这等意境，怕入不了文人雅士的眼，又岂能入画？"

宋青竹道："我听说官家前不久画了一幅禽鸟图，几乎连一根根的羽毛都看得清楚，风雅得很。"

"如此东西，于这世间何用？"张择端固执起来，冷冷道，"不过是些无用之物。"

"你这家伙，嘴太坏，这等话若是传出去，你还想不想活了？"宋青竹道。

"就是这个道理。"张择端正襟危坐，"青竹，你去过长安否？"

"自是去过。"

"有何感想？"

"这个……怎么说？"

"昔日大唐时的长安，九天阊阖开宫殿，万国衣冠拜冕旒，何等的气吞天下，何等的繁华气象。可惜安史之乱，唐皇流窜，接着乱世狼烟，内库烧为锦绣灰，天街踏尽公卿骨！宫阙万间，化为瓦砾荒草。"张择端唾沫飞扬，义正词严，"青竹，你看这汴梁，又如何？"

"汴梁……"宋青竹沉吟起来。

"也是万国汇聚，也是摩肩接踵，也是一派繁华气象，其实不过醉生梦死而已！"张择端喝了一口茶，拍案道，"北有强敌，西有西夏，官家只知玩耍享乐，奸臣当道，民不聊生，这般汴梁，早晚也是唐时长安！"

"正道，慎言！"这回，连赵太丞也坐不住了。

"朝廷诸臣无胆，不敢向官家直谏，我这么一个画师，总得做点儿事。"张择端冷声道，"否则真对不起手里的这支笔！"

"何苦呢你。"赵太丞道，"一帮当官的都不操心，你区区一个翰林待诏操哪门子心。"

"这大宋，非一家之大宋，更非一群人的大宋，而是大宋人的大宋。便如这汴梁，乃是百万人的汴梁，若是放任，一旦狼烟至，生灵涂炭，受苦的还是老百姓！"张择端正色道。

"我佩服的，便是正道兄这浑身的忠骨！"宋青竹施了一礼，道，"不知这和你那画，有何关系？"

"自然有关系！"张择端道，"我这画，将这汴梁尽写其中！大街小巷，店铺林立，百肆杂陈，茶坊、酒肆、脚店、肉铺、庙宇、公廨、医药铺子，还有城楼、河港、桥梁、货船，官府宅第和茅棚村舍。单是人物，便有八百一十五人！男女老幼，士农工商，三教九流，无所不备。"

宋青竹和赵太丞瞠目结舌。

"此乃……鸿篇巨制呀！"赵太丞道。

"这画，我早就开始画了，一直都在秘密进行。表面上看，是这汴梁的繁华，可实际上，藏着东西。"

"藏着什么？"

"危局！"张择端道，"这繁华的背后，这画里的各处细节，都在透露——虽是盛世，可兵甲不修，守备懈怠，官员争权，百姓对战火浑然不觉！此等汴梁，一旦敌军攻至，不过是刀俎上的鱼肉而已！"

"你这画……难道献给了官家？"宋青竹突然明白了。

张择端重重点了点头。

"你疯了！"宋青竹道，"官家最喜欢听的是大宋安宁，国泰民安，你这是……"

"那不过是自欺欺人而已！"张择端道，"我就是要让他明白，这天下，不安！"

"结果呢？"

"前几日，官家来图画院，我便献了上去。官家兴致很高，让人展开了观赏。刚开始，一帮臣下都说好，说着汴梁繁华富庶，政治清明，乃是官家英明，都是些狗屁话。官家则一直默不出声。"张择端道，"他细细看了一会儿，取出自己的御宝盖了，在画上留下御笔。"

"官家写了什么？"

"官家为此画取名——《清明上河图》。"

"这可是荣耀呀！"赵太丞道，"据我所知，很少有画能让官家亲自如此。"

"写完了，官家又仔细看了看，然后指出了我一个问题。"

"什么问题？"

"官家说，此画甚妙，功夫好，眼界也好，可有个致命的不足，所以算不得上品。"

"有何不足？"

"官家说，别的倒是精妙，上面这么多的人物，竟然全都没有画出五官面容，千人一面，便呆板无趣了。说完这话，官家便顺手将此画递给蔡京，让他看看，然后收入御府。"

"让蔡京看？"赵太丞道，"那鸟人能看出什么？"

宋青竹摇头道："非也。官家虽然不善为君，但天资聪慧，尤其是丹青高手，怕是看出了正道的心意，让蔡相公看，大有深意。"

"有何深意？"

"太丞应该知道，蔡相公当初深得信任，如今权倾天下，但官家对此人越来越不满。既然官家看出了门道，又将此画给他，摆明告诉他——这画里的言外之意，都是他蔡相公的'功劳'呀。"

赵太丞恍然大悟，道："如此，正道岂不是不妙！"

"我且不管他什么蔡相公王相公，总算是出了一口恶气。"张择端摆出一副死猪不怕开水烫的样子。

"话说回来，蔡相公字写得好，但画并不精通，未必看得出来。"宋青竹道，"不过有件事，我倒是想问问正道你。"

"何事？"

"既然费尽心思画出这般好画，为何不将那画上人物都画出五官？有五官，人才有表情，才有喜怒哀乐，自然就生动，这个道理，便是初学之人也都明白吧？"宋青竹道，"为何你……难道是故意的？"

赵太丞哈哈大笑，道："这个我也早想问了！正道呀，你平日里画的画，凡是人物都不画五官，却是为何？"

说到这里，张择端喃喃道："就是人头呀……"

"人头？"宋青竹和赵太丞面面相觑，不知他什么意思。

"并非我不想画，也不是故弄玄虚，而是……而是我……画不出来……"

"怎么可能呢！你乃丹青高手，五官这等小事，怎能画不出？"赵太丞诧异道。

宋青竹也有些不解。

一个能进入翰林图画院的丹青高手，竟然画不出人的五官来？便是刚学画的小孩子，也能画出吧。

"我分辨不出人头。"张择端道。

"啊？"

"或者说，我分辨不出人的面貌。"

"这……到底怎么回事？"宋青竹彻底惊了。

"青竹方才说了，人人都有一张脸，每个人的面容都和别人不同，即便是双胞胎也有细微差别，若是看到此人的脸，便知道是此人。"张择端沉声道。

"自然是这个道理！"赵太丞道。

张择端抬起头，看着宋青竹和赵太丞，道："二位，我分不清人的脸，或者说，所有人的脸，在我眼中都是一样的——模糊一片！"

"竟然有此等之事，闻所未闻！"赵太丞道。

张择端使劲点了点头："真的如此。所以这么多年来，我分辨人，靠的不是看人的脸，而是从身材、衣服、声音等去分辨。这是我从未向外人道的秘密，便是二位，我也从未透露过。"

赵太丞和宋青竹呆了，坐在那里，一时不知如何回应。

"所以，人头到底是个什么东西，我真的不清楚。"张择端说。

"这，应该算是怪病吧？"宋青竹望向赵太丞。他是名医，人身上出现的异常，应该有所了解。

怎料想赵太丞直摇头："从来没碰到过这样的事情！不过，想一想，应该算是一种怪病吧。"

"能医治吗？"宋青竹问。

赵太丞坦言道："我不晓得。术业有专攻，我擅长的是妇科、小儿的疑难杂症，正道这般的怪病，倒是第一次见，非我所长。”

"说到人头，我倒是想起一件事。"宋青竹忽然想到了什么，道，"七年前，汴梁城发生了一起怪案，凶手屠了一户满门，行凶后大模大样进入一处宅邸。皇城司的人随即将宅子围得水泄不通，接着仔细搜查，那人竟然踪影全无。"

"是不是孙家馒头案？"赵太丞道。

"是了。"宋青竹道，"案发在夜半。忙活了一天的孙家馒头店正准备关门歇业，凶手拎着一把铁刀闯入，将孙家八口尽数杀害，然后满身血迹逃走。当时虽说是夜里，但尚有未打烊的店铺，不少人都看得清清楚楚，那人身材瘦削，面容苍老，是个六七十岁的老者。有好事者偷偷跟随，见其进了甜水巷郑宅之中。"

"此事当时闹得很大。"赵太丞道，"后来听说因为牵扯到朝臣，不了了之，内中缘由，人所不知。青竹，此事……"

"此事，我亲身经历，印象深刻。"宋青竹道，"那时我正在皇城司，当晚我亦随上官一起入宅搜查。那宅子，可不是一般人的宅子。"

张择端似乎根本没听说过这件事，听得聚精会神。

"宅子的主人，姓郑名玼，是郑太宰①的侄子，蔡四②的女婿，年二十五，出身名门，又新娶了蔡家的女儿，前途不

---

① 郑居中，汴梁人，宰相王珪之婿，徽宗朝太宰。

② 蔡绦，蔡京第四子。

可限量。"宋青竹道，"所以厢里接到案子，不敢擅自处理，交给了我们。因为是灭门之案，皇城司不得不接下，让我和苏景宗一起带人缉拿凶手。"

宋青竹道："五十多个察子，另有三五百禁军，一二百铺兵，将郑宅围了，然后里里外外搜查，几乎挖地三尺，就是没有发现凶手。"

"凶手是不是早就离开了？"张择端问。

"当时我们也这么以为，可仔细盘问之后，发现并非如此。"宋青竹道，"报案的人是孙家馒头店对面店铺的罗家掌柜，此人心思缜密，跟踪到郑宅之后，又让手下的小厮在后门、旁门监视，从始至终就没看到过任何人离开宅子。"

"也就是说，那人进去了，就在宅子里？"张择端道。

"然也。"宋青竹道，"宅子里的郑家人出来让罗家掌柜辨认，都不是凶手。"

"会不会藏起来了？比如密室之类的。"

"也都尽数搜查了，皇城司的手段非比寻常，就是个耗子洞，都能打探得一清二楚。郑宅虽然有密室，可逃不出我等耳目。"宋青竹道，"又一一审问宅子里的仆人、家丁，都说没有看到这么一个人进来过，而且家中也并无此等样貌之人。"

"难道他们说谎？"

"无有。我特意取来户册，一一核对，户册上的确没有凶手那样的人。"

"这就蹊跷了！"赵太丞道，"好好一个活人进去了，就凭空消失了？"

"当时我是蒙了，不过苏景宗脑袋灵活，他发现郑宅的人都出来了，唯独一个人没有露面，便是家主郑甭。"

"这个不可能吧。郑甭二十五岁而已，不是说凶手是个六七十岁的老人吗？"张择端道。

"我也是如此想。罗家掌柜看得清清楚楚，对方六七十岁了，郑甭才二十五岁，怎么可能呢。据郑家人说，郑甭患病，已经一个多月卧床不起了。但苏景宗坚持要看一看。"宋青竹道，"郑家也只好让人将颤颤巍巍的郑甭搀扶出来。我一看，的确不可能，二十多岁的小伙子，脸色苍白，连走路都费劲，更别提杀人了。罗家掌柜仔细观察了一番，摇头说不是凶手，虽说身形相似，可年纪、容貌无法对上。可苏景宗却跟我说，有些蹊跷。"

"为何？"

"这家伙心细如发，发现郑甭手腕上有个很深的咬痕，咬得很厉害，几乎被咬下一块肉。从牙痕看起来，对方绝对不是成年人，而更像是个孩子。孙家有个孙子，不过十二岁，苏景宗让仵作将那孩子的口齿与郑甭手腕上的咬痕对比，竟然十分吻合，进而敲定这郑甭便是凶手。他的手段，远比我厉害，威逼利诱又上了刑罚，郑甭虽咬死不说，他那刚过门的媳妇儿，也就是蔡四的女儿，说了实话。"

"这家伙易容了？"赵太丞道，"我倒是听说有此等法术。"

"哪是什么易容！"宋青竹道，"这家伙得了一种怪病。此等怪病，每月十五夜半时发作，面部肿胀、皮肉簇皱，好好的年轻面目不但瞬间苍老而且性情大变，灵智全无。此事是郑家的秘密，只有老管家知晓，每到十五这晚，老管家就会将郑萧单独囚禁起来。此怪病发作，只有一两个时辰，过后就会恢复原状。结婚之后，新娘子也是偶然得知，心生抱怨，夫妻两个十分不睦。"

"竟然有这种怪病！天底下，果真奇事甚多。"赵太丞惊道。

"事情查明之后，回复上官，郑萧和蔡家小姐分手，郑家打点了一番，郑萧离开汴梁回了老家，最终不了了之。"宋青竹道，"所以，人头这种事，有时甚是有趣。分明一个人，却有两副面容，稀奇。"

三人谈得投机，眼见得日影西斜，暮色四合，赵太丞唤来小厮，撤去茶盏，在院中摆了酒菜，点上了烛火。

春夜秉烛夜谈，也算是雅事。

三人杯来盏去，渐渐地都有了醉意。

"说到人头，老夫一生见过的多了。早年间也曾游历各地，各种奇闻怪谈也听说不少。"赵太丞打了个酒嗝，低声道，"老夫问你们，人头若是离了脖颈，人还能活吗？"

宋青竹哑然失笑。

"太丞，若是别人问，那是傻，你一个行医救命之人，竟然有此一问。人头若离了脖颈，岂能活！若能活，对那些大罪之人，何用枭首之刑？"

"也不一定，有的人，脑袋离开了身体，的确能活。"赵太丞道。

"怎么回事？"宋青竹问。

"尔等，可听闻'落头民'？"赵太丞眯着眼睛问。

"我好像听十五爷说过。"宋青竹道，"有次聊天，他说过落头民，好像《搜神记》中有过记载。"

"然也。"赵太丞道，"我自幼便喜欢看这些奇闻逸事的东西。传说在秦时，南方有这种人，头能离颈而飞，所以这个部族又被称为'虫落'。三国吴时，将军朱桓曾经有个婢女，到了夜里睡着之后，脑袋就飞走了，天快亮了的时候飞回来。朱桓大为奇怪，亲自检验一番，发现果真如此，便将此女放走了。那时候，前往南方打仗的将军，往往能够抓到落头民，有人起了恶心思，等他们脑袋飞出去之后，用铜盆盖住他们的脖子，脑袋飞回来之后，因为无法和身体合并，这些人就死了。"

"不光是《搜神记》，《博物志》等皆有记载。"赵太丞道，"唐代段成式的《酉阳杂俎》也有记载，不过称此种人为'飞头獠子'。说是岭南那地方，地广人稀，大山溪洞之中，往往有这种人，头离开脖颈的前一日，他的脖子上会有细如红线的痕迹，家人看到了就知道他要飞头了，第二晚彻夜看守，果真晚上脑袋飞出去，到溪流岸边吃螃蟹、蚯蚓之类的东西，天不亮飞回来，脑袋重新合在脖子上。对于这些事，飞头獠子是不知道的，感觉如同做了一个梦，但是嘴里面的确因为吃了螃蟹、蚯蚓，腥臭难闻。还有记载说，这种人眼睛里没有瞳孔。"

赵太丞侃侃而谈。

"不过都是些怪谈而已，无中生有。"张择端却是不信。

"老夫原来也作如此想，但是后来，碰到过一户人家。"赵太丞喝了一盏酒，道，"那时老夫二十一岁，随族叔前往柳州，虽说是去做药材生意，实际上对我而言便是游山玩水。到了柳州之后，安顿下来，便跟着族叔到深山之中收购药材，十分辛苦。有一日，到了一个小镇，说是镇子，只有十来户人家，位于十字路口，开些酒肆、旅舍而已。当时天色已晚，我和族叔找了两家旅舍，都客满。正发愁，发现镇子不远处的半山腰，有一家旅舍，挑着幌子，便要去。怎知当地人听了，皆劝我们。询问缘由，皆面色怪异不肯说。"

"我和族叔管不了那么多，又累又饿，攀山而去。"赵太丞顿了顿，道，"那家旅舍倒是并无特别之处，床铺收拾得干干净净，男女主人看上去也挺老实的。洗漱一番，女主人送来酒菜，我二人便坐下来吃。也是老天开眼，我那几日肚子不舒服，喝不得酒，一口没沾，族叔喝了一杯，仰面朝天倒了。他酒量甚好，平时一斗酒都不会醉，我才明白，这恐怕是家黑店，酒里掺了蒙汗药！我等出去行走，又是郎中，故而有解药。我急忙从包裹里翻出来，救醒了族叔，两个人手忙脚乱之际，突然听得院子中发出怪响。族叔吹灭了蜡烛，我二人趴下身子，听得外面传来呼呼啦啦的声音，似乎是喘息声。接着，后窗之上，出现了一个人头的影子！自窗沿下缓缓升上来，口中发出呼哧呼哧的声响。我年轻气盛，取来随身弓矢，开弓放箭！只听得惨叫一声。顾不得许多，我二人背起包裹，开门一溜烟逃窜。下得山来，躲入一家旅舍，旅舍掌柜的才告诉我们，那家旅舍的男主人乃是飞头獠子，平日里但凡有客人前去，皆被麻翻了害命。我和族叔不敢耽搁，连夜离开了。想一想，窗后的那玩意儿，便是当晚男主人离开脖颈的人头吧，命丧我手，也算是报应。"

赵太丞一番话，听得宋青竹和张择端既震惊又诧异。

尤其是张择端，张着嘴巴，道："竟然有此等之事！"

"太丞你倒是精彩，不过落头民也罢，飞头獠子也罢，我是没见过，即便是有，也是在岭南这般的边陲偏僻之地，咱们汴梁是不会有的。"宋青竹道。

"其实，也不一定。"赵太丞沉吟道，"咱们汴梁什么人都有，岭南人也有不少，说不定就藏着呢。哦，对了，正道，你住在这里这么久，和隔壁女子是否熟识？"

"何意？"

赵太丞看着张择端，道："隔壁有个女子，甚是美丽，你不曾见过？"

"女子……"张择端面红耳赤，"太丞你说的女子，我不知道是哪个。隔壁女子多了去了。"

"唤作虫娘的那个。"赵太丞有些阴阳怪气起来。

"我与她，可不像你想的那般！"张择端大声道。

"正道呀，我只问你见没见过，你却说不像那般，分明是心里有鬼，此地无银三百两！"赵太丞捧腹而笑。

"到底怎么回事？"宋青竹似乎摸不着头脑。

马行街北边这一带，汴梁城有名的医药铺几乎都集中在这里，不管是内外伤病，还是妇科、小儿，这里皆能问医，而且郎中水平很高，许多闻名天下。

赵太丞一生行医，又在汴梁待了多年，朋友很多，尤其是在这些郎中里很有名望。原先在州桥那边开医铺，后来觉得那一带吵闹，再者觉得年纪大了，和好友来往不方便，所以索性搬到了这里。

赵太丞有不少郎中朋友，其中一个，便是隔壁的大鞋任。此人姓任，排行第三，都唤他作任三郎，又因为人高马大，尤其是脚大，一双鞋蒲扇一般，故而得了个外号"大鞋任"。

大鞋任祖上世代行医，专攻产科，什么安胎、生育，尤其是对付难产，特别有一手。大鞋任医术亦不错。汴梁城人口百万，生产的孕妇很多，女子碰到什么疑难杂症，或者即将生产之时家人担心发生难产之事，都会不惜重金请他过去，所以大鞋任家道殷实，虽然刚过中年，但在汴梁城有三处房产，手中有两家药铺、一家医馆、一家金银铺，一帮伙计用人，日子过得逍遥自在。

对于大鞋任，宋青竹也十分了解，但是赵太丞提到的虫娘，却是不甚熟悉。

"便是去年续弦娶的那位，此人便是岭南人。"赵太丞解释道。

宋青竹恍然大悟。

大鞋任这人，其他方面还好，唯独好色。结发妻子是裁缝铺老板的女儿，母老虎一般，两个人的婚事是指腹为婚，大鞋任没办法。成亲之后，妻子对他管得很严，莫说寻花问柳了，大鞋任与朋友一起喝个酒听个小曲，回来都要挨一番收拾。成亲七八年后，妻子暴病而亡，大鞋任虽然伤心，可总算是脱离了"苦海"，自此放纵一发不可收拾，整日流连于酒肆妓馆，不亦快哉。

后来，爹娘见他整日光顾这些地方，无有子嗣，着急万分，为他续娶了第二位夫人。这位夫人，乃是唐家金银铺的闺女。唐家金银铺产业甚大，名声在外，家主就这么一个女儿，视若掌上明珠。早年，唐家家主得了急症，幸亏大鞋任他爹悉心医治，方才捡回来一条命，多少看在救命之恩的分儿上，答应了这门婚事。

这二夫人，知书达理，贤惠顾家，就是身子骨有点儿差，生下儿子之后，半年便病去了。唐家家主老两口痛失爱女，一年之内，相继死去，唐家偌大的家产也就给了大鞋任。

有了唐家的家产，大鞋任更是发达，后来百般经营，认了太医局头头秦武柳当干爹，搞药铺，扩大医馆，风生水起，还给自己捐了个闲官，摇身一变成了任大官人。

自此之后，虽说大鞋任身边女人不断，但任宅里，夫人这位子一直空着。对此，大鞋任毫不在意——有钱有势，风流快活，夫人不要也罢。

去年，大鞋任结识了左金吾卫大将军韩严世。这位将军出身低微，但有勇有谋，从小兵一步步干起来，先后在西、南各边疆驻守，也算是封疆大吏，后来得了官家眷顾，调入汴梁，深得信任。

韩严世夫人怀孕，得知大鞋任精通妇科、生产，韩严世便请他来照顾。大鞋任也是有意相交，极为用心，所以两个人很快就相互引为知己。

一日酒宴，二人喝得大醉。韩严世说："贤弟，你我二人，不分彼此，听说你现在还缺个夫人，是也不是？"

大鞋任点头称是。

韩严世道："大丈夫岂能无妻？"

大鞋任虽然觉得韩严世这是管闲事，可碍于面子，也只能叹了一口气，道："没找到合适的而已。"

哪想到韩严世笑道："世间女子无数，何患无妻？我今日保个媒，如何？"

大鞋任只当他是醉话，韩严世却正色道："君子一言，驷马难追，这等事岂能说笑？"

言罢，韩严世低声道："实不相瞒，我戎马一生，在岭南平叛时，当地一土族官长献上一对女儿，虽说秉性不同，可皆有闭月羞花之貌。他此举，不过是巴结于我。我这人，你也知道，对女色素无兴趣，家里老妻一个就已足够。原想着将这对女儿退回去，不过当地风俗与我们不同，若是退回去，不但羞辱了对方，这对女儿恐怕也不好过。放在家里，又容易遭别人风言风语，所以和夫人一商量，干脆将这姐妹二人收为义女，两全其美。"

韩严世顿了顿，道："我调入京城后，她们也随我一起进京，如今都刚过二十，我正想找个靠谱的人家，风风光光给嫁了。她们随我多年，我和夫人当作亲女儿一般对待，感情很好，碰到贤弟你，真是天作之合。"

韩严世说完，拍了拍手，让家人请来了一位女子。

大鞋任抬头一看，顿时心猿意马——如韩严世所说，这女子不仅容貌美得如同天仙，更有着一股刚健之风，和汴梁城里的汉家女子自是不同。

韩严世见大鞋任看得呆了，哈哈大笑，当下便定下了这门婚事。

十日之后，大鞋任将这位名为虫娘的女子，风风光光娶进了门。

这事情很多汴梁人都知道。所以赵太丞开张择端和虫娘的玩笑，宋青竹顿时来了兴趣。

男人，其实很爱听八卦。

"正道，想不到你还有此等风雅之事？"宋青竹乐不可支。

张择端忙道："别听太丞胡说！我与那虫娘，不过……不过是偶尔会碰个面而已。"

"怕是不止吧。"赵太丞道，"前些日子，我来找你下棋，好几次看见墙边放着梯子，有人站在梯子上，和对面女子说话。我以为是谁呢，偷偷看了一眼，哈哈哈……"

宋青竹道："太丞，这墙头的确高了些。"

"然也。过几日，我让小厮们给拆了些，省得人家的郎情妾意被这墙头给劫了去。"

两个人一唱一和，说得张择端羞愧不已。

"真不是如此！"张择端分辩道，"刚才跟你们二人说了，我这人看不清别人的面容，所以对方不管是倾国倾城还是母夜叉，在我眼里都一样。我和她不过是谈得来，说些话，排解各自心中的苦闷而已。"

"苦闷？若是你，我倒是信了，那虫娘有何苦闷？"赵太丞道，"吃的是山珍海味，穿的是绫罗绸缎。"

"可不能如此说。"张择端道，"虫娘虽是边民之女，但多年来深得韩夫人教诲，知书达理，善解人意，而且心肠很好。她嫁给大鞋任，乃是因为韩将军之命，所以必须遵从。原想着嫁过来好生服侍，可哪想到那大鞋任一二十日的新鲜劲一过，便恢复常态，整日不沾家，流连于风月之地，有时喝醉了，回来便对虫娘发脾气，甚至大打出手。虫娘顾及韩将军的面子，这种事从来不对外说，所有的苦都自己忍着，唉，也算是……"

"大鞋任那家伙的确过分了。"赵太丞道，"这事儿，若是韩将军知道了，恐怕会拎着刀找上门来。虫娘识大体顾大局，也是苦了自己。"

"是呀。一开始我听隔壁传来琵琶之声，声声呜咽，真是天籁，便上了墙头说了几句话，自此之后，偶尔会相互问候一下。我们之间，可是什么事都没有！"

"这个我相信。"宋青竹道，"且不说正道，虫娘的为人，我也听过一些，严守妇道，内心善良。"

"不过，也有些日子没和她说话了。"张择端看了看墙头，道，"我正担心呢，莫非虫娘身体有恙。"

"别瞎操心了，便是染了病，人家家里也是有郎中的。"赵太丞举起杯子，道，"喝酒！"

三个人一直喝到凌晨，才结束了酒宴。

宋青竹离开赵太丞家，骑着马往南来。等到了州桥，天色已经蒙蒙亮。

宋青竹一身酒气，脑袋也疼，便拐了马头，来到四娘鱼羹店，想喝碗鱼羹醒醒酒。

店刚开门，人倒是不少。

宋青竹像往常那样要了一碗鱼羹、几个肉饼，边吃边和风四娘等人说笑。

吃完了鱼羹、肉饼，宋青竹的酒意消了不少，出了汗，全身舒坦。

出了鱼羹店，上马往公事所走，进了院门，有个手下跑过来，道："巡检，你可算是回来了，有人找你！"

"找我？谁呀？"宋青竹翻身下马，来到议事厅，见赵太丞坐在椅子上。

"太丞，喝了一夜酒，你不好好在家休息，怎么跑我这里来了？"宋青竹道，"看起来宝刀未老呀。"

赵太丞却不似宋青竹这般开玩笑，咣当一声把房门关了，拉着宋青竹的手，颤声道："青竹，昨晚发生了一件怪事！"

"怪事？什么怪事？"

"我看到了一颗人头！一颗在笑的人头！"

宋青竹顿时脑袋嗡的一声大了起来："在笑的人头？太丞，你不会是酒喝多了吧？"

"不可能！一下子把老夫吓得酒醒了！我赶紧跑到你这里来了！"

"到底怎么回事？"

"你走之后，我便睡下了。许是酒水喝得太多，我被尿憋醒了，去茅房是来不及了，便来到院墙下。正痛快撒呢，忽然一抬头……"说到这里，赵太丞声音都变了，颤抖道，"见一张脸出现在黑松之中。"

"黑松？围墙旁边从隔壁院子里探过来的那棵黑松？"

"正是！"赵太丞道，"就在枝繁叶茂的黑松之中，一张笑着的脸，不对，一颗人头正看着我，虫娘的！"

"虫娘三更半夜爬松树上做甚？"

"你怎么还没听懂呢？是一颗人头，不是人！"

"何意？"

"一颗人头！"赵太丞解释道，"那棵松树你是看过的，枝叶分层，若是人站在松树上，一眼就能看到身体。可是昨晚，那颗头下面，根本就是空空荡荡的！没有身体，孤零零的一颗虫娘的头！"

宋青竹似乎有点儿明白了，道："你是说，半夜三更，虫娘的人头跑到松树上，还对着你笑？太丞，你真的喝多了！"

"我绝对没喝多！我看得清清楚楚的！"赵太丞道，"这等事，我怎敢说谎！"

"若是真如同你所说，那就蹊跷了！"宋青竹道，"孤零零一颗头，那人肯定死了。这是命案呀！不过，若是死了，那头如何会对你笑呢？"

"我怎么知道，所以我赶紧跑来找你了！"赵太丞道。

宋青竹想了想，道："既然如此，我们赶紧回宅子里看看。"

二人离了公事所，一溜烟赶到赵太丞家中。心急火燎进了后院，来到墙头。

宋青竹道："人头在何处？"

"在那儿……噫？怎么没有了？"

宋青竹仔仔细细将那棵黑松看了个遍，根本没发现有人头。

"太丞，的确是你眼睛出问题了。"宋青竹道。

"绝对不可能！"赵太丞道，"我拿我死去的爹发誓！"

赵太丞为人最孝顺，能拿自己爹发誓，事情绝对非同小可。

"你二人在那里做甚？"或许听到了声响，张择端从屋里头走出来。

宋青竹将事情说了，张择端也十分吃惊。

"太丞，真的看见虫娘的头了？"

"千真万确！"

"哎呀！"张择端顿时紧张起来，"青竹，若是如此，那虫娘有性命之忧呀！"

"是呀！"赵太丞看着宋青竹。

宋青竹道："你二人何意？我去隔壁大鞋任家看看去？"

"嗯！"两个人同时点了点头。

"我咣咣敲人家门，然后说：'大鞋任，把你夫人叫出来，我看看她头在不在。'？"

"嗯！"

"你俩有毛病吧！我若如此，大鞋任能打死我！"

"那也得去探个究竟呀！万一真的是命案呢！"赵太丞道。

"总不能这么直接就去问吧！"宋青竹有些火了。

"我倒是有个主意。"赵太丞顿了顿，道，"干脆装去看病呗！"

"看病？"宋青竹真想一巴掌扇过去，"太丞，大鞋任擅长的是妇科，我们三个老爷们儿去看妇科？"

"那不是。"赵太丞指了指张择端，"我们带着正道去便可。"

"我也不是妇人呀！"

"你们有所不知，大鞋任除了擅长妇科、小儿，还有一项本领十分了得，那就是擅长医治精神错乱、失魂落魄之类的病症。正道那怪病，倒是可以让他看看。"

"看不清人的面容的怪病？"

"嗯！"

"这倒是个好办法。"宋青竹道，"我看行，干脆我们三个一起去。"

折腾了一番，也大天四亮了。三个人匆匆出了门，来到隔壁，让小厮通报，等了好一会儿，大鞋任才亲自出来迎接。

进了客厅，大鞋任让小厮奉上茶水，看了看三个人，面色上有些复杂，道："今日真是稀罕，宋巡检、太丞，你们怎么凑到一起了？还有，这位莫不是翰林张待诏？"

"正是在下。"张择端道。

"三郎呀，今日是来求你帮忙的。"赵太丞一脸真诚的样子，"我们仨也算是老交情，昨晚在一起吃酒，突然得知正道有个难言之隐，故而才登门拜访。"

"哦，难言之隐？"

"对，正道有个怪病。"赵太丞低声道，"正道，快将你那怪病跟三郎说说。"

张择端将自己看不清人的面目之事，说了一番。

大鞋任仔细听了后，皱起眉头："噫！这等病，确实蹊跷至极！"

赵太丞道："你在此等病疾上知之甚深，可有对症之法？"

大鞋任倒是没搭话，先是给张择端把了脉，然后仔仔细细从头到脚做了一番检查。

"奇怪了。"大鞋任坐下来，朗声道，"张待诏身体康健，并无症状。"

"分明就有呀！"赵太丞暴脾气上来，急了。

"你有所不知，此等病，因人而异，因事而异。"大鞋任道，"依我的经验，有两种情况。其一，此人身体遭到重创，尤其是脑袋，容易发生种种怪异之事；其二，便是精神遭受重创了。我看张待诏，恐怕就属于后一种。"

"精神重创？"宋青竹觉得挺新鲜。

"是呀，人这东西，有七情六欲，若是精神遭到重大打击，也会出现种种怪事，说白了，病还是来自'心'上。"大鞋任道，"或某一时，或某一事，或某一人，突然之间，便能如此。"

赵太丞道："别扯这些没用的，正道这病能治吗？"

"既然出在'心'上，那就得对症下药，找到原因。"大鞋任道，"这个我可没有什么把握，倒是可以参详参详。"

"怎么参详？"赵太丞双目圆睁。

大鞋任看着张择端，道："张待诏，所谓医者仁心，既然你来问诊，那就得信任我，我问什么，你得说什么，不得隐瞒半分，可否？"

"这个自然。"张择端点了点头。

大鞋任道："你这病是从娘胎里就有的，还是之后发生的？"

"我记得小时候，我不是这样。"张择端摇了摇头，"我爹的脸，我娘的脸，还有我小时候接触过的人的脸，我都记得清清楚楚。"

大鞋任呵呵笑了一声："果然不出我所料。那是从什么时候开始的？"

"记不太清楚了，大概……大概是从我娘消失的时候开始的吧。"

"你娘消失？"

"嗯。"张择端转脸望向院子，"从那以后，世人的脸，我便看不清楚了……"

桌子上的茶凉了，张择端却没有再动茶盏。他沉浸在了对往事的回忆中——

我娘性格开朗，长得也好看，爱说爱笑。印象最深的是我娘的头发很好，又浓又密又黑又长，绸缎一样。小时候我最喜欢闻着我娘头发上的味道入睡。

我出生在琅琊东武，我爹是个小小的文官，虽说与人为善，但孔武有力，有时脾气暴躁动怒起来，什么事情都不顾虑，所以别人都叫他"莽四"。

我爹俸禄少，家里便开了豆腐店，都是我娘操持，赚的钱有时候比我爹的俸禄还要多。

爹娘只有我这么一个孩子，所以疼爱得很。我幼时虽说家里比不得那些豪门权贵，但起码吃喝不愁，也算快乐。

我这个人小时候少言寡语，比较像我爹，十分敏感，喜欢一个人嘀嘀咕咕，有时对着一棵大树、一块石头甚至一群蚂蚁，也能待上半天。加上体弱多病，每三五天便会病一次，所以不像别的孩子那样出去玩，经常闷在家里。

其实家中也甚是好玩，且不说庭院中的草木假山，光是房间里就有无限乐趣。

我家的宅子年头很久了，据说已经住了七代人。前后两个院子，光房间就有几十间。这些房间，有的是书房，有的是卧室，有的是厨房，更多的，是用来封存杂物。那些杂物都是前代人留下来的，许久都未动过，布满灰尘和蛛网。

我小时候最喜欢的，就是找个地方躲起来。我特别喜欢我爹、我娘和仆人们四处寻找我，唤我的名字，自己一个人躲在小小的昏暗的空间里，感觉很安稳。

这样的日子，其实也挺好。

后来，在我五六岁的时候，我爹和我娘开始频繁争吵。夜里，隔壁传来激烈的争吵声、家具器物的破碎声，经常把我吵醒。我爹在怒吼，我娘在低低抽泣，再后来就静了下来。

我十分讨厌这样的争吵，有时他们吵得厉害，我就偷偷出来，找个地方躲起来。

我经常藏身的地方，有一处很是特别——卧室的对面，院子中，有一座挨着一株古柏所建的阁楼，不大，只有两层，原先应该是祖先们设置的神祠，供奉的应该是宅仙之类的吧，反正年代久远，神像面目不清。

神像和墙壁之间，有一条小小的缝隙，只能容纳孩童钻进去，又深又暗，如同一个小小洞穴，躲在里面，外面什么声响都听不到。

每次我爹和我娘吵架，我就会躲在里面。

这样的日子，持续了一两年，他们两个人越吵越凶。家中的豆腐店关了，我娘的脸上再也没有出现过笑容，我爹则很少回家，即便是回来，也是醉醺醺的，还会狂风暴雨般地咒骂。

大概我七岁那年，上元节前一天，我爹和我娘又是吵得很凶。我躲进神祠的那条缝隙里，或许因为天气寒冷受了凉，生病了，虽说好不容易退了烧，但身体虚弱，不能出去玩，只好躺在卧室里静养。我爹在衙门中当差，第二天天不亮就出去了。黄昏时，我娘给我喂了药之后，也打扮了一番，出去了。房间里只剩下我一人，只能乖乖躺着，就不知不觉睡着了。

突然我被什么声响惊醒，应该是瓷器掉在地上的声音。接着是我爹的怒吼，然后是我娘的骂声。他们为何而吵，我当时不晓得，只是听到他们反复提及一个人的名字，听起来，应该是个男人的名字吧。

那一次吵架和以往不同，双方都很暴躁，然后就是扭打之声。

我听到我娘尖叫了一声，接着便安静了。

本来我想躲进神祠缝隙里的，可那日实在爬不起来。

之后无比寂静，这让我觉得好奇。因为他二人吵架，往往都能吵到天明。

又开始发烧了。头晕目眩的我，爬到墙壁旁。

我的房间和父母的房间隔着一堵墙，那堵墙上有道细细的缝隙，有时我会从那里偷看。

我爬过去，凑到缝隙前，往里面观望。

房间里一片狼藉，器具、被褥、衣服扔得到处都是。

因为被桌椅板凳遮拦，所以具体情形我看不清楚，只能看到我娘躺在地上，躺在被褥、衣服之中，安安静静的。

我爹坐在地上，一声不吭。

他们两个人始终没有别的动作。我又困又难受，就回到床上睡去了。

第二天早晨，仆人服侍我起来。我烧退了，只是身体软绵绵的。我去隔壁房间像往常一样向父母问安。

我爹在，和往常一般无二。我娘却没在。

我问我爹娘一大早去了哪儿，我爹说我娘半夜离家了，不知道去了何处。

我哇哇大哭，伤心得要命。

我爹吩咐仆人，让他们照顾我，便出门了。

那一日，我从早晨一直哭到黄昏，在家里到处找我娘。后来哭累了，就睡着了。

等醒来，已经夜幕四合。

我摇摇晃晃站起来，来到神祠，钻进那条缝隙里。

那里是唯一能让我觉得安稳的地方。

结果——

竟然发现我娘也在里面！

是的，昏暗中是娘的那张脸，还有那又长又密的黑发。

"娘，你竟然藏在这里了！"

"不要告诉你爹。"

"好的,这是我们两个人的秘密!"

我爹一直没回来。不回来也没关系,反正我有娘陪着。

每晚我都溜进去,陪我娘说话。

又过了几天,家中突然来了不少人,应该是衙门里的,到处乱翻,鸡飞狗跳。我偷听了一会儿,好像是在找我娘。

嘿嘿,这帮笨蛋,怎么也不会想到我娘躲在那个地方吧。

反正我是不会告诉他们的。毕竟,这是我和我娘的秘密。

"你做得很对,千万不要告诉别人啊。"

"放心吧,娘。"

又过了二三日,有一天,天黑之后,我像往常一样溜进神祠,却被一个仆人发现了。他扯着我的脚,想把我从里面拽出来,我拼命挣扎,不愿意出来,混乱中,抓住了我娘的头发,一使劲——

我娘的头发,又长又密的黑发,竟然被我拽了出来!

然后,我听到仆人的惊叫声,外面一片大乱,很多人冲了进来。

他们终于找到了我娘。

之后的事情,我就再也记不清楚了。

说到这里,张择端抬起头:"从那以后,我便……再也看不清世人的脸。"

房间里一片死寂。

宋青竹、赵太丞包括大鞋任，都目瞪口呆。

"正道，你确定当时缝隙里藏着的，是你娘？"宋青竹道。

"是呀，我娘我肯定认识的。"

"但是，"宋青竹道，"你就从来没有想过，那条缝隙只能容纳孩子进去，你娘……是如何进去的？"

"这个……我不知道。"张择端摇了摇头。

"正道，那些衙门的人，为何到你家？"宋青竹又问。

"这个我就不知道了。我昏迷了好几日，醒来已经在二伯家了。二伯家距离我家一二百里。从那之后，我由二伯抚养成人，再也没回过老家。"

宋青竹道："那天晚上，你爹和你娘……你只看到你娘的身体，并没有看到她的头，是吗？"

"是呀。"张择端道，"为何这样问？"

"其实……"宋青竹顿了顿，道，"你应该能想清楚是怎么一回事。"

"何意？"

"可能是你受到的打击太大，自己遗忘了。"大鞋任显然也明白了过来。

赵太丞更是脸色铁青。

"你们……到底是何意？"

宋青竹苦笑一声，沉声道："那么小的缝隙，成年人是钻不进去的，即便是钻进去，那么多日子不吃不喝，你觉得但凡是个人，能支撑得住吗？"

"……"

"正道！"宋青竹虽然十分不情愿，但还是深吸一口气，正色道，"在那神祠缝隙之中，你陪着的，是……是你娘的首级呀！"

"首级，你指的是……头吗？"

"正是呀！因为你爹怀疑你娘和别的男人偷情，你娘被你爹一怒之下杀了，你爹割下了你娘的头呀！"

"我娘的……"张择端如同被天雷击中，身体剧烈颤抖，"我娘的……头……"

话音未落，身材高大的他扑通一声从椅子上滑下来晕倒在地。

"快来人！"大鞋任叫了一声，房间里一片混乱。

老鸦在树上叫了两声。

夜色已深。

房间里，烛光闪烁。

"三郎，正道没事吧？"赵太丞看着床上昏迷不醒的张择端，转脸对刚刚为张择端针灸过的大鞋任道。

"如我所说，这件事这些年来一直埋在他的心中。宋巡检说得不错，或许是因为当年受到的刺激太大，以至于让他刻意忘记了许多事情，连人的面孔也彻底不再分辨了。想一想，也是可怜，一个孩童，与母亲的头颅共处……"大鞋任叹了一口气，"二位放心，他应该是没事。所谓沉疴下猛药，或许这么猛然撕开伤疤，让他看清楚当年事情的真相，反而能破解他的心结。"

"那就好。"赵太丞喃喃道。

"忙活了这么久，二位想必也饿了。这里且放心。我已命人备下酒菜，随意吃些吧。"大鞋任做了个请的手势。

三个人出了房间，来到客厅，喝酒吃菜，说着闲话。

"这怪病，也幸亏遇到你。"赵太丞道，"正道的身世，也是可怜。我刚听青竹说，也吓一跳，人头竟然还能活，竟然还能和孩子说话，简直是……"

"六七岁的孩子，原本心智便不成熟，再加上那时他发烧生病，缝隙里又昏暗，以为母亲真的躲在里面，情有可原。他和母亲之间的对话，其实……都是他自己幻想的吧。"青竹道。

"有道理。若不是如此，那真是飞头獠子了！"赵太丞道，"人头能离开身体而活，也只有飞头獠子。"

"飞头獠子？"大鞋任一愣。

"也可以说是落头民，一种妖怪。"宋青竹笑了笑，将相关的典故、传说一一与大鞋任说了。

大鞋任一脸难以置信。

"你没听过？"赵太丞问。

"没有。"

"不可能呀！"赵太丞道，"弟妹乃是岭南人，肯定有所耳闻。难道她没有告诉过你？"

"不曾说过。"

"说到这里，三郎，自你大婚之后，我还没见过弟妹呢，今日凑巧，可否让弟妹出来，与我等见上一见？"赵太丞笑道。

"这个……怕是不方便吧。"

"这有何不方便的，又不是外人。再说，我也想问问弟妹是否听闻过飞头獠子，你知道，我向来就喜欢听这等奇闻怪谈！"赵太丞道。

宋青竹也在旁边帮腔："是呀，早就听闻嫂子贤良淑德，小弟也有心见见。"

大鞋任虽然有些勉强，但话都说到这份儿上了，只得吩咐家里小厮去请。

时候不大，便听得环佩声响。

"这帮狗鼠辈，怎么来了贵客不早早禀明，奴也好用心招待。"伴着一声银铃般的笑声，款款走进来一人。

宋青竹抬头望去，见这女子一袭红裙，眉目如画，娇艳如花，尤其是那双眼睛，明眸善睐，尽是风情。

人不光长得美，更有一股汴梁少见的风情。

"虫娘，来见见我的二位好友。"大鞋任急忙起身。

宋青竹和赵太丞皆与虫娘寒暄了几句。宋青竹朝赵太丞使了个眼色，赵太丞会意，皱着眉头冲宋青竹点了点头。

众人落座，小厮添了酒盏，虫娘敬了二人几杯酒。

"太丞和巡检今日怎么有空上我们这小门小户来了，平日里请都请不到。"虫娘笑道。

这一笑，真是满屋子亮堂。

"带了一位朋友来问诊，幸亏三郎妙手回春。"宋青竹将张择端的事说了一通。

"若不是青竹分析得好，我还以为碰到了飞头獠子。"赵太丞看着虫娘道，"我当年可是遇到过这玩意儿的。"

言罢，又将他早年在岭南进黑店、箭射飞头獠子的事说了一遍。

"飞头獠子的事我也有所耳闻，但是没有亲眼见过。"虫娘道，"不过我们那里乃是蛮荒之地，纵是有这种事情，也稀松平常。"

"虫娘是岭南人，竟然没见过？"赵太丞有些诧异。

"的确无有。"

"难道对当地人来说，飞头獠子乃是不祥之物而不愿意为人所知吗？"宋青竹道。

"那倒也不是。我们没那么多的顾虑。飞头獠子也罢，落头民也罢，乃是一支特殊的血脉，唤作虫落。旁人无此飞头能耐，故而听说了便觉得是怪物。实际上，这样的人很受尊敬，旁人甚至以神视之。毕竟脑袋离体而飞，可不是凡人所为。在我们眼中，那便是天神了。"

"如此说来，也是有理。"宋青竹喝了一盏酒，呵呵一笑，道，"不知虫娘是不是这虫落族人呢？"

"巡检为何有此问？"虫娘也喝了一口酒，笑道。

"虫落族，虫娘，呵呵，这姓氏上倒是很相似，加上虫娘又是岭南人，故而……"

大鞋任听了，有些不高兴了，道："宋巡检，拙荆怎么可能是什么飞头獠子呢！"

宋青竹道："我也是好奇一问。"

虫娘道："自然不是。"

宋青竹放下酒盏，道："这可就奇怪了。"

"怎么奇怪了？"虫娘也是一愣。

宋青竹道："昨晚我们三个在隔壁喝酒，喝到半夜，正高兴，举头往那棵黑松上一望，你猜看到了什么？"

"什么？"

"一颗人头！"宋青竹低声道，"那棵黑松，你们也都清楚，绝对无法藏着一个人的。那颗人头，就在枝条上，其下并无身子，不仅容貌俊美，而且笑容灿烂，可把我们三个吓得够呛。二位猜猜，那人头面目似谁？"

"谁？"大鞋任听到这里，呆若木鸡。

"自然是……"宋青竹指了指虫娘，"嫂子啦！"

大鞋任拍案而起，勃然大怒："宋青竹！我敬你是太丞的朋友，更敬你的为人，可别得寸进尺，在我这里胡扯八道！"

赵太丞急忙站起，道："三郎别急，青竹说的并无半点儿瞎话，当时我也在场，的确是弟妹的头。"

"咯咯咯咯。"

虫娘笑了起来，道："定是你们喝醉了酒，我的头好好长在身子上，如何飞到黑松里？"

"的确是呀。人头若离开身体，定然性命不保。所以青竹才会说飞头獠子。"赵太丞道，"否则，无法解释呀。"

"我不是虫落族。"虫娘矢口否认。

宋青竹道："听闻飞头獠子即将飞头之时，脖颈上会出现一道细细的红色痕迹，如同丝线一般。嫂子，你看……"

宋青竹指了指虫娘的脖子。

赵太丞和大鞋任不由得顺着他手指的方向望过去，二人顿时目瞪口呆。

"如何这般看我？"虫娘被他们看得极不自在。

"娘子，你……你……你的脖子上，真的有一道红线！"大鞋任吃惊道。

"快取镜子来！"虫娘叫小厮取来一面铜镜，照了照，果然见自己脖颈上有一圈极细的红色痕迹。

"娘子，你……难道真的是那什么飞头獠子？"大鞋任这回脸色可全变了。

"官人，你怎么也如此混账？"虫娘有些坐不住了，道，"我可不是什么飞头獠子。不过这红线先前并没有，早起时我脖子上还干干净净的，为何……"

大鞋任道："我看看。"

来到虫娘跟前，大鞋任仔细查看，那红线绕颈一周，涂抹不掉，仿佛疤痕一样。

"这……这……这可如何是好？"大鞋任额头冒汗。

"难道虫娘你的确是虫落一族，只是自己不知？"宋青竹道。

"是了是了！半夜飞头到黑松上，自己不知道。"赵太丞道。

宋青竹呵呵一笑，又道："若不是如此，那黑松上和你一般面目的人头，是谁的？"

"我怎知道是谁的！"虫娘怒哼一声，站起来，道，"奴身子不舒服，告退了。"言罢，白了一眼，气冲冲地走了。

她一走，剩下的人也散了酒宴。

已经夜深，张择端还没醒，宋青竹和赵太丞厚着脸皮赖着不走，在张择端房间里歇息了，也算是看顾。

已经过了三更，月华如水，万籁俱寂。

"真是蹊跷了。"宋青竹道，"这虫娘分明活得好好的，你我都亲眼见了，可黑松上那人头，怎么回事？"

"先前你还说是什么命案，依我看，就是飞头獠子。"赵太丞道，"这事情是明摆着的，你看她脖子上那红线！"

"我总觉得飞头獠子之说，并不可靠。"

"可我的确看到了虫娘的人头，虫娘现在也的确好好的。"赵太丞打了个哈欠，"不过，不知怎的，今日虫娘和以往十分不同。"

"怎么不同？"

"以前贤良淑德，不似这般泼辣，也不似这般妖媚妖娆。"

"还是你观察得细，人家妖娆你也能品味出来。"

"我毕竟在墙头上见过几次。"

两个人正说着话，忽然听得呜的一声响。

这声音很是怪异，像是飞鸟，可又隐隐传来呜咽之声。

"什么玩意儿？"赵太丞急忙起身，来到窗前，惊叫一声，"青竹，速来！"

"怎么了？"

赵太丞指着窗外，面如死灰："飞……飞……飞头獠子！"

"飞头獠子？"宋青竹走到近前，抬眼望去，见庭院空中飞舞一物，借着月光，看得分外清楚！

一颗披头散发的人头，凌空飞舞，落于黑松之上，迎着风，咯咯直笑。

那面目，除了虫娘还能是谁！

"果然！果然是飞头獠子！"赵太丞道，"这大鞋任，恐怕还被蒙在鼓里呢！如何是好？"

"人家家务事，我们操什么心，且看如何。"

那飞头落在树上咯咯笑了一阵，又轻飘飘飞下，落在黑松下的井栏上。

那棵黑松树下，是口古井，许是没用了，井口用巨石盖住。

"呜呜呜。"飞头低低地哭泣起来，声音传来，令人毛骨悚然。

"啊！来人！来人！"就在宋青竹和赵太丞聚精会神观看之际，突然从主房传来一声尖叫。

那是大鞋任的声音。

"糟糕，估计大鞋任看到了！"宋青竹道。

"这家伙发现自己枕边人竟然是飞头獠子，估计屎尿能吓得一裤裆。"赵太丞道，"我们且去看看。"

二人正要推门而出，见那飞头凌空飞起，似乎是想飞回房中。

这时候，听到了大鞋任的叫声，院子里的侍女、小厮全都起来了。

一个个提着灯笼赶过来，也不知道是谁，抬头看到了飞头，惊得魂飞天外："什么玩意儿？！"

"人头！飞着的人头！"

"妖怪！"

"鬼！"

"快取弓箭！"

嗖嗖嗖！乱箭飞舞。

空中那颗人头被射得刺猬一般，扑通一声落在地上。

"到底是什么东西？"

"谁知道呢！去看看！"

"哎呀，怎么……怎么是我家娘子的人头！"

"可不好了！娘子被射死了！快禀告阿郎！"

那边有人奔进大鞋任的房间，随后也传来惊叫："快来人呀！阿郎……阿郎死了！"

偌大的任宅，顿时乱成了一锅粥。

春风暖，吹散满天流云。

街边的空地上，三三两两各色小花盛开。

天刚亮，四娘鱼羹店已经坐满了人。

喝着鱼羹，吃着肉饼，聊着闲话，汴梁人的一天，如同往常一般。

"听说了吗，大鞋任的媳妇儿，竟然是个飞头獠子！"

"汴梁城都传遍了！哎呀呀，想不到竟然是个妖怪，不过幸亏被除了。"

"可惜了大鞋任，当场吓死。"

"那家伙太风流，死在女妖手里，我看是报应。"

"你们别瞎说了，没看到布告吗？开封府说得清清楚楚——再有敢妖言惑众者，重罚。"

"世道真是变了。这天子脚下，竟然也会有妖怪。"

……

一帮食客交头接耳，议论纷纷。

"小满，来碗鱼羹。"打外面进来一人，依然是老样子，风尘仆仆，双目赤红，一看又是一夜未眠。

"宋大哥，娘子在后面等你呢，说是找你有事。"小满对宋青竹道。

"哦。我便去。"

小满领着宋青竹来到后院，推开了厢房的门。

里头风四娘、孙蛤蟆、庄助都在。

小满端上鱼羹，五个人坐下。

"如何了？"风四娘问宋青竹。

"解决了。落娘死了，大鞋任也死了，虫娘这回也可以瞑目了。韩严世那边出面要求开封府不再追究，此事也就不了了之，昨晚从黑松下那口古井里把虫娘的尸体取了出来，悄悄埋葬了。"

"如此便好。"庄助道，"算是圆满。我累了一晚上，也值。"

孙蛤蟆也称是。

小满张着嘴巴："这件事，你们干的？"

"是呀。"

"然也。"

"嗯。"

"不然呢？"

对面四个家伙齐齐点头。

"怎么又撇下我？不是说好了一伙吗！"小满怒道。

"这件事，你帮不上什么忙。实际上，四娘和十五爷也没怎么出手，主要是我和庄助。"宋青竹解释道，"并不是成心把你排除在外。"

"到底是怎么一回事儿？"小满道，"我总该知道来龙去脉吧！"

庄助摸了摸鼻子，对宋青竹道："还是你说吧。我懒得跟他解释。"

宋青竹坐过来，笑道："前段时间，韩严世的夫人去了老狸祠，献上了几百两银子，提出了一个请求。能把堂堂金吾卫大将军的夫人逼成这样，也的确不是寻常之事。"

"什么请求？"

"韩严世夫人请求能让自己的女儿女婿遭受天谴，毫无声息、不引人注意地死去，而且任何人都不要因为他们的死受到影响。"

"这算是哪门子请求！竟然想让自己的女儿女婿死？"小满道，"到底是怎么回事？"

"事情很简单。"宋青竹正色道，"韩严世平定岭南叛乱时，当地土族的头儿献上了一对女儿，韩严世收了，带回去。他这人怕老婆怕得厉害，怎敢纳妾？无奈之下，只能答应夫人，收为义女。这一对女儿，乃是孪生姐妹，大的唤作虫娘，小的唤作落娘。"

宋青竹顿了顿，道："虫娘贤良淑德，为人正直，落娘呢，妩媚撩人。韩严世私底下与这落娘偷偷摸摸地不干净，因为夫人看得紧，所以极其辛苦。后来，见到大鞋任，韩严世陡然想了法子——"

宋青竹冷笑一声："韩严世想将落娘许配给大鞋任，与大鞋任表面上做了夫妻，韩严世和落娘自然也就方便多了。大鞋任这家伙呢，也答应了，只要这件事办得好，韩严世就会照顾他。一个愿打一个愿挨。结果，出了岔子。"

宋青竹道："韩夫人八面玲珑，揣测到了韩严世的心意，在谈及婚事时，将虫娘许配给了大鞋任。这下，可把韩严世和大鞋任愁坏了！虫娘为人正直，最看不惯腌臜之事。这桩婚事，虫娘虽说不情愿，但视夫人为母，只能答应下来。嫁过去之后，她得知韩严世和落娘的事情，又得知韩严世和大鞋任之间的交易，一怒之下，不但禀告给夫人，而且到韩严世那里大闹了一场，要求和大鞋任一刀两断，另嫁他人，事情变得一发不可收拾。"

"这虫娘，也着实够命苦的。"小满道。

"是呀。谁知大鞋任和落娘可恶至极，想了一个办法，认为他们完美解决了这个难题。"

"什么办法？"

"有一日，落娘出门，突然踪影全无，韩夫人命人去寻找，结果在城外沟渠里发现一具无头女尸，衣物都是落娘的，仵作检验之后，也认为是落娘。可怜一个女子，恐怕是外出被歹人盯上，歹人抢了之后杀人抛尸。这事就如此了了，可过了一段时间，韩夫人发现韩严世总是没事往大鞋任这里跑，就留了个心眼，带着仆人来探望女儿女婿，结果一看，发现了问题——女婿固然还是那个女婿，但女儿不太一样。"宋青竹道，"虫娘、落娘虽说是双胞胎，不管是身材还是容貌都一模一样，但性格、举止之间毕竟有差别。尽管对方百般模仿，韩夫人却认定眼前的这个虫娘是假的，分明就是落娘！"

"这到底是怎么回事？"小满惊愕道。

"韩夫人使尽百般手段，总算是查了个水落石出——大鞋任这狗鼠辈，和落娘狼狈为奸，暗中将虫娘杀害，首级扔入黑松下的古井之中，尸体抛到城外，换上落娘衣物，让众人以为是落娘被害。落娘躲入任宅中，摇身一变，成了虫娘，来了个李代桃僵、冒名顶替。如此一来，落娘成了虫娘，自然可以和韩严世私底下风流快活了。可怜虫娘，身首异处。"

"着实可恶！"小满怒道。

"所以，韩夫人的这个请求，我接了下来，便有了之后的事。"宋青竹道，"所谓飞头，乃是庄助的幻术。庄助提前在落娘的茶水中放了十五爷给的秘药，让落娘脖颈上出现红线，造成了她是飞头獠子后人的假象，当晚施展幻术，飞头出现在空中。"

"大鞋任……"小满皱着眉头。

"大鞋任那家伙，体胖心虚，放的药是十五爷的独门秘方，吃下之后，很快就会暴毙，即便是再有经验的仵作，也只能得出'惊愕猝死'的结论。至于那颗被射中的人头，是落娘的。这歹毒的二人，也算是恶有恶报。始作俑者，还是韩严世夫妻二人，对他二人的惩治，还需从长计议。"宋青竹言简意赅，又道，"至于赵太丞，呵呵，我对不起他，把他当枪使了一回。不过没有他，这事情无法如此完美。他既是证人，又是参与者。"

"既然如此，那所谓落头民、飞头獠子，世间并无存在？"小满问。

"这个，我便不知道了。大千世界，无奇不有。"宋青竹道，"赵太丞不是说他年轻时候在岭南黑店见过嘛。"

"狗屁。"庄助笑道，"我看是误会，十有八九是当时黑店的男主人偷偷摸摸想从后窗打探他二人被放翻了没有，身体在窗户下，脑袋伸在上面，从里头看，窗户上可不是一颗头吗？赵太丞一箭给人家射死了，然后说是飞头獠子。糟老头子坏得很！”

众人都笑起来。

“唯一没想到的，是正道。”宋青竹道，“这家伙身上的事，他那怪病，真是出乎我的意料，差点儿出了岔子。”

“是呀，他那怪病着实藏着一段伤心事。”风四娘道，“可怜。哎，现在如何了？”

“我刚从他那里回来。”宋青竹道，“在问诊治病上，大鞋任的确有一套，当面揭开了正道心上的伤疤，除掉了他的心魔。醒来之后，正道终于能看到世人的面目了。”

“幼小的心灵受到巨大刺激，便自我保护似的选择了刻意遗忘，以至于看所有人的脸都模糊不清。的确是……”孙蛤蟆道，“怪病呀！”

“哦，还有他的那幅画。”宋青竹挠了挠头，“着实有趣。”

“画？”

“就是他煞费苦心献给官家的《清明上河图》。”宋青竹道，“官家极为赞赏，却指出上面的人物都没有面目，让蔡京给看看。”

“结果呢？”

“蔡京如何看得懂？看了这么多天也没明白，最后把正道找过去了，说：‘官家让你画面目，你画上便是！’”宋青竹哈哈大笑，“又将那画丢给了正道。正道那怪病治好了，画上面目不成问题。用了两天的时间，将上面几百个人的面目都画上了，个个栩栩如生，各有各的表情，真是绝妙！好画！

好画呀！"

宋青竹赞叹道："一幅长卷，将偌大汴梁的芸芸众生、河流桥梁、亭台楼阁画得细致入微，展开了，便是活生生的人间烟火！这幅画，若是能流传后世，我想即便是百年千年之后，人们也能看到我等今日的生活。正道呀正道，凭借此画，定能名垂千古吧。"

"到时，恐怕我等早就成了枯骨、尘土了。"风四娘笑道。

"不一定呢。"宋青竹笑道，"我等也在那画上。"

"我们也在？"

"嗯。"宋青竹看着院外的天空，道，"我等五人，也被正道画入了长卷，隐藏于那几百人物之中，或许千百年后，有人能看到我们呢。"

"哈哈哈，如此，我等也能不朽了。"孙蛤蟆拍着大腿，"快哉！"

"这大宋，这汴梁，或许有一天，终将成为云烟，但总会有一些人有一些事，能为后人所知吧。"宋青竹喃喃道。

"别胡扯了，赶紧忙活吧。"风四娘站起身，走到门前，突然想起了什么，转身道："今晚老狸祠那里，轮到谁了？"

"哎呀呀，我有公事要办，先走了。"宋青竹拔腿就跑。

"晚上我要去桑家瓦子，没空。"庄助双脚用力，直接从窗户翻走。

"老夫晚上要去甜水巷喝花酒，早就约好了，那么好看的姑娘，可不能不去。"孙蛤蟆义正词严，背着手出去了。

第七话　落头之民　　　　　　375

"怎么又是我！"小满看着风四娘，"我已经接连去了五日了！"

"谁让你是刀客呢？"

"刀客怎么了，刀客就该受欺负？"

"刀你都拔出来了，你还怕什么？去吧。"风四娘莞尔一笑，"我很期待，今晚又会有谁去那里，提出怎样的祈求。"

"我不干了！我要离店！"

"那把账结了。你吃的喝的用的穿的，对了，还有上回你耍骰子输的钱，一共……六十两！"

"哪有那么多！"

"你去不去？"

"一帮恶人呀！"

小满的哀号声，惊起院中一群老鸦。

嘎，嘎！

黑色的鸦群，排空而上。

一轮红日冉冉升起，世界苍茫而又如此热闹。

这是，汴梁的天空。

（全文完）

后 记

幼时，除了喜欢乡野怪谈，最爱听说书人讲《水浒》。

除了梁山好汉大碗喝酒、大块吃肉的英雄豪气之外，印象深刻的还有花石纲。

我的故乡安徽灵璧，出产灵璧石，这种被誉为"天下第一奇石"的灵秀之物，曾源源不断地经由水路运往大宋首都汴梁。

"看见那块石头了吗？当年就是运给官家的。可惜，石头都装上船，汴梁城给人破了。"在悠悠流淌的汴河河畔，乡里耆老如此跟我说。

有关汴梁城的故事，即便过了千百年，依然长在我的故乡，长在后人的记忆里，也令我魂牵梦绕。

于我而言，除了大唐长安，没有任何一个城市，能像大宋汴梁那般让我着迷。陈寅恪曾言："华夏民族之文化，历数千载之演进，造极于赵宋之世。"此话，至理也！

那是一个社会富足、生活精致、学术自由、文化发达的世界，一个弥漫着浓浓烟火气的世界。

我曾不止一次翻阅《东京梦华录》，无数次审视着《清明上河图》，屡屡试图了解、进入那座梦幻之城。

汴梁，可爱！

有可爱的人，可爱的事。这些，正史远远不如笔记、小说来得真切。

这个人口逾百万、万国咸通的城市，理应有更多的故事和想象。

有段时间，反复做着一个梦。梦见自己站在汴梁城的州桥上，看着熙熙攘攘的人群。

曹婆婆、孙好手、赵太丞、张九哥、刘百禽……对了，还有李师师，一个个活生生的。大家一起看水流。

孟元老曾经写过他们。

我也不止一次想把他们写入自己的故事中。

这故事，虽然写的依然是《东京梦华录》记载的那个汴梁，但演绎的却是别样的风情。

有一样没变——人间的芸芸众生相。

《中国妖怪故事（全集）》出版后，我一直都想像故乡人那样，用怪谈说说汴梁。用怪谈的形式，展现我心目中的汴梁。除了将中国传统的妖怪文化以新志怪的形式推广之外，我想讲述汴梁一群平头老百姓的日常生活。

他们一直都在。在《东京梦华录》里，在《清明上河图》

里，在我的记忆和想象里，扎了根。

我想，如果有条件，他们的故事会一直生长。

就像那座城池，即便已经湮灭，依然以另一种方式，生长在我的故乡。

向志怪致敬！向汴梁致敬！向大宋致敬！

张云 2021 年 3 月 18 日于北京搜神馆